新力量

窑变

计文君 作品

陕西出版传媒集团
太白文艺出版社

计文君

小说是虚构的，所以更真实——镜花水月，真空妙有。

计文君

中国现代文学馆

目录

无家别

题记

寂寞天宝后，园庐但蒿藜。我里百余家，世乱各东西。

存者无消息，死者为尘泥。贱子因阵败，归来寻旧蹊。

——杜甫

一

我决定，退一步。

退一步海阔天空。也许退一步，从北京退回钧州，逼仄的不容转身不敢回头的生活，会随之变得疏朗——我去见我的导师了。

我在流云百蝠的大漆隔扇外的小客厅里等着，这架隔扇是老师早年去做田野调查时收的老物件，重新罩了清漆后，做了客厅的隔断。老师有客人，老师的妻子给我端来杯金红色的雪菊茶，她笑着问我：“史彦，吃饭了吗？”

我没有吃饭。我一天一夜不吃不睡，才下定的决心——离开北京。

我含混地笑笑，对老师这位比我还要小一岁的妻子，师母两个字，无论如何我是叫不出口的。老师送两位客人出来了，我忙站起来。老师看见我，就对其中一个客人介绍，“我的博士，去年留院里了，很有才气！你们钧州人！史彦，这是你们钧州宣传部的马部长！”

马部长人如其姓地长了张长脸，恍然又欣喜地“哦”着，过来握住了我的手，一连串地问：“老家钧州哪儿的？常回去吗？家里人还都在钧州吗？”

我笑着说了两个字：“花驿。”

马部长连珠炮似的问题，是抒情性的，只为表示热情，并不介意答案，我给出的花驿两个字也够用了。

马部长笑着说：“花驿好啊！花木之乡，插根筷子都能发芽的好地方！水好，空气好，你该多请周老去咱们那儿啊！”

我继续笑，直笑得脸上的肌肉有些酸，才和老师把马部长一行两人送出了大门。我揉了揉困乏的脸，顺手理了理乱蓬蓬的头发，跟着老师进了隔扇里面的大书房。

老师说：“你们那儿有一种民间乐器，叫管筹，当地想申报国家级的非遗名录——你脸色不好——母亲的病，怎么样了？”

我因为母亲的病，回家了半月。我勉强笑了一下，“可能不用做手术了……”母亲得了淋巴癌，大夫说已经没有手术的必要了。

老师示意我坐下，体恤地叹了口气，说：“人老了，难免的。需要来北京的话，我帮她找大夫，我有朋友在协和——尽力！做儿女的，不要留遗憾。”

一股辛辣的液体冲进了我的鼻腔——不是感动，也不是为母亲的病难过。我很清楚，那是我磐石一样的决心，在老师书房氤氲出的诱惑面前，出现了一丝疼痛的裂痕。这个书房其实是老师待客谈话的地方，他在别处还有工作室，那才是他工作的地方。这个煌煌考究的大书房，就是“功成名就”四个字的视觉化表现。说实话，在学术上，我谈不上有什么追求，不过是被老师的青目蛊惑出了些许有所成就的欲望。此刻才知道，那原是妄念。我在唏嘘我的命运——唐僧取经一般艰难地走进了大雷音寺，身边却没有可以贿赂迦叶，助我走完最后几步的紫金钵盂，我只能无功而返。

命该如此！既然我面对着成佛和做人之间的选择，我只能选先做人。不能为了成佛，先不是人了。功可以不成，名可以不就，爹娘不能不要！年届不惑的大男人，淌眼抹泪的太难看！我忍下了那点儿泪意，深吸一口气，说：“周老师，我想回钧州——工作！”

老师正在书案后，朝烟斗摁烟丝，听到我的话，抬起头，“因为家里？”

老师去年为了让我留在研究院，费了不少事，我这么做，心里是有愧疚的，我说：“我对不起老师！”

“没有的事儿！”老师用握烟斗的手朝我一挥，“言重了！”老师点着了烟斗，抽了一口，缓慢而体恤地将话裹在烟雾里吐出来，烟丝燃烧时释放出浓郁果香，“长安居，大不易！——真的不能坚持了？”

老师世事洞明，我也不必婆婆妈妈地跟老师说我的艰难与无奈，只是低了头，沉重地“嗯”了一声。

老师叹了口气，说：“有去处吗？”

我抬起了头，“钧州学院。”

我就这样回到了钧州学院。

钧州学院对我最大的吸引力，是十五万元的安家费。据说前两年博士来的话，还会给房子。我还顾不上想房子的事，报到后急匆匆领了钱，就奔了医院。母亲拒绝去北京，也拒绝去省城——我妹妹在省城。即使是在钧州人民医院，母亲天天都在跟我和父亲请求，“咱们回家吧！”

那段日子，我经常做溺水的噩梦，拼命挣扎着醒来，长长地嘘出口气，额头上的汗慢慢冷下去，意识清晰起来——其实现实和梦境一样让人窒息。

妻子有一天出现在医院，她把我从病房里叫到医院的后门，问我那十五万安家费在哪儿。我觉得她不可理喻，哼了一声，转身就走。她在背后冲我发出一声凄厉的哭喊，我没有搭理她。她就是继续哭喊也不会引人注意，医院后门附近有太平间和灵堂，有一家正在起灵，一群披麻戴孝的孝子们哭得惊天动地，唢呐声声，我竟然还能辨识出那曲调是《山坡羊》。

三个月后，我在同一天失去了父母。

母亲那天精神情绪都显得很好，我早上给她带去的豆腐脑，她竟吃了多半碗。她放下勺子，我又拿起来，喂了她一大勺，她没拒绝，也吃了。父亲在一旁看着她笑，笑得母亲半是欢喜半是含羞地拍了他一下。父亲母亲之间，就是到了这样的年纪，偶尔有些眼风神色，竟还是浓情蜜意的小儿女姿态。

我回了学校。黄昏时，我接到了表舅从花驿林泉村打来的电话，说我的父母出事了。原来早上我离开后，母亲就央告父亲，说想回家看看我祖母。她们婆媳感情很深，有几个月没见了；说就回家一天，她肯定还回医院。父亲去问了大夫，大夫同意了，父亲就陪母亲回家了。

医院门口就有班车，半个小时也就到了花驿林泉。表舅家的修车铺就在公路边，下了车，父亲开着表舅的机动三轮拉母亲回家，他们和祖母高高兴兴地吃了一顿饭。母亲想吃石香菜，舅家的儿媳妇薅了一大把送来。舅舅、妗子都来看她，说了半天话。母亲还为我离开了北京难过，说都是自己拖累的。大家都劝她，说回来也好，一家团圆，过日子肯定是钧州比北京强。就是工作上也未必是坏事，宁做鸡头，不做凤尾嘛！还是回来好！

母亲让人去接我儿子。舅舅说，后来想想，这就有点儿不对——大家都说小宝正上学呢。可我母亲说想得很，就是想见见。舅舅也没多想，就开车去花驿小学接了。花驿小学在镇里，我妻子就在花驿小学教语文。我家就在小学对面的小区里，离林泉村有七八里地。舅舅跑去了，看了我妻子好大一顿脸色，说孩子下午要上课。舅舅也没客气，戗着她问，他奶奶住医院，你不让去看，说是医院不干净，怕孩子染上病——这他奶奶回家了，你还不让见——小学生上个课有啥主贵的？他爹还天天给大学生上课哩！你弄得跟中南海开会样？！

我很感激舅舅，到底把孩子给母亲接来了，见了一面。

后半晌，父亲母亲就回屋歇了。这些天，父亲在医院都没睡好，睡得有点儿沉。到黄昏时醒来，发现身边没人了，喊了几声，没人应，就慌张起来。打电话给舅舅，舅舅妗子大家都慌着找。村北边有片苇子坑，今年雨水多，刚过芒种，水面就好大了。大家在水边找到了母亲脱下的鞋，父亲当时就跳了下去。舅舅没拉住，喊了几声，没听见有人应，天快黑了，他不怎么会水，不敢下，哆嗦着打电话叫人。妗子连哭带喊——村里没什么人，听着声过来的也都是和舅舅差不多六十开外的老人了。舅舅的儿子接了电话从公路边带了俩人赶过来，下了苇子坑，后来接到报警的警察也来了，此时只能是打捞尸体，说不上是救人了。

我接到电话赶回林泉，父母已经被打捞上来，换好了衣服，停放在堂屋里。我的腿抬不起来，没能迈过堂屋的门槛，一头栽进了屋里，头破血流。

妗子抱着我，哭着说："彦，彦，还有你奶奶呢！还有小宝呢！好孩子，想想奶奶，想想儿子！都指望你哩！彦！"

妻子领着儿子，在堂屋门外的黑影里站着。我的视野是模糊的，看不清妻子的表情，麻木地听任妗子给我擦去头上的血，裹上孝布——容不得我哭，父母亲还没入殓，有无数的事需要我去办。

花驿林泉是母亲的娘家，也是祖母的娘家，老亲旧眷很多。我家出了事儿，各家都打出去电话，村里的人都在镇里城里，在省外的就不说了，远的回不来，在钧州附近的自然是要回来的。入夜渐渐满院子都是人了。棺椁拉了过来，装殓妥当。到了十二点，烧子时香，放鞭炮，几个子侄辈的去放鞭炮了，我点上三根香，替换下了原来香炉里燃了一半的香。一个头磕下去，洪水一样的悲哀跟随着眼泪汹涌而出——鞭炮响起来，跟随鞭炮一起响起来的，还有女人尖利的争吵声。

我被人拉了起来，舅舅的小儿子拽着我，"哥，别哭了，姐跟嫂子吵起来了！"

我抹了把泪，出来，看见妹妹正和妻子互相指着鼻子骂，妹妹一边骂一边哭，妻子也是一边骂一边哭。旁边虽然有不少劝架的，显见都是向着妹妹的。

妻子要带儿子回去，因为儿子明天要上课。丧事又不是一天两天就结束的，停灵就得七天，总不能让孩子耽误功课在这儿守灵吧！妹妹平素积攒下的不满如同炸药，一下被点着，爆炸了。

妻子到底还是带着儿子走了。下葬那天，起灵时需要孙子摔灵，舅舅去接了我儿子来，妻子没有来。办完父母的丧事，我和妻子离婚了。儿子归妻子，我每月付一千元的生活费，其他费用另给。

想想几个月前，我还在北京的出租屋里辗转难眠地焦虑着：应该催着妻子来，还是再等等？越等年纪越大，找工作越困难——她有教师证，应该可以找到工作，私立小学似乎缺老师，还有人给我说过私立幼儿园，其实幼儿园老师挣得不少……妻儿如果真的来了，一家人过日子，就不能租这种十几口子挤在一套房里的合租屋了，我现在的工资付完房租也就不剩什么了……还有孩子上学，孩子的户口可以跟我——需要催一下孩子户口随迁的事了……母亲的病，还是应该来北京治一治……这一切，此刻都被无常的命运扫荡一空——从北京退回钧州，我的生活何止变得疏朗，简直如荒野一般空旷了。

没想到，我在钧州学院的生活，竟也会一天天逼仄起来。

钧州学院没有升格为本科之前，是钧州高等师范学校，原本是我的母校。越是地方院校，名头起得越大，钧州学院下面的院系都是叫什么人文学院、财经学院、音乐学院、美术学院、信息技术学院……我去了人文学院。我在钧州师范上学时，中文、历史、哲学、政治这些都是大系，后来日渐凋敝，招生艰难，合并作了人文学院。

我是一九九一年参加的高考，现在想起来觉得那么遥远，大学扩招还要等十年。那时钧州一中这样的重点中学，也只有八分之一的学生能通过高考继续上学，包括钧州师范这样的大专和各种中等专业学校。我们那时候是在高考分数公布之前根据自己的估分填报志愿，这样的规定使得高考结果更富悬念和戏剧性。我也是少年轻狂，心高气傲，老师的意见没听进去，结果考出了重点线的分数，却可笑地一路跌到了钧州师范。

班主任心疼地跑到我远在花驿的家，劝我复读——上个师范太可惜了！我的父亲母亲对生活的愿望非常朴素，儿子能够通过高考改变农民身份，他们就很满足了。上师范将来出来当老师，在他们眼里也是很体面的人生选择。祖母却是有另外一番见识。在她心里，中学老师就等于陶先生，而陶先生就等于文化和道德。在霸陵中学教了一辈子书的陶先生，是祖父的挚友，祖母说起来他来，从来都是带着敬意的。自己的孙子要是能成为陶先生，即使清贫些，祖母还是会觉得欣慰和骄傲的。

至于我，不甘心自然是有的，可更多的是幼稚的虚荣——实在放不下身段回去复读，而且当时觉得未来是很遥远的事，仿佛前面还有无穷无尽的可能性等着自己，所以不肯回头。那年我们班有三个人去上了钧州师范，我，男同学王启，女同学季青。毕业后我被分到了花驿中学，季青去了钧州教育台，王启留校了。

自然，我被生活教训了。我在花驿中学教了十年书，微薄且常常被拖欠的工资，使得我的生活困窘到毫无尊严。后来有了妻子，又有了儿子，无奈之下我开始考研——对于像我这样毫无资源的人来说，考试是唯一自己可以掌控的改变命运的方式。我考上了研究生，而且是当年我高考志愿表上第一志愿的那所名校。袁枚在《随园诗话》开篇说，“古英雄未遇时，都无大志。”我不是英雄，所以更无大志，也是因为考研的成功，才被命运蛊惑出了一点所谓的志向。

研二时，在学校举办的一次学术会议上帮忙，我认识了周老。周老看过我一篇从人类文化学的角度分析《聊斋》的文章，对我说，如果我有考博的打算，他愿意带我。我受宠若惊，昏头去读了周老的博士，博士毕业留在了北京——我知道开始是艰难的，但前途是光明的，只要我能咬牙坚持过这几年……焦虑却像白蚁一样在咬啮吞噬着我的信念——我所谓的志向，其实很脆弱，它不是真正的理想，不过是穿着草裙过好生活的愿望。只是我百转千回之后，生活却陷入让人更为绝望的深渊——当我陪同老师参加名家如云、镜头如林的高峰论坛，或者偶尔被邀去了处处是衣香鬓影的招待会，握着香槟酒对着雪白的龙虾刺身，我的嘴巴里却缭绕着出租屋里的污浊气味，耳边响起妻子在电话里尖利焦灼的诉说——这种精神分裂式的生活，我本就很难再坚持下去了。母亲的病像是一根铁棍横扫过来，我那根坚持的柱子轰然倒塌。

在病房握着母亲的手，我萌生了回家的念头。从医院出来，我就去见了当年的系主任，如今钧州学院的党委书记。他听了我的情况，说那回来吧。

我刚回来的时候，虽然不敢说存着十分在钧州学院做鸡头的心思，但觉得自己在这样的地方院校会轻松一些。事实恰恰相反，我忘记了另一句老话：龙游浅滩遭虾戏，虎落平阳被犬欺。我不是自恋得要比龙虎，但我至少比王启这个一路函授上来的硕士生要强些。

当年留校的王启，如今已经是教授、人文学院的副院长。我到钧州学院两年后才评副教授，还被人说是“沾了王院长的光”。我又被教训了——就算是龙虎，龙要凭风云，虎要靠山林，无依无靠的一个人，浑身是铁又能打几根钉？

父母猝然离世后，我常常会无法抵抗虚无对我情绪的腐蚀——面对逼上来的一切，我索性退到底，不争不要，用自嘲去抵抗嘲笑。我渐渐习惯了在人文学院边缘化的处境，准备就这样苟且偷安下去。

当世界成为无边无际的战场时，所有人的命运只有两种：要么成为战士，要么成为难民——我的苟且偷安注定要破产，早晚不过是时间问题。

二

我也不知道一切是如何发生的，我在周围同事眼里渐渐变成了一个学术水平很可疑、人格有缺陷、心理有问题的人，在北京弄得走投无路不得已才回来，若不是老同学王启的庇护、照顾，只怕钧州学院也混不下去了……当然不是所有的同事都这么认为，不然我也听不到诸如此类的议论。我懒得去追究这起于青萍之末的怪风，反正我的心里是无增亦无减，不忧也不惧。

我回到钧州学院三年之后，一件非常偶然的事，竟然使得上述对我的描述成为了“事实”——我将以这样的可悲又可恶的形象，离开钧州学院。

那件事情开始很小，只是个课堂纪律问题。

我在人文学院开的课是人类文化学，这学期因为讲中国文学史的老师休产假，王启就安排我替她上了一学期的课。平时上课人丁寥落，因为那天是这门课结业考试前的串讲，学生来的还算齐全。

我上课不怎么看学生，坐在讲桌后面，低头点着鼠标，一边更换着教学课件的页面，一边浮光掠影地念出标题。学生没人做笔记，都等着下课后拷贝课件。我已经在课件里体贴地做了说明，重点处都将章节标题加黑了。学生中戴着耳机听歌玩儿游戏的，总算是和老师相安无事；隐隐飘散在教室里的鸡蛋灌饼的气味，也不算太过扰人心神；毕竟还有相当的学生，以略显呆滞的目光向我不断刷新的PPT画面，表示着敬意。

这是我课堂上的常态，我司空见惯。教室后排有一对儿男女生，从上课开始就都不大安静，男生往女生跟前凑，女生觉得太近不好看了，就推搡他一下，弄得桌椅乱响……我抬眼看了两次，忍了。

我从《诗经》《楚辞》先秦诸子一直忍到台阁体茶陵派明前后七子……我的声音不疾不徐不高不低地飘荡在教室上空，始终有一个絮絮的男低音给我伴唱，于是我讲到下一章时不觉提高了声音，“……明代传奇的发展和繁荣，重点了解吴江派群体和玉茗堂风格影响下的剧作家，所谓‘沈汤之争’……”我突然停下来，静默了将近一分钟，整个教室无比安静。这是授课老师被冒犯时最为常用的警告方式，教室后排的那对儿也安静下来，女生伏在了桌子上，男生似乎抬头看着讲台的方向，我没再理他，继续讲课了。

“……重点当然是汤显祖，‘临川四梦’要了解，《牡丹亭》要能分析其艺术特点，注意，它是一部兼具悲剧、喜剧、趣剧和闹剧因素于一体的复合戏，这是我们的中国特色——”

我继续讲课的同时，男生的伴唱又如影随形地跟了上来。我有些火儿了，突然停下，男生猝不及防，一直躲在我讲课声下的声音被孤零零地抛在教室空中，“……我真的爱你！”

学生们先是一愣，然后哄堂大笑。我也笑了，没多想，正讲到《牡丹亭》，顺嘴刻薄了一句：“如花美眷，似水流年。你们倒是不辜负这大好春光，可惜挑的地儿不大对——春梦得到花园里去做，教室多煞风景啊！”

女生忽地站起来，抓起书包离开，男生跟在她身后，女生转身给他了一记响亮的耳光，吼了句：“离我远点儿！”

男生被打蒙了，他突然转脸对着我，以同样的力度转嫁了那声怒吼：“就你丫嘴贱！”

教室里鸦雀无声，我没有说话，一桶冰凉的水兜头浇了下来，整个脑袋冲得发木发胀——我也说不出什么话。男生握着拳头立在过道里，身体僵硬得有些无助，他无措地转了转头，似乎不知道是该朝我冲过来，还是跟着女生跑出去。终于，他狠狠地朝地上啐了一口，冲出了教室后门。

我站了起来，看着尚在晃荡的教室后门，还是没说一句话，然后，我在学生的注视下，又重新坐回到讲桌后面，继续念起了课件，“汤显祖的另外三部戏，《紫钗记》《南柯记》《邯郸记》，要有所了解，重点是‘四梦’的比较。接下去，明代长篇小说，《西游记》……”

任何激动或者愤怒的表示，都只会让自己更加难堪。所以，我只能如此。

下课时，一个女生拦住我，期期艾艾地说了句：“那不是咱们学院的学生！”

我还是什么都没说，笑了一下，走了。

暮春的正午，明晃晃的太阳，我却眼前一阵阵发黑。那个男生吼出来的“贱”字，始终在我耳边哄然作响，幻灭的感觉，就是走在正午，感觉像走在午夜里。我不打算追究此事，也不打算对那个男生怎么样——我不知道他的名字，也没必要知道。追究下去，又能怎么样？他给我赔礼道歉，我就赢回了做老师的尊严了吗？

我的尊严，也不是一个荷尔蒙分泌旺盛的孩子，在这堂串讲课上给弄没了的。

我回到宿舍，情绪低落到极点——这件事很简单，也很复杂。我是被侮辱了，只是侮辱我的，并非那个朝我唾骂的男生。那个大脑充血的男生，跟前有块石头，他也会踢一脚。我恰逢其时地充当了那块倒霉的石头。至于是什么力量让他把讲台上的老师，当成了一块可以踢的石头，又岂是我能追究得了的……

我想着想着，迷迷糊糊真的睡着了。当我真正忧伤时，困意就会降临，我想这是我身体的一种防御机制，我想躲进类似死亡的睡眠里去。潜意识里也许在幻想——醒来，就会有新生……

掩着的门砰地被推开了，王启门也没敲就冲了进来，进来就嚷嚷："严肃处理，必须严肃处理。我和财经学院的刘院长说了，这个陈若鹏，真是没王法了，敢跟老师——还了得？！这样的学生，简直是——岂有此理！"

他的脸因为义愤填膺而泛红、微微冒汗，亮晶晶的小眼睛因为兴奋越发晶亮——义愤填膺也许是表演，兴奋却是真实的：我孱弱无能，狼狈受辱，他兴奋；彰显他的强大，替我做主撑腰，他更兴奋！

在钧州学院这三年，所有人都认为我和王启关系很铁，他也喜欢高调表示对我关怀备至，只是他的关怀，让我有苦难言。按照规定，我来的当年就能评副高，可他语重心长推心置腹地跟我说："人人都知道，你是我的嫡系，无私也有弊，咱不得不避嫌——职称，晚一年就晚一年吧！"

这话让人恶心，但恶心也不能给人说，说了只会让别人认为我的人品有问题。

我问他："谁跟你说的？"

王启指着我，"他们班班长！你也是——你这老师当得也太窝囊了！当时就该让学生处把他带走处理！"

我懒得跟王启废话，说："你想怎么处理怎么处理！我头疼，再睡会儿！"

王启同情地望着我，我原本靠着床头躺着，索性躺平了，闭眼说："给我把门关好。"

我没听见任何响动，睁开眼睛，看见王启那双花俏的鳄鱼皮鞋还在床边晃着——他坐在床边的椅子上，低头在看报纸，我奇怪了，“哎，你怎么不走啊？”

王启笑道：“你睡你的——晚上老同学聚会，约好的，你都气忘了吧？”

我一下坐起来，“那你也别在我这儿等啊！我这儿躺着，你旁边守着——要是个美女也就算了，你这造型也太恶心点吧？”

王启丝毫不受刺激，眨巴着小眼睛，继续笑，“行，气儿撒我头上！”他把报纸弄得哗哗作响，颠来倒去地不知道在找什么看，半天才说，“季青一会儿来接咱们！”

我回钧州后，王启、季青和我之间也处于一种古怪的亲近状态，我觉得不舒服——当然是我的问题。我对成人人际关系中虚与委蛇的部分，始终缺乏承受能力，尤其是这里面还有季青。

季青早就离开了钧州教育台，现在是钧州电视台的新闻女主播、新闻部主任，在钧州也算是风光无限的人物。季青和我不一样，与这个世界和光同尘，是她战胜这个世界的方式。她从来也没指望我会认可她的方式，甚至还会在我面前多少做些掩饰，面对我不合时宜的言谈举止，她没有原则地赞同、维护，实在说不过去，她也会不避嫌疑地替我解释。中学时代我对季青的影响力，在我如此潦倒的中年之后，竟然还存在，这让王启百思不得其解。

王启上高中时就胖墩墩的，宛然是四十岁时的微缩版，加上挤在胖脸上的水汪汪的月牙形小眼睛，季青和我给他起了个庸常却又形象的外号：“小猪”。上学时，因为我的关系，王启和季青算是熟悉的，毕业后却也没什么联系。前几年钧州台拍了几部描写当地风土人情的电视散文，散文作者是王启，朗诵者是季青，据说得了金鹰或者别的金什么鸟奖。

我当时还在北京读书，有一次回钧州，被季青拉到家里，强迫我欣赏他们的作品。生活里的王启老练世故，文笔却稚气清纯，一口让人齿冷的文艺腔，即便像素不高、对焦不准，看他那体态拿捏徐志摩的范儿长吁短叹，着实也是我无福消受的风雅。

季青显然比以前对王启多了几分欣赏，她甚至无比受用地转述了王启对她声音的别致赞美：王启说他以前不大信古人说的“丝不如竹，竹不如肉”，听到了季青的声音他信了——季青的声音的确可以让一切乐器黯然失色。

至于王启，只要场合合适，譬如比较熟悉的同学之间的小聚会，他就会半真半假高调夸张地对季青表达倾慕，俨然有了才子风流的自信，早不是当年那个哼哼哧哧被两筒脓鼻涕折磨一个冬天的“小猪”了，而季青对此，却也是习惯成自然了。

我虽然对王启拿着肉麻当有趣，有些不能忍耐，但还不至于笨到会误解季青。年届不惑，有家有孩子，这种无伤大雅的隐性调情只是娱乐，季青听了也就笑笑，不回应，不生气，泰然——或者是淡然——地消受着王启的殷勤。王启要是太过兴头，她就警告地叫一声“小猪”，王启就笑呵呵地收敛些，以超凡脱俗的阐释能力，把“小猪”标志为他与季青别样的亲近。

我和季青的关系，很难描述，是同学，朋友，也是情人，亲人——因为季青顽强的坚持，我们这种关系才维持了二十多年，当年她说，“我会顽强地留在你的生命里。”

她说到做到，她始终是我生命里一个特殊的存在。

虽然这些年我们见面不多，但始终没有中断过联系。只是回钧州这件事，我事先没有告诉季青。办完报到手续的第二天，王启故作神秘地把我拉到他办公室门口，用嘴夹着配器推开门，季青就在他的办公室里站着，一身朱砂红的套裙，穿得跟新闻联播节日版似的，表情却很琼瑶……她原本背靠窗面对门站着，看见我之后，竟然转过身去看窗外了——这就是季青。生活处处皆舞台，编导演三位一体：去年她去北京时我们见过一面，已经快半年没有联系了，我突然回到了她的身边……她看着我，几许欢喜，几许心酸，几许尴尬……不能当着人失态，克制着表情，躲闪着目光，偏偏还是失态了……我几乎都能读出她心底帮助酝酿情绪时的剧本提示——又是春暮，窗外种了石榴，满窗的浓绿，藏在石榴繁茂枝叶间的点点榴花如火，风过，簌簌地落了一地嫣红——这一折戏码该叫：落花时节又逢君……

对季青，我惯会煞风景的，我只说了两个字，“胖了！”

季青呼地转过来，“没胖！”

我对王启说：“小猪，把称猪肉的地磅拉来，量量她的分量！”

季青丢了本王启办公桌上的杂志过来，“去死！”

季青陪我度过了回钧州后最难熬的日子。我父母出事那天，是季青派车送我回的花驿，夜里又赶到了我家。在我妻子与小姑子哭骂、执意带着儿子离开时，季青在我祖母的房间里，握着老太太的手，轻声慢语地安慰了一夜。

我离婚了，季青也是带着儿子的单身母亲，但是三年来，我和她像偷情一样避人耳目地悄悄约会。她有她的原因，我有我的理解。我们像一对沉默的拉丁舞者，不需要语言，那貌似激情危险的舞步，其实都是中规中矩、不错节拍的。

三

同学聚会，席间大家基本上就是在讲段子，讲别人的，也讲自己的。那虚蓬蓬的笑，像被高速旋转的机器打出的棉花糖，符号化的甜美快乐，只能看看：吃不得——直甜，齁人；摸不得——黏手，讨厌！

当天晚上的重头戏，又是不在场的崔冰。

在座的徐涛现在是钧州一中的教务处主任，他刚坐下，兴奋异常地说："我看见崔冰的儿子了！"

崔冰当年是目无下尘的校花，又是校长的千金，她的家就在操场后面的家属楼上。崔冰从来不背书包，总是抱着书和笔记本踏着铃声款款走进教室，课也是挑着听的，考试成绩永远是前三名。大学毕业后她去英国剑桥读国际法，然后嫁给了自己的校友，她领着丈夫回家见父母时，据说她那永远一脸校规校纪的庄严老爹，哭了！女婿各方面的条件都很优秀，但是个黑人——更准确而文明的称呼应该是非洲裔英国人。你不能苛求钧州一中家属院的婆婆妈妈们使用这种准确而文明的称呼，只能由着他们黑人黑人地嚷嚷。

二十一世纪初的钧州，显然没有准备下舞台，上演《猜猜谁来吃晚餐》那样温暖的美国中产阶级故事——钧州似乎也无意准备这样的舞台。在这里，谁也没本事拿着房龙的腔调讲一个文化宽容的故事——按我的理解，钧州这样的中国三线甚至四线城市，成为人类故事的冲突方，应该意义重大。

上世纪六十年代美国故事的逻辑，是不能拿来用的。钧州和整个中国一样，与时俱进，早就走进新时代了。新时代没有故事，只有段子。故事太完整太复杂，有来龙有去脉，有泪有笑还有叹息。讲着听着都太累，而段子是直接给，不需要思考，只需爆笑。

校花成了笑话，大家开心。我倒不觉得这纯粹是恶意的妒忌，只是面对崔冰迈着凌波微步款款走过的人生里忽然有了这番不同凡响的跌宕，不笑一笑，似乎对不起生活那吊诡的幽默感。反正也没人追究同学们的笑和老校长的眼泪里似有还无的种族歧视色彩。

这还都是老段子，大家拿出来温故知新，今天的重点是推出最新剧集。崔校长老泪纵横之后，也就和光同尘得如同东方智慧一样了，去年和老伴儿去英国住了半年，最近刚回来，他们老两口儿把三岁的外孙子也带回来了。于是，钧州一中的校园里，常见他带着黑黄混血的外孙散步。那孩子很丑——至少放在钧州人的审美视域中是这样。

大家笑，只是笑得不大起劲，后面这个段子没包袱。王启这会儿突然才华横溢起来，立刻用精妙的虚构补上了个包袱：老校长散步时要是遇上传达室的李婶儿，李婶儿定会操着东乡口音问："崔校长，恁咋买恁好个猴儿哩？"

包袱响了，男生笑喷了，女生笑软了，我也跟着笑。又觉得那笑无聊，空虚，干枯开裂，甚至生了毛刺。从喉咙里滚出来一串这样的笑，呼吸道的黏膜都被划伤了似的，热辣辣地疼。

王启瞥了我一眼，故作严肃地说："你们这帮无聊的人啊！把自己的快乐建筑在别人的痛苦之下——没看出来史彦的心在淌血吗？不准笑了！哎，徐涛，谁让你提崔冰的？没眼色！难怪你进步慢！"

钧州一中是完全中学，我和崔冰从初中起就同班，一直到高中毕业。关于我们俩的传闻，在校园里跟随了我们六年。就连当年最重男女大防被我们称为"二圣人"的高三班主任，有一次提及史彦和崔冰，都不由自主地说出了"金童玉女"这样不伦不类的词语，为此尴尬不已。

徐涛起身给我拱手，“小弟得罪！大哥别怪！”

大家都噙着笑等着我反击——崔冰和我的段子，是我回钧州后高中同学间聚会的保留节目，我舌战群儒式的反击通常有趣精彩，只是我今天没有抖机灵的情绪，只是装模作样地朝下摆摆手，示意算了，让他坐下。

季青说：“你们这帮男生，二十年如一日地意淫人家崔冰，真是痴心！”

徐涛笑着说：“我们是意淫，史彦得把那个‘意’字去掉！”

我还是没接话茬儿，大家的笑没着没落地消散了。王启可能觉得时机成熟了，顺理成章地接过话头，作为我情绪不高的解释，开始讲述课堂上我被学生“唾骂”的情形——我很惊讶，他讲得声情并茂，活色生香，有些细节还出奇地准确，仿佛亲眼看见的一番。那位班长汇报得如此详细啊！虽然生活在一个阴谋论盛行的年代，但是我依然不能相信，王启会派人在我的课堂上潜伏。

季青在来的路上应该就对我的情绪有所察觉，只是当着王启，没有开口问，听到这时，她有些忧伤地看了我一眼。同学们听完也都纷纷感叹，骂学生，骂世风，又举出更极端更恶劣的学生犯浑的例子来宽慰我。我一直忍着，不想因为情绪失控再闹笑话——季青知道我快忍不住，不满地叫了声：“小猪！”

王启正信誓旦旦地说着要好好教训那个名叫陈若鹏的男生，听到季青的制止他说话的号令，“啊”地应了一声，张着嘴看着季青。

季青皱眉说：“培养出这样的学生，不嫌丢人，还说呢？！”

王启呵呵笑着，说：“不是我们人文学院的，是财经学院的学生！”他见季青眉头拧在了一起，忙举手做投降状，“好好好，不说了，不说了！”

如果我是一部小说的主人公，作者这样设计我和季青的关系，通常意味着某种肯定——我在世界面前，是一条战败的狗，然而我在一个美好的女人面前，却宛如真神。这种古典主义的小说伦理，根本不能用来解读我已经成为段子的人生。季青以一种奉献的姿态给我了她的身体和情感，但这丝毫不意味着她对我的认同和肯定。反讽的是，恰恰是她不离不弃的爱恋，给予了我最为彻底的否定。

那天聚会之后，季青和我一前一后去了我们经常约会的那套房子。季青在那栋楼上有两套房，背靠背，从两个楼门洞上去，两套房从里面打通，有一扇门可以出入。季青的祖母带着保姆住着其中的一套，而我则拿着另一套的钥匙。

我用钥匙打开房门，季青在客厅里低低地讲着电话，听得出是在跟儿子说晚安——神情温婉，完美的母亲。我反锁上门，她在电话里又嘱咐了保姆几句，然后挂了电话，站起身来，顺手将额前的刘海捋上去，手抱着头，冲我笑——几缕碎发落下来，在灯晕里成了金黄色，绒绒的。露出的额头，加上那不好意思的笑，季青一下又成了一个女孩子——像她给我讲述的，第一次遇见我的那个清晨，在一中操场上，做错事了一般冲我不好意思笑的十五岁女孩子。

季青在此后的二十多年中，反复向我讲述我们的初见——最美是初见，可惜我对那次初见，完全没有印象。我后来获得的印象，全都是从季青的讲述中获得的。

那是一九八八年的九月一日，高一开学的第一天。

季青说，高一那年的秋天，在她阴郁的少年时光里，是少有的一段天青云霁的好日子。她考上了重点中学钧州一中，更为重要的是，她可以住校，也就是说，季青可以离开继母统治的家独立生活了。

季青一个人拖着行李来报到。十六个女生挤在一间白垩墙皮四处剥落的老屋里，这丝毫都不影响季青的心情。她到得早，挑选了屋子里面靠窗处的上铺，先用干净的报纸糊了墙壁，然后绕着床架拉上铁丝，吊起一块淡蓝色底子有雪白雏菊图案的花布帘子，季青就在报纸和布帘之间，诗意地栖居了。

次日清晨季青起得很早，她去操场跑步，操场边上种的都是合欢，被风刮来的合欢花落在跑道上被人踩踏，失去了花型和颜色，但淡淡的清甜气味还在。季青离开了跑道，踩着满是露水的草地，想找到一簇新鲜完整的合欢——她看见了一簇，刚要蹲下，一双雪白的球鞋从天而降，踩碎了那簇合欢。

季青吓得朝后一退，原来她不觉走到了操场的墙边，从墙上跳下的，那双白球鞋的主人，就是我。蓬乱的头发下一双清秀的眉眼，季青说她碰到我的目光时，忽然慌乱不安起来，仿佛刚才是她做了什么错事，然后我冲她一笑，线条桀骜的嘴唇好看地朝上一翘。多年之后，季青成了吴秀波的粉丝，日理万机的同时还会捧着平板电脑，傻乎乎地看吴秀波装傻扮酷地演着另类军统特务和花样流氓医生，只因为他笑起来像我。

我的戏剧性出场，绝非设计。我住在姑姑家。姑姑家的厨房紧挨着学校的围墙，厨房顶修成了阳台，从阳台一步就迈到了围墙上，然后从围墙上跳下来，就到学校了。我也不是天天这么干，只有快迟到时才偶尔为之。

我实在不记得我跳下围墙时，踩到了一朵合欢花，也不记得一个拾花的女孩对我不好意思地笑，但我记得高中开学第一天，虽然离上课还早，我却着急得跳墙去学校，因为我约了崔冰一早在操场上见面。季青说，那天我没有跟她说话，只是在跳下来吓到她之后，冲她一笑，就跑走了。

季青说，那天在操场上，我就应该吻她。

我是后来才会这样吻她的——带着恨意的粗暴的吻——我走过去，抓住季青的头发，扯低了她的头，用力地吻下去。她发出一声类似疼痛的嘤咛声，但却顺从地偎了过来，同时踢掉了脚上还没来得及换下的高跟鞋，被我带着滚倒在身后的沙发上，丢掉了还握在手里的手机。

我怀里是一团柔软发烫的肉体——季青说，那个清晨，就在那个初秋的操场上，我在那个女孩子的心里点了火，那火一直烧了二十四年！

火是比喻情欲的陈词滥调，腐旧得有些虚假，于是连累了那足以让人感动的“二十四年”，终究也没什么修辞效果，季青却自顾自地感动着。

根据季青的描述，我冲她一笑之后，什么话也没说，踩着雪白的球鞋跑开了。斜挎的军绿书包里，一大束黄色野花被颠得枝叶乱颤。季青的目光跟着我的身影，然后看到了一个穿着白衬衣深蓝背带裙的女孩子，背着手，低着头，在操场的另一边徘徊。我跑到她跟前，从书包里抽出那一大束黄色野花给了她，远远地看去，那情形俨然就是后来小清新文艺片里的经典镜头。

这个镜头给季青留下了创伤性记忆，以至于她直到今天都不愿意在电影里看到诸如此类的镜头，真的在哪部片子里撞上了，必然鄙薄编剧导演毫无想象力，烂俗匮乏至此！

事情的真相一点儿都不文艺。那些黄花是一种名叫“黄黄苗”的草药，就长在花驿林泉村附近，清热解毒的。崔冰的奶奶处暑之后生了毒疖子，据说用这“黄黄苗”煎汤一洗就好。前一天报名的时候，崔冰见着我就说了，我当天就骑车回了趟老家，薅了些黄黄苗，夜里赶了回来，约好第二天一早在操场交给崔冰。

我和崔冰之间有没有什么，三年高中，季青也没弄清楚。

豆蔻年华，杜丽娘能在春天里送命的脆弱年纪，心性该是颗不能碰的草莓，汁液丰沛的多感多思，而季青说她的心性却是一颗蒜，坚硬，辛辣。只是遇到了我，那三年，因为崔冰酿出来的醋，都快把她的心泡成腊八蒜了。

季青若是看见我和崔冰之间别有意味的眼波一转，她就能在那片雏菊布帘后面咬着枕巾无声地流上大半夜的眼泪，第二天红肿着眼睛去上课，我要是注意到了，课间关切地问一句："怎么了？"季青嘴里虽然嗔一句"要你管"，心里却甜蜜滋润起来。醋里加了糖，腊八蒜也就变成糖蒜了。

虽不记得初见，但后来，高中的大部分时间和随后读师范的两年里，我和季青还是很亲密的，不然腊八蒜也变不成糖蒜。大部分初恋都是无果之花，我们自然也不免俗。季青却认为她的初恋有着不同流俗的结局——她长久而痴狂地坚守着最初的心动。在季青的叙述中，她和我的爱情故事不无崇高和美好——真相也许并非如此。对她这份痴狂的内涵，我比她自己更清楚——我了解季青，超过她自己对自己的了解。

我松开了季青，让她站起来，从容地脱衣服。

季青解开秾绿外套上的纽扣，说："这顿饭吃得人寒心！"

不是对同学寒心，虽然说亲道热的，到底也只是同学，是熟人，有些连朋友都算不上，季青不会不讲道理地对人家苛求。季青是忽然对这个龇牙咧嘴准备嘲笑一切失败者的世界，寒了心。

她把秾绿的外套丢在地毯上，转过身去，慢慢拉下玉色长裙背后的拉锁。

季青说："你说得对，这个世界真的是一个无边无际的战场，成者王侯败者贼，在任何一场战斗中失败，都会成为笑话。一个穿不起品牌时装的中年女人是笑话，可裹在范思哲套裙里臃肿变形的中年女人，同样是个笑话；一个绯闻满天、小N与小N打架打得丢官罢职的男人是笑话，可平庸克制、一心巴结着朝上爬的小官僚更是笑话；挣扎于底层的草根是笑话，过劳死的精英也是笑话；在钧州卖假酒被查封是笑话，在北京租住地下室、六点半出门挤地铁也是笑话……"

季青背对着我，将一长串排比句抛入空中，同时像剥开一颗水晶葡萄似的，把她穿着薄丝衬裙的身体，呈现在我的面前。她依旧背对着我，保持着优美的体态，丢了高跟鞋的脚微微踮着——她在等我的命令。

我说："到这儿来！"

季青似乎有无限感慨，她玉润珠圆的身体依进了我的怀里，膝盖跪在沙发沿儿上，揽着我的脖子，说："当初的壮士断腕，这些年的柔肠百结，苦心孤诣的努力，咬断牙根的委屈，战战兢兢，虚与委蛇，还要加上几分运气，所换来的一切，都不过使自己免于成为一个笑话，而且是暂时的……"

我的手在她丰腴的臀上，闭上眼，微笑着说："成语学得不错！"

我的心里却有一股冷冷的刺痛：季青在感慨她的人生——她自己可能都没有意识到，按照她描述的这个逻辑，我的人生已然是一部《笑林广记》了。

四

性是一个复杂的场域。

纯粹的原始的动物性的性欲，是罕见的，珍贵的，值得赞美的——人类复杂的社会性感情，玷污了性的纯洁。季青对我的所有怪论，都不反驳，尤其是在她身上没有衣服的时候。

她无比驯良温顺，像落入利爪尖牙之间的食草动物，被咬住喉管之后放弃了所有的挣扎。我看着她因为窒息而轻微放大的褐色瞳孔，微微张开的嘴巴，然后猛然松开扣在她脖子上的手，等着一阵呛咳来拯救她的呼吸。

有时候她会流下眼泪——如同现在，我捧着她流泪的脸，说，“你该感激的你的继母，她把你培养成了一个战士。”

季青四岁时，母亲死于一场车祸。那是个雷雨将至的夏日黄昏，季青坐在祖母家的门槛上，扭头看着开着的院门，她在等母亲来接她回家。母亲没有来，父亲来了，父亲没有搭理坐在门口的季青，呆立在门槛边，冲着黑沉沉的堂屋，叫了声：“妈！”

那一刻，父亲比坐在门槛上四岁的季青还要无助。接下去的两年，父亲都在祖母的帮助下找对象。没有人告诉季青，但季青心里很明白，只要有生面孔的女子进了祖母家的院子，季青就知道，这是给父亲找的对象。季青背着书包上小学那年的冬天，邻居家的二娘领着个年轻女子进了祖母家院子，那女子红彤彤的脸裹在同样红彤彤的绒线围巾里。两天后，她的绒线围巾换成了一条拉毛围巾。季青在钧州百货大楼的橱窗里看见过这种围巾，黑白红三色条条拼在一起，厚厚的，上面还有拉出的长绒毛——在一九七九年灰扑扑的钧州城里，这样的一条围巾给人奢华的刺激感。季青看到这条围巾，知道这个红脸蛋儿的女子，多半不会再像此前那些女子一样，来去匆匆了。

黄兰香就裹着那条拉毛围巾成为了季青的继母。

黄兰香二十四岁，是钧县桑枝生产队的农民，跟生产队的一个小伙子定过亲，后来小伙儿参军提干，就悔婚了。自然没那么容易分手，总要哭闹拉扯一番，自然最终吃亏的是黄兰香——不管农村还是城市，姑娘家拖不起，一年小两年大，二十四岁的黄兰香能嫁给季青的父亲，已经算是嫁得好了。季青父亲虽然是个二十八岁的鳏夫，找对象都靠老妈的窝囊废，但他毕竟是国营厂的工人，是吃商品粮的城里人。

继母的婚恋前史，季青是从祖母和二娘她们闲聊时偷听来的。她们以为季青是小孩子，什么都不懂——听到时的确不懂，可正因为不懂，反而会深深地印在脑子里，然后花很长时间去理解那些话。季青真正理解继母的故事，还要到她从我这里借走了一本名为《人生》的小说之后。

继母一直在无声地围剿季青，逼迫季青远离她的领地。为了不干扰父亲好不容易开始的新生活，祖母让季青跟她住了一段日子。很快，祖母要去照顾季青婶婶坐月子，季青只得耷拉着脑袋，跟在同样耷拉着脑袋的父亲身后，回了自己的家——更准确地说，是黄兰香的家。

黄兰香没有弹过季青一指甲，连骂都没骂过一句，她只是竭力当季青不存在：吃饭时不盛季青的饭，洗衣服时发现季青的脏衣服偶尔混进来一两件，她必定会挑出来丢在一边，不到万不得已绝不跟季青说话，季青喊“妈”她也常常装听不见。季青虽然只有十二岁，可她却采取了最为成熟的斗争策略。她低眉顺眼，当着父亲的面，即使黄兰香不搭理自己，也会喊妈；父亲不在时，她更是不到万不得已不和继母说话。季青自己的事情自己做，竭力把自己存在的影响降到最低。搬进楼房后，季青甚至养成了从不在家里解大便的习惯。双方心里都是有恨的，这是一种很难解释的恨，不是道德问题，也不是沟通的问题，它是一种从人性最深处生长出来的一种有毒的藤蔓，只能被装饰，被压抑，却无法根除。

在和黄兰香之间持续的战争中，季青一直感觉自己处于劣势，特别是两个小柴狗似的弟弟和黄兰香母子三人亲热地笑闹时，季青面无表情地忍受着体内的剧痛，开始让自己的耳朵失聪眼睛变盲身体透明成为隐形人——直到她从我这里拿到了那本《人生》。

路遥掏心掏肺地写了一个乡下人对城市的渴望，季青才明白这么多年继母心心念念的“农转非”到底意味着什么。因为黄兰香的农民身份，按照政策，她生下的两个孩子也只能是农业户口。钧州当地把这种家庭形象地称为“一头儿沉”。黄兰香和她的儿子们，沉重地坠在泥淖里。而季青，天生就拥有它们梦寐以求的城市人的身份。这一点给了季青巨大的心理优越感，从而彻底扭转她和继母之间的战局。接下去的岁月里，她可以淡然甚至是傲慢地面对继母的冷暴力了。

季青后来对我说，黄兰香算不上是一个恶毒的女人，都不大有心机——她驱逐季青的动作太明显，亲戚邻里说起她难免有褒贬。自然，这样的“一头儿沉”家庭，生计要更艰难些。父亲工资微薄，黄兰香打小工、摆菜摊，披头散发地到处抓钱，养大三个孩子不容易。季青多吃一口，两个儿子就少吃一口，她那么外露的多嫌，几乎可以说是一种天真。季青说，她应该感激继母这种天真的做法，如果黄兰香对季青多一些付出和疼爱，只怕那恨会更深，更复杂。

因为有付出就有回报的期待，至少你要回报以感激和亲近，比起现在进退裕如的轻松，对于季青来说，那似乎会是非常沉重的负担。

时至今日，季青和黄兰香之间的关系，表面上已然好得让邻里羡慕了。这是季青的聪明之处，心里究竟如何，也只有黄兰香和她两个人明白，只怕连她父亲都未必深知。那份恨还在，更深，更隐秘。年节聚会之时，三个孙辈追逐玩闹，姐弟妯娌之间互相开着玩笑，一幅和谐美满的天伦之乐的图画，黄兰香和季青都在笑，无意间两人的目光互相撞上，那带笑的目光里也有一种况味复杂的冰冷和敌意——不足为外人道，两个人心照不宣。

我们常常会变成我们恨的人，黄兰香无意中成为了季青的人生导师，把她培育成为一个有着顽强斗志的战士。

季青很能挣扎——无论是在外面的世界里，还是在性爱的床上。她需要持续的挣扎，才能产生充分的快感——虽然她竭力否认这一点。我不断给她制造着障碍和困难，她焦灼地在我的掌控中扭动，满眼央告地望着我——为了不让她碰触到我的身体，我绑住了她的双手。而她的身体，却是任由我摆布的。这给了我一种掌控的幻觉——在这个世界上，这大概是我唯一能获得掌控感的瞬间了。

我曾经以为，我可以像此刻掌控季青的身体一样掌控自己的命运，像掌握所有的功课考取高分一样掌握这个世界的各种规则取得承认——这种想法很天真。

我天真，不是因为我不知道有人会作弊，或者规则本身就是不公平的——作弊本身就是比赛的一部分，不公平的规则，也是规则。但现实更荒诞更残酷——当你完成了一半赛程之后，忽然发现，出发时的比赛规则不知从什么时候开始，已经彻底改变了，你拼尽全力的奔跑，于是成为徒劳——遭遇这样的荒诞之后，你也许会怀念那些长久不变的规则，即使那规则不合理不公平。

我生下来就处在一个不公平的规则里——我是一个农村女人生下的孩子，虽然我在钧州城里长大，可我也没有那个所谓的“非农业户口”。我在钧州读书，算是借读，读小学、初中时姑姑托了人，后来因为我成绩一直很好，不用再托人，学校也不舍得我走了。

季青知道我的情况后，丝毫没有掩饰她的吃惊。她的吃惊是一种赞美。当初一个很喜欢我的语文老师说，这孩子很贵气。季青说，她曾经很困惑：寄人篱下的境遇，低人一等的身份，什么给了我那一身贵气？后来，她跟我回了一趟花驿，见到了我的祖母，她说她知道原因了。

我的祖母、父母和两个姑姑，他们尽其所能，给了我所能给的最好的人生开端——如今回头看看，我的童年和少年，闪烁着完满幸福的金光。我从小学时就生活在大姑家，大姑对我比对她的儿子还好，有好吃的我和表哥一样，衣服则永远是我的更好，更洋气，姑姑从不让我穿表哥的旧衣服，就连我理发时不肯将头发剪得太短，姑姑也依着我。对衣食的挑剔，成了我的痼疾，但凡条件允许，必会发作。

我一百七十三公分的身高，即使在高中时，也不算高。可我却始终是钧州一中校园里比较引人注目的男生，不只是因为我成绩好，我还是校足球队的左后卫，每周去市体校练散打。我从七岁开始学围棋，就是跟着祖父的那位挚友陶先生学的，祖母带我去拜的师，陶先生给我讲了很多祖父的故事。上高中时，教数学的林老师酷爱围棋，学校里几个下棋的老师都不入他的法眼，偶然和我手谈过一次之后，有空就叫我去他办公室切磋一局。我还跟陶先生学过两笔国画，季青十六岁生日时，我送她了一幅墨梅，上面写了一句：“只留清气满乾坤”，至今她还挂在这套房子的书房里。

季青说我身上有种内敛的桀骜不拘，几分带着优越感的傲气，当然，还有几分难以名状的忧伤。夏日夜晚，她在校园的操场上，远远站着听我在姑姑家阳台上用口琴吹着《月亮河》……

那时候，“酷”这个词还没有诞生。季青觉得，我从那个时候开始到现在，一直都很“酷”。

其实，这种“酷”包裹着一种脆弱，一种被骄纵出来的自以为是和幼稚任性。当然，也有几分并不自觉的旷达和超脱——也许是天性，也许是祖辈父辈的身教，我始终不是目标性很强的人。如果说不肯复读是出于幼稚的虚荣，上了钧州师范之后，我过了两年散漫得如同神仙一般的逍遥日子。多少有些不求上进的受挫感，但现实如果允许我这样逍遥下去，我也定会不求上进到底了。

这也是一种荒谬——本来该是高加林，莫名其妙长成了贾宝玉——也许这应是我变成笑话集的人生里，收入的第一个笑话。

少年的我，不屑于挣扎。

在床上，季青把她在现实世界里抽象的挣扎，变得如此具体。

此刻，我细细观察着季青的挣扎——这个女人似乎有着无穷无尽的忍耐力，她因为疼痛轻轻地吸着气，仿佛在怂恿我给予她更为漫长的折磨——我停下了，她微微喘息着，焦灼地咬着嘴唇——我轻轻拂去散乱在她脸上的头发，她迷醉地用嘴唇蹭着我的手指，我的另一只手出其不意地给了她更为尖锐的疼痛，她哑叫了一声，疼得蜷起了身体，我用力把她的腿压下去，分开，她徒劳地在枕上扭头，眼泪汩汩地涌出来，枕套都湿了……

我的眼泪也流了出来——在很多原始宗教里，性行为本身就是宗教仪轨。在我们这些年逐渐形成的性爱程式中，季青把我变成了巫觋——我不是在和她做爱，我是在作法——用疼痛驱散侵入她身体的邪祟，用眼泪唤醒她被麻木封锁的真实感官……

她也许不知道，这是一种何等残酷的巫术——她有多疼，我就有多疼……

我第一次和季青在一起的时候，就感受到了这种疼。

季青把她的处子之身，当做毕业礼物送给了我。那是在钧州师范中文系教学楼楼顶的天台上，我摸到她满脸的泪水——她搂着我，告诉我，毕业分配，她的去向是钧州市教育电视台。

夏夜的星空很低，她不哭了，拉着我的手，看夜空，告诉我她从明天开始，她要去教育电视台实习——教育电视台的管辖单位是教委——然后，她说，她很快就要和教委主任的儿子结婚了。

这就是季青，我可爱又可怕的女战士！

我的胸口插着她投过来的标枪，但却是她的身体在流血……

那天，在天台的星空下，季青说："我会顽强地留在你的生命里！"

我没有回答，只是把她揽进怀里狠狠地吻——二十年之后，季青说："我说到做到了！"

我依旧笑笑，依旧疼痛。

季青在用一种悖论的方式以眷恋表达着她对我的否定。

那个天台星空之夜后五年，季青离开教育台去了钧州电视台，同时也结束了第一段婚姻。那时，我还在花驿中学教语文，没有结婚，也没有女朋友。为把手里的一摞工资白条换成人民币而到乡政府讲理，一怒之下砸了乡长办公室的玻璃，把自己的手也弄得鲜血淋漓。季青来看我，捧着我的手，哭了。

季青在我们家住了三天。父母不知道该如何应对我这个从天上掉下来的女朋友。只有祖母很淡然，她点了我一句，说："彦啊，你别迷！”

我笑着说：“奶奶，我不迷！”

三天之后，季青离开了。季青后来在钧州成了名人，关于她的传说自然不少。有人说她离婚是因为有了别人，至于这个别人是谁，云山雾罩，众说纷纭，越说越玄妙，越说越神秘。我从来没有问过季青，但我能感觉到这个人的存在。此后，季青再没有结婚，一直到现在。我们这两个法律意义上单身的人，却在偷情，这是我人生里一个不为人知的笑话。

很久以来，我都不知道该如何描述季青和我之间如此漫长而怪异的情感关系，此刻我忽然想到了一个类似的好笑又悲哀的故事——叶公好龙。

我开始吻她满是泪水的脸，微雨湿杏花般地温存，松开她被绑缚的手，她热烈地抱住了我的背——我深深地进入了她的身体，她长长地呵出口气，极端满足地回吻我的嘴唇，我们像两条交尾的蛇一样，缠绵在不分彼此的身体里……

“你和崔冰，有没有……”她在我耳边喘息着问。

她每次都在最兴奋的时候提到崔冰——崔冰是她的梦，公主梦。

我有些心酸地抱紧她，“没有崔冰，只有你！”

我没有撒谎。在仙女和妖女之间，妖女的魅惑是无法抵挡的。如果没有季青的出现，我和崔冰之间也许会顺理成章地演绎一场校长女儿与得意门生的庸常故事，金榜题名，比翼双飞，即便好事多磨，最后还是会花好月圆——人类永远在重复古老的原型故事。季青后来闯进了我的生命，而且还顽强地留在了那里——她的生动、复杂，魅惑了我，我忽然觉得原来的故事如此乏味。我已经到花驿中学当了老师，毕业之后读研的崔冰，还在给我写信，鼓励我考研，那些信，我没有回。我对祖母说，我不迷，其实，我还是迷了。

我唯一的清醒，只是知道而已。

五

我回到宿舍，现实世界在熹微的晨光中降临，我却拉上了窗帘，睡觉。

我被一阵小心翼翼的敲门声惊醒了。艰难地睁开眼，门已被推开了一条缝，明亮的阳光从开着的门缝里透进来，一个低低的女人的声音，在叫："史老师，史老师。"

我含混地应了声，抓了抓头发，起身。门被推开了，我们教研组的马静站在门口，手里端着一饭盒包子，说："还没吃早饭吧？我自己包的，豆腐皮馅儿的，你尝尝。"

马静是湖南大学的博士，去年来的钧州学院，三十四岁了，单身。她一来，王启就动了撮合她和我的心思。我一口回绝，理由是自己离婚了，还有个孩子，人家是未婚姑娘，不合适。这当然不是理由，在钧州这样的小城市，马静这样的年纪，几乎不可能找到初婚的男人。但我没给王启再啰唆的机会，也不知道他是否明示或暗示过马静，反正她一年来嘘寒问暖地关心着我。

这是我的古怪之处。这种打毛衣、送饭菜、洗衣服、收拾屋子之类的亲近方式，我感觉如同陌生医生把冰冷的手伸进我的衣服给我查体一样，有一种被冒犯被侵入的不舒服，但还得忍着，不能把排斥表露无遗，否则就是不通人情了。

幸好马静还算含蓄节制，打扰得不算频繁，有时候都让我觉得自己是疑心生暗鬼，有一次撞上季青，一贯温和克制的马静差点儿失态，我才意识到问题的严重。那天我在学院门口等王启和季青，马静看见了我，笑着跑过来，说了两句闲话，季青的车到了，她下车，王启这时也到了，季青和她也就有一瞬间的对视，并没有说话，季青带着意味深长的笑朝我点了点头，我只能不做任何反应。王启见马静愣着，没有离开的意思，只能说："小马老师，一起去吧？"

马静猛然醒悟，尴尬地笑着拒绝，自己的腿绊着自己的腿，跌跌撞撞地跑走了。她离开时瞥我了一眼——那眼神中有真实的痛苦。事后马静还是一样，隔三差五地送点儿吃食、水果、茶叶什么的，还是什么都没说。我的心绪却沉重起来。我知道，这月闲云淡之下，自有她的一番艰难。还算清秀的一个湘妹子，家境一般，自己肯上进，本科硕士博士读到底。湖南大学也是好学校，好学校的好学生，能找到钧州学院这样的工作，已经是运气了。我看过马静的文章，理论功底很扎实，也有灵气和性情，但在钧州学院这样的地方院校，是做不成什么学问的。而她这样的女子，对爱情和婚姻自然是有期待的，只是她们的期待，多半是要落空的。

我能感觉到马静竭力融进四周的努力，跟着教研组组长周老师学包饺子、烙菜馍，然后献宝似的拿来给我。听从周围那帮老媳妇小媳妇的挑唆，今天买条裙子，明天换个发型，我一进教研室，叽叽喳喳爆出一片提问声：怎么样？史老师，咱们小马老师今天这造型不错吧？我必然说很好。

面对马静，她的努力，她的恐惧，她的孤单无助，都让我感到心酸——或者是兔死狐悲，物伤其类——这份心酸也是自己的。马静对我说不上有多深的感情，但却用了很多的心——这些用心似乎与我有关，却也无关。与其说她在讨好我，不如说她在谄媚着周围人的目光，以及那目光之后一种无形而巨大的力量：她不愿意自己变成一个笑话！

如果是十年前遇上马静，我很可能会接受她，和她恋爱、结婚，一起努力谄媚那奴役我们的力量。我的前妻，就是一个“马静”。有时候在钧州学院的单身宿舍里面对马静，我几乎会产生回到了花驿中学单身宿舍的幻觉。世事如棋，虽说千古无同局，但在不同的棋局里，会遇到相同的情势，轮回一般。

我知道接受了“马静”之后会发生什么——所有埋伏在生活水面之下的问题，像一根无穷无尽藤蔓上生的累累瓜果，拉出一点就会连起一片，只不过我们在上世纪九十年代遇到的问题是拖欠工资，生计艰难……如今这些问题可能被置换成房子，孩子，老人，职称，职务，科研项目……“马静”会被一连串预想不到的问题弄得心力交瘁，会对我的无能无比失望，我不可能不让她失望——如果说上次对那个“马静”我还怀着一丝绯色的不让她失望的幻觉，如今我心里全是铁一样的冷静。我不想再看着这个“马静”忍着泪安慰我：“会好的，只要我们努力，一切都会好起来的！”

那个“马静”也曾经温婉平和，非常努力地过着日子，粗粝的生活把她一点一点磨砺成了尖利的枪刺，我也从可能拯救她人生的天使变成了带给她厄运的妖魔，只有杀死我，才能获得新生——于是她不断地刺向我，我倒下，在她的生命里死去——在和我离婚后不久她就再婚了，和一个年近五十的乡镇干部。我回花驿时，有熟人愤愤地告诉我，其实我前妻早就和那个人有事儿——我听了，反倒觉得安心，如果真的是这样，那么我也可以少一些愧疚。

一错，不能再错。

从七岁开始下围棋，我知道，死活不在一边一角。如果你只看你身处的这一块儿，你觉得有气有眼，还有辗转腾挪的可能。但你跳出来看全盘，就会发现，你所在的那一块儿，在大局里已经死了，你再挣扎也是无用。我何苦再拖一个“马静”进我已定的人生败局里呢?

我只是不能把这一切明白地讲给面前的这个马静听，即使我说了，她未必信我说的是实话；即使信我说的是实话，也未必懂我这实话!

包子的味道很好，我三口两口吃了一个，又咬着第二个，起身给自己倒了杯水,马静低头笑着说:“王院长在办公室生气骂人呢！”

我放下水壶，从嘴里拿出那个包子，“他怎么了?”

马静奇怪地看我了一眼,“替你生气呗！在办公室骂了半天那个男生——你也气坏了吧?”

马静一直认为我和王启友情深厚，对此我从不表示异议。我笑了一下,又把包子塞回了嘴里,继续吃,含混地说:“我其实没生气。”

马静靠着桌子沿，微微晃动着身子，说：“就是，不值当跟他一般见识！”

我咽下了那个包子，喝了口水，对马静说：“很好吃！”

马静的手指拨弄着饭盒盖，耷拉着眼皮说：“黄老师托我件事儿，你听了可别生气。那个男生，陈若鹏，是她一个亲戚家的孩子。他们家长一听这事儿也气疯了，昨天就从县里赶过来了，要给你赔礼道歉——他们就是想求你，别处分那孩子，主要是马上毕业了，万一影响了就业，一辈子的事儿！”

我失笑，说：“马静，我没权力处分那学生，这是财经学院和学生处的事儿，跟我没关系。我也不生那孩子的气，我不需要处分他，我也不需要任何人的道歉！你就这样告诉他们！”

马静担心地看着我，我知道她根本不相信我说的这些话不是气话，虽然她在用力点头。果然，她一字不差地向黄老师转述了我的话，黄老师的判断是：我很生气!

马静只是探马，黄老师下午亲自披挂上阵了。

黄老师先是以担山之势吭吭哧哧拎进了四个大盒子，西洋参蜂王浆蛋白粉之类的东西，然后用脚踢进来两箱饮料：凉茶和可乐。我几乎要笑了，黄老师没等我说话，先拿手指着我："小史，大姐可是个要面子的人，这都得收下！"

黄老师坐下后，开始劝我。高高举起，轻轻放下，吓唬吓唬算了，孩子嘛！他不知道轻重，大人不能跟他一般见识。马上要毕业了，他父母作了好大的难，让他参加了钧州农行为照顾员工子女专门进行的"校园招聘"计划，三拜九叩，各路关卡都通过了，马上就要签三方协议了——如今就业形势多严峻呀，多少正儿八经本科学校的毕业生都没着没落的，更不要说钧州学院这种从大专升格为本科的地方院校的学生了。再说，农行那儿争得也厉害，陈若鹏的同学里也有参加这次农行招聘的，万一有个风吹草动，学校这边给个处分，正好被人拿住把柄，挤掉一个就多出一个名额——说到底，这事儿在你这儿，不过是一口气的事儿，而搁陈若鹏身上，那可是关乎前途命运的大事儿！

我照例给了黄老师我的"新闻通稿"："我没权力处分学生，我也没有要求任何人处分任何人！这事儿在我这儿，已经过去了！我不想再提了。"

黄老师盯着我看，我竭力压抑着烦躁，以相对平静的表情来确保我的表达真实可信。黄老师忽然问："那王启发那么大脾气，为什么呀？"

我毛躁起来，"我管得了他吗？！我又不是他家长！"

黄老师将信将疑地还在审视我，忽然被我这句话提醒了，一边掏手机一边说："行！大姐相信你！我让孩子家长过来，你当面给人说一声——哎呀！人家爹妈昨天就到了，吓得没敢过来！"

我彻底毛了，“黄老师，黄老师！你别打电话！我干吗要见他爹妈？！”

黄老师也急了，“小史，大姐可一向待你不错，你们家小静，我都跟亲妹妹似的——就这点儿事，算是大姐求你了，你大人大量，当面给人家爹妈个保证，人家也放心不是？不然人家害怕，真害怕！我告诉你，昨天晚上孩子妈一直哭，说想来求你，听说你还是北京回来的博士，人家都不敢来——”

黄老师彻底把我说崩溃了——这是钧州学院文学院一位语言学教授说出来的一段话，话语缝隙之间那份荒谬造成的张力，足以撕裂我的脑神经。除非动手，显然我无法阻止黄老师打这个电话。

陈若鹏和父母显然就在门外候着，黄老师打通电话，不到三十秒，敲门声就响起来了。黄老师去开的门，陈家父母扯着儿子进门，母亲还没开口，就哭起来，陈父手里拎着个五粮液的红色手提袋，他放下，朝我郑重地鞠了一躬，“史老师，我们对不起你……”

母亲哭得呜呜有声，拍打着儿子，跟着丈夫冲我鞠躬，结果膝盖一软，半蹲半跪到了地上，“史老师，对不起……”

那情形其实有点儿滑稽——黄老师本能地想笑，又觉得不对，忍住了。陈若鹏阴郁着脸，把头歪在一边，不看父母也不看我，黄老师拉着往地上坠的陈母，眼睛看着我，示意我赶快表示一下。我跳了起来，闪电般穿过那四个人，跑了。

我落荒而逃的原因，是因为不堪忍受那样一种彼此侮辱的场面，荒诞，却残酷，无论对我，对陈若鹏，还是对陈家父母。

我去找了王启，让他去我宿舍善后。

王启生气地说：“搞什么嘛！庸俗！”

王启颠颠地去了，等我再回宿舍时，陈家的人和东西都不见了，我真心对王启说了声谢谢。

第二天，热闹了一天。

陈若鹏的父母说不上是什么手眼通天的人物，只是因为钧州不大，到哪儿总能找到几个熟人。陈家爹妈磕头如捣蒜地在钧州学院上下央求，托着各色熟人到我跟前说好话。如果我为了一口气，葬送了一个孩子的好工作，谁都会认为是我不对，连我自己都认为我不对。那些人讲着各种各样的道理，所有的道理搁在一起，就是一个无比扭曲无比拧巴的大道理：那些虚无缥缈的属于精神情感层面的东西，遇上实实在在的利益，虚的必须为实的让步——这是宇宙间的至理，无数比我伟大、重要的人物，都服这个理！

我惹不起，躲得起。

我把电话丢在宿舍，躲出去和锅炉房的李大爷下象棋了。王启满校园找我，最后想起了锅炉房，找了过来。

李大爷刚吃了我的马，得意地敲着棋盘边，我不让王启说话，盯着残局看了半天，弃子投降。王启一把拉起我就走。原来财经学院院长、学生处处长请我过去，要就如何处理陈若鹏的问题征求我的意见。

王启说，别以为他们这是在尊重你！他们指望你宽宏大量，他们顺水推船，要送人情还不想担一点儿风险！

这件事像一团恶心的嚼过的口香糖，从右手上扯下来沾在左手上……我被王启拉进了学生处处长的办公室，勉强听完了学生处处长客气的询问，我不耐烦地说："我的意见，没那么重要！你们又不是提供客房服务，以客人的满意为最高旨归！这是你们的事情，不是我的事情，我无所谓！你们认为该如何处理，就如何处理！"

财经学院院长"哼"了一声，站起走了。学生处处长叹了口气，看了看表情严肃的王启，说了句："那就通报批评吧！"

王启连连点头，说：“对，对，是要好好地批评！刹一刹坏风气！”

学生处处长苦笑着摇头，没再说什么。王启笑着和学生处处长告别。一出来，立刻换了副咬牙切齿的表情，“我告诉你，这都是陈家喂饱了的！通报批评可以撤销，今天给明天就撤，处分决定肯定不进档案，糊弄谁呀？！”

我忽然感觉自己错了，虽然我还不知道究竟是怎么错的——我挣脱了王启的聒噪，独自回了宿舍。不知道为什么，我心里有了几分莫名的不安。

七

我的不安，也许是种预感。

对陈若鹏的通报批评张贴了出来，上课时我路过布告栏，故意走远离布告栏的路边。而下课时，我干脆绕道回宿舍。我蔫头耷脑地走着，魂不守舍，好像是把什么要命的东西给弄丢了。

走到原来中文系老教学楼的西墙下，开着的窗子里忽然探出一个男生的头，“史老师！”

我惊了一下，抬眼看，是中文专业的刘特立，这孩子在大一的时候组织了一个名叫“白日梦”的剧社，一度曾经有过几十人的盛况，但却连个活动的地方都没有，他们眼巴巴地看着我，我就去给王启拍了桌子，王启才费劲儿去给院长开口，答应每周有一个下午，让剧社使用老教学楼一楼的这个小房间——免费。老教学楼租给了面向社会开办的各种培训班，音乐、美术、早教……每一间屋都是要换成钱的——我还真的沾过王院长的光。

这个小房间西晒，金红的夕阳，将窗棂巨大的影子，斜斜地横过黑板。教室里的光线显得斑驳，明亮的过于明亮，幽暗处过于幽暗。我被刘特立拖了进来，靠着讲桌站着。教室里共有七个学生，六个女生一个男生，他们结束了排练，正在争论去年在网络上热闹一时的“杜甫很忙”。刘特立有些孤立，倒不是因为他是唯一的男生，主要是没有人支持他的观点。那几个女生笑着，七嘴八舌说这么搞怪多正常啊！大家压力这么大，恶搞一下下，有什么呢？！刘特立不断地将盖住半张脸的刘海甩上去，激愤地指责那些“杜甫很忙”的恶搞画面是对诗圣的亵渎，而这种貌似平和宽容的态度，其实是一种不负责任地纵容……刘特立应该算是“九零后”，只是这孩子和同龄人的口味不大一样，天真地热爱着悲剧，偏执地向往着云端里的崇高、静穆和伟大。他正被那几个女生笑得有些羞恼，一眼看见我从窗外走过，立刻觉得是来了生力军。

我听完了，笑了一下，说：“我不同意你用‘亵渎’这个词！”

我刚说了一句，刘特立张嘴要和我辩论，我制止了他，说下去，“这个词用来描述‘杜甫很忙’，太大了，也太重了，它不配！亵渎，在文学和艺术上，是一种非常强大的反抗性力量，很多现代和后现代的经典之作，依赖着亵渎的力量完成了意义表达。但这些恶搞杜甫的画面不表意，他们让杜甫端着 AK14 也好，怀抱美女也好，吃麦当劳也好，并不是在反抗杜甫或者‘杜甫主义’，就是图一乐儿！事实上，它又的确践踏和伤害了某些珍贵的东西，用一种轻到无物的力量，以至于你想捍卫这些珍贵的东西时，都没有办法和它斗争！你和它斗会怎么样？看过舞台上身上套个假人、自己跟自己摔跤的小丑吗？你会成为一个笑话！”

那几个女生不笑了，我自己才意识到自己的声音苍老而悲怆，“大家各自讲着各自的道理，都有道理。每一种说法都有理由，都能成立。当我们觉得所有的道理都有道理的时候，我们的世界就成了陷阱。在一个变成了陷阱的世界里，我们是找不到的‘意义’这种东西的……”

西窗外的日影越发西斜，射进教室内的光褪掉了那层金红，黯淡下来的教室，有些森森的洞穴的味道，教室里的情形很诡异。我忽然觉得自己和这几个孩子像中世纪为了躲避教廷迫害而秘密集会的异教徒——别瞎想了！

我勉强笑了一下，说：“不瞎说了，去晚了食堂就没饭了！”

刘特立跟着我出来，他似乎有话要说，我很害怕他跟我说陈若鹏的事情——对我来说，面对他，比面对王启、学生处处长他们要困难得多。幸好到了路口，食堂和我宿舍的方向不同，我打破了压抑的沉默，说了声再见，匆匆走开了。

从我宿舍方向，冲过来一个人，他几乎撞到我身上，才站下了，是陈若鹏！虽然这几天我都不怎么能想起他的脸，可一见他我立刻就认出了这张脸——那是张稚气得近乎婴儿似的脸，搁在短短的脖颈上，下面是高大却已经微微发福的身体，皮肤很白，嘴巴很小，嘴唇激动地哆嗦着，忽然从那小小的哆嗦的粉红嘴唇里爆出一串怒骂：“你他妈就是一变态！我妈都给你跪下了，你还不放过我！”

接下去的脏话我听不清楚，我开始耳鸣——但我的肢体比我的脑子敏捷，我一脚把他给踹倒了。陈若鹏比我高，也比我胖，他爬起来毫不客气地还了手。他自然不是我的对手，虽说这些年断断续续没怎么认真练，但散打的功底还在，打他绰绰有余。

陈若鹏鼻青脸肿却不肯认输，轮着胳膊扑过来，我只得摘了他一只胳膊，他才消停下来。然后我给王启打电话，他跑过来，陈若鹏捧着脱臼的胳膊，脸色煞白——王启的脸跟着也白了。

陈若鹏如此愤怒的原因，是钧州农行人教部主任，给他母亲打了一个电话，真有竞争者向农行反映陈若鹏受处分的事。虽然还没有出最后结果，但很不乐观，陈若鹏的父母正在想办法，打电话告诉他千万不要再惹事。

陈若鹏顶着一头的乌云闪电，挂了电话，去吃饭，正好遇上被他死缠烂打的前女友，上了新男友的车——他忽然觉得自己的人生完了，他绝不能放过那个毁灭他人生的罪魁祸首，也就是我。

我是后来从陈若鹏母亲那里知道这些原委的。

我和陈若鹏打架的时候，路过的学生很多，没有人劝架，却几乎人人掏出了手机。很快，这段场面火爆的师生对殴视频，被无数人转发。

视频的标题文字是："官二代"学生屡次侮辱老师遭暴打。

陈若鹏的祖父退休前任过钧州市下辖钧县的人大副主任，他父亲现在是钧县地税局正科级调研员，于是陈若鹏顺理成章地荣登"无恶不作之官二代"榜单。视频下方的文字详细描述了陈若鹏和我这场冲突的前因后果来龙去脉，虽然有些措辞过激，却也还基本算是事实清楚。本来网上传一传也不打紧，钧州学院的领导以不变应万变，准备无为而治地等这件事儿过去。偏偏外省某家电视台在一档"网罗天下"的节目里报道了此事，看到的人不少，保不齐就有领导看到了——钧州学院的领导于是觉得似乎又是个事儿了。即使算不上是谄媚权力的帮凶，至少是够格的失败的教育者，钧州学院的形象到底不那么正面。

钧州学院党委认为需要正面报道，任务下达给人文学院，最后落实到了王启的头上。王启自然去求季青，季青带着摄像来了钧州学院。

在王启的办公室，季青带来的小摄像，一边放机器，一边笑着说："咈！跟大学男生打架算什么事儿啊？——又不是跟小学女生开房！”

“你们这些年轻人，真是……真是……”王启夸张地做出又笑又气的样子，“什么都敢说啊！师生如父子，天地君亲师，老师毕竟是老师呀！”

我恹恹地窝在沙发里，王启的口气已然转变了，从为我撑腰变成了为我平事儿，我实在看不惯他这种惺惺作态，就闭了眼。

王启过来拍拍我，“待会儿陈若鹏和他家长来了，你一定得配合！控制情绪——跟这种混孩子，不值当生真气！”

我认真地看着王启的脸，看得他有点儿发毛，瞪着我。我这时才说：“王启，阴谋诡计跟内脏差不多，得放进胸腔腹腔，你怎么把阴谋诡计都放脸上了？真的，看着挺别扭的，跟大肠长脸上差不多！”

王启居高临下地指着我，“你就损吧，你！就你这嘴，就你这脾气，惹是生非！你说我什么都无所谓，待会儿对着镜头你认真点儿！不然跟院里没办法交代！”

对着镜头，自然是需要表演，脚本是定好的：一切矛盾的根源不过是不能充分沟通而造成的误会，灯一拨就亮，理一说就明，干戈化为玉帛，戾气终成祥和。双方先做自我批评，再表达体谅与善意，拍一些师生和谐的画面——感激的眼泪配上理解的微笑，握手或者拥抱，在电视上要慢镜头播放，配上煽情的音乐，季青画外音的评论：息事宁人的同时，批评部分网友以阴暗心理、暴力语言论事度人，乱贴标签，混淆视听，不负责任地制造对当事各方都很不公平的舆论，这样的“言论自由”与我们努力建设的社会主义民主法制社会背道而驰云云。

就算我愿意没有底线地配合，事情发展的不可掌控程度却也是没有上限的。

我们没有等来陈若鹏的父母，却等来了陈若鹏自杀未遂的消息。据说是服用了安眠药，抢救得很及时，已经没事儿了，可他还住在医院里。

接着，学院路派出所的两个警察找我了解情况。陈家人报案了。陈家人除了要求我赔偿陈若鹏一系列的医疗费用之外，还要我澄清事实，以正视听。陈家人很委屈，陈若鹏并非有意侮辱老师，冲突演变成这样，双方都有责任，说起来，自然是老师的责任更大一些。而且陈若鹏遭遇了学校不公平的处理和舆论的伤害。即使放在县里，一个只有级别没有实职的科级干部，也算不上什么官，把人家孩子说成无恶不作的“官二代”，实在过分。

我是个下棋的人，下棋的人自然要多看几步。我在派出所时就很清楚地看到，即使我态度强硬，陈家人也秋菊般执着，从派出所闹到法院，加上自媒体时代，每个人都有自己的私家微型“新华社”，各执一词，互相骂骂，招揽些围观看热闹的——大致如此一番折腾，实质性结果估计和派出所社区民警给出的调解意见没什么区别：各打五十大板，都有错，都做了不利于构建和谐社会的不理智的事情，各自反省。尤其是作为老师的我，打伤了人自然要赔点儿医药费——然后，游戏结束！

这种自取其辱的败招，我自然不会用。我从派出所回来，王启跑来找我，学校已经撤销了对陈若鹏的处分，陈家父母在他办公室等我，人家有和解的意思。我被他生拉硬拽地去见了陈家父母。

陈母还在不停地擦泪，陈父也显得忧心忡忡的，他们见我进来，都站了起来。我一瞬间都以为我的判断出了问题——他们以一种近乎乞求的神情看着我，多少还带着几分畏惧。我感到一阵混乱——这也太不合逻辑了！

我甚至都有几分相信了王启一路过来给我做的"阴谋论"阐释了：所谓的"自杀"、报案，都不过是逼学校就范的手段——有高人在背后给陈家人支招了！

我坐下之后，脑子清醒了——不管有没有高人支招，和我比起来，陈家人更加伤不起——人家不会拿着孩子的前程和我玩那种两败俱伤的斗气游戏的。陈母擦着泪替儿子解释了很多——总而言之，在陈母的分析里，这场灾祸的根源，就是儿子那个无耻且无情的前女友。陈父几次想打断陈母，可陈母不容他打断，她像那种打开了就关不掉的病毒程序，不停地说着。

我忍不住了，开口问："那你们找我干什么？"

陈母愣住了，她脸上凝固着一种质朴、愚钝的惊讶——她无法理解我的反应。按照她的判断，我应该被她这种归责中的友好和善意打动，因为我现在也和他们一样处在麻烦当中，态度应该有一丝不安和软化，双方都让步，最后达成互惠互利的解决方案。我甚至已经猜到了他们的要求——果然，他们说案子可以调解，也可以不要赔偿，只要我愿意承担这场冲突的责任，就这件事写一个书面说明——钧州农行很快就开始对这批招聘的应届生进行外调政审，财经学院和学生处那边都没有问题，他们也要确保我这边不会有问题。

我站了起来，说："我不知道该怎么写这个说明——别着急！千万别再误会！我有另外一个解决方案——我辞职，离开钧州学院。然后，你们可以随便解释这件事——我想，这样，说不定比我写个说明，效果还要好！"

我就这样离开了钧州学院。

我在宿舍收拾东西时，王启有种很真实的难过，马静在默默地替我朝箱子里放书。我的行李很简单，书带走的也不多，大部分书我都留下，让马静处理了。

季青开车送我回花驿，她在调动工作的空档期——她也要离开钧州了，去省卫视，主持一档访谈节目。王启帮我把行李放上车，叹了口气，和我握手时，说了句："我真是想不明白——"

他没说完，我也不知道他想不明白的究竟是什么。

回花驿的路上，我不说话，季青也没说话。车上的音响在放汪峰的《存在》，"多少人走着却困在原地，多少人活着却如同死去，多少人爱着却好似分离，多少人笑着却满含泪滴……我该如何存在？……谁知道我们该去向何处？谁明白生命已变为何物？……"在那诘天问地的男声中，我的泪滚了下来。

我扭脸看窗外，模糊的泪眼中，是死寂的等待拆迁的村庄和荒芜的没有作物的田野，"……谁知道我们该梦归何处？谁知道尊严已经沦为何物？……我该如何存在……"

八

家里的电断了。

不知道是事故，还是承包商催着村民搬迁故意弄的。前两天，村里电忽然断了，两天了，也没人修。村里的小卖部早就搬迁了，照顾祖母生活的表姑，就拿了一个黑釉的粗瓷碗，里面盛上豆油，一根棉线做的灯捻靠在碗边，这种简单的油灯，倒比蜡烛好用。

昨天，表姑也走了，她也得忙着搬家。

村里已经搬空了。

林泉村六百多户人家，这个晚上，只剩了我们一家。

林泉村和林泉村的农民，早在两个月前就已经不存在了。我们花驿镇林泉、东明义、西明义、云汉、后杜、苏家六个村整合出来的一个新型农村社区，称为林义社区，全都建好后能安置这六个村两三千户人家。林义社区第一期建了二十二栋七层住宅楼，安置的是林泉村六百多户人家。这六百多户人家集体转为非农业人口，原来的耕地和宅基地都进入土地流转程序，每年每亩地能获得一千一百元钱。这钱是土地承包商给付的，按规定是每年给，但承包商愿意一下给三十年的，绝大多数人家也经不起一下得到二三十万这样一笔巨款的诱惑，犹豫的人也有，多半是老人，但面对渴望“梦想启动资金”的孩子们，最后都让步了。

元月份分配房屋，我回来办的手续。祖母今年九十岁了，三年前，因为我父母的猝然离世，她哭得太狠，眼睛有些不大好了，人也是有时候清楚，有时候糊涂。两个姑姑要接她去钧州生活，祖母不同意，她们说得狠了，祖母就要拿拐杖敲人，于是姑姑就花钱请了村里的一位亲戚，按辈分我该叫表姑的，照顾祖母的生活起居。我跟祖母商量搬新家的事，祖母始终没有真的听懂我的意思，只反复说：“我不住楼，我就住这里。”

我揣度着祖母的意思，也许要个一楼，会让她好接受一些。没想到抢一楼的人家很多——所谓的土地流转不过是个名目，村民最为感性的判断是没有地了，不管是种的地还是住的地，变成了银行里的钱，短暂的欢喜之后是难以名状的失落。住宅楼一楼后面几平方米能种点儿什么长点儿什么的土地，忽然变得如此有吸引力。

我只得给季青打了个电话。季青说，奶奶的话那是最高指示，一定得落实！季青自然能落实。新家那边，两个姑姑，加上舅舅一家的帮忙，已经收拾好了。但祖母坚持不肯搬家，我不想十分违拗她的心意，就一天一天拖着，直到拖成了最后一户。

照顾祖母在里屋睡下了，我回到堂屋，黑釉碗边上的灯火如豆，门开着，有风进来，灯焰在晃，满屋子摇摇曳曳的影子都跟着晃。

明天要带祖母去新家——也许祖母糊涂些更好，她的那个花驿林泉，已经不存在了。

花驿林泉，是祖母的娘家。

祖母姓王，闺名二丫，后来嫁给了钧州城里史家六房里的大爷，也就是我的祖父，才有了学名宜兰。1930年春，祖父到花驿来找地——或买或租，他要种从美洲传进来的烤烟。林泉的地，十之八九都是王家的，所以他来王家拜访。祖母还是待字闺中的女儿家，活泼得有些出格，她在院子里踩着条凳拿着钩杆钩树上的榆钱儿，一钩杆打落了祖父的帽子——祖父当时刚跟着看门的走过二门的影壁，祖母扭头看是个陌生的年轻男子，羞得丢了钩杆，一双粽子似的小脚跑得也飞快。祖母给我讲的时候，还记得那天她穿着三镶三滚缠枝如意纹的枣红夹袄，油绿的府绸裤子，一条大辫子辫梢儿拖得到腿弯儿，辫子上挂着一对儿印把子形状的金坠脚，她这一跑，两颗金坠脚相击相撞，金声玉振。祖父呢，穿着一身石青色的薄呢西服，黑色的礼服呢帽子，漆皮鞋雪亮，一抬手，衬衣上鎏金的袖扣在阳光下直晃人眼。

我第一次听还没感觉，后来就发现了漏洞——祖母不是含羞跑了，怎么连袖扣这样的细节都看得如此清楚呢？

祖母笑着说："开始是跑了，后来又偷偷溜到花厅后窗下，搬了凳子踩上去细细地看，你爷爷的眉眼俊得很，就是嘴角生得不大好，厚厚的翘着，总像不服气谁似的。你爸爸倒随我，你却十足地像你爷爷！"

我祖父不仅得到了王家的地，还娶走了王家的闺女。陶先生给我讲过，后来从钧州政协编的《文史资料》中我也看到过，祖父在花驿种出了世界上最好的弗吉尼亚白肋烟，在世界博览会上把美国产的烤烟比了下去，得了金奖，他办起了钧州人的烟草公司，纠合各种力量和英美烟草公司斗法……王二丫变成了王宜兰，一双小脚不仅从花驿踩到了钧州，还跟着丈夫踩到了上海、香港、美利坚、巴拿马，不仅能识了字，还会说几句英文……当然，她大多数的光阴还是在钧州城清虚街史家宅院里度过的。史家和所有二十世纪的中国家庭一样经历灾荒战乱，改朝换代，生离死别……一九五七年，祖父病逝。祖母在街道办的被服厂里打零工，幸好我的两个姑姑已经工作成家，时常接济祖母和尚在读高小的父亲。

一九五八年，有一出名叫《朝阳沟》的豫剧唱红了全中国。戏台上歌颂赞扬的，必然是现实里罕见或者人人避之不及的，譬如在山沟里干上一百年。到了第二年，街道上有人来动员祖母回乡参加农业生产。只怕他们把整条街想了个遍，史家的孤儿寡母是最合适的人选。听街道干部的话音，俨然是把一个天大的光荣机会给了祖母。祖母未必不知道这其中的关窍，可她没有去争——争也无用，自取其辱而已。她带着父亲回了花驿公社林泉生产队，住回了自己的娘家。

接下去的几年，城里两位姑姑每天从自己嘴里省下来的一个小馒头，两个人攒上一星期，能有十几个，就往林泉送一趟——她们害怕自己的妈妈和弟弟饿死。那个时候虽然整个中国都在挨饿，但城市人每月还能得到固定的粮食配给，不够吃却也不至饿死。守着土地的农民没有这样的保障。饿死人的事情，在接下去的几年中，变得很寻常。

父亲没有饿死，在林泉艰难地长大成人。祖母和两个姑姑为了让他改变卑贱而且危险的农民身份殚精竭虑，最后是二姑找到了一条门路，为父亲在花驿的国有农场弄到了个农转非的招工指标，父亲总算有了工资，吃上了商品粮。

二十世纪九十年代初，一首名为《小芳》的口水歌到处流淌，母亲竟然会听得泪花闪闪，父亲笑她孩子气。父亲母亲的故事，开始和这首歌差不多，虽然父亲不是知青，但母亲是林泉村的“小芳”，结局不同，父亲娶了“小芳”。

祖母没有拦阻父亲，她也不会拦阻，为了情意，哪还能讲什么利害得失？但她问他的儿子：“你想过自己的孩子吗？你想让他也一辈子饿着肚子种地吗？”

母亲要强地说：“农民就不是人了？！”

祖母拉过怀着身孕的儿媳，用手摩挲着她因为怀孕而肿胀的手，温和地微笑着说：“孩子，你说呢？”

那是二十世纪七十年代初的中国，做农村人和做城里人分别意味着什么，身为农民的母亲太清楚了——不只是贵贱，甚至是生死。一个人是农村人还是城里人，只看托生在什么人的肚子里，一旦托生在一个有农业户口的女人肚子里，那孩子要变成城里人的正当机会，小到约等于无。母亲低头摩挲着自己的肚子，不说话了，抽泣起来。

祖母说：“好孩子，不哭，总有路可走，总有办法可想——我说这话，是要你们不能低了心气！不能因为作难，人就活得不像人了！难，是会过去的，人要是丢了自己的根本，是如何也找不回的。再难，心气儿不能低！”

祖母说这话的时候，就在这间堂屋里，我也在场，在母亲的肚子里。次年是牛年，阴历二月十二，我就在这个院子里出生，祖母的手把我接到了这个世界上。

我握着祖母的手，祖母坐在院子里那棵老石榴树下，繁密的枝叶间漏下明亮的光斑，落在祖母的身上。

姑姑带着车，已经从钧州出发，来接我们去新家。祖母此刻还不知道，我不想说，我不想破坏她和她童年院落最后这片刻的宁静。

祖父的故事是史诗，按照历史的逻辑，有着诗性的悲剧结局；祖母的故事是传奇，按照生活的逻辑，绚烂繁华终归于惨淡艰难；父亲母亲的故事是现实主义小说，无论他们的人生际遇还是人生选择，就连他们最后的去世，都意义鲜明，深刻动人，总有些什么让你仇恨，热爱，赞美，叹息，感动……而我的故事，却是一堆前言不搭后语的段子，禁不起追问，莫名其妙，悲哀也变成了可笑……

祖母忽然说："彦啊，你听那杨树叶子，哗啦啦的。"

祖母听到了已经消失了的杨树林的叶响。

村北有一片杨树林，那些杨树能挡些黄河上过来的风沙，护着村北的地，也护着村北的人家。最早那片杨树林是祖父栽种的，到了成立人民公社，公社来人把那片一搂粗的杨树都砍了拉走了。林泉生产队又补种了一片杨树苗，到了后来承包分地时，各家各户把那些长大成材的杨树都分了，只有我们家分的那棵留着，别的都被砍了，卖了。不过各家也都会再补上些杨树苗，杨树成材快，不过两年，那片杨树林又很成气候了。我小时候没少在那片树林里玩，尤其是早春时，树林里地上积着一层深褐色的杨穗儿——那林地上的"毛毛虫"，是我喜爱的玩具。那片杨树林里有一棵杨树，在岁月和我祖母的双重庇护下，长成了两人合抱的参天大树。

那棵大树、那片树林和我们整个村庄，都要被夷为平地，彻底消失，谁也庇护不了了。那些树，去年春天就被砍完了，如今那里成了垃圾场，遍地都是塑料袋、纸盒子。我父母殒身的那片坑塘，因为没人再栽苇种藕，已经成了一坑脏水。

祖母给我讲过经历了几世几劫的那片杨树林的故事。我也知道，那片树林里有她如烟如梦的生命记忆：新婚后和祖父携手在杨树林里散步，这种洋派的做法，十里八乡都传成了新闻。但祖母说得最多的，却是杨树本身。

杨树也是迎春的，冬寒未尽的时候，它先垂下来绿莹莹的花穗；没生叶子先出的花穗，榆钱没老它就落了，黑簇簇落一地；枝上新生的树叶子嫩得舒人眼，被阳春里的好日头晒不了几天，那点儿嫩就没了，变得碧生生的；天热了，那绿就老了，叶子映着七月的毒日头泛光，一面油绿一面发白，被风一吹，哗啦啦地响起来，应和着林子里绵长的蝉鸣；一直响到草都枯黄，它就跟着北风落了。

一年一年，杨树都是如此，这是一棵杨树的本分，不生花穗不行，不生绿叶不行，绿叶不跟着北风落也不行——本分，就是在一切无常中守住自己的常——不然杨树就不是杨树，你就不是你了！

我呢？我守得住我的“常”吗？我甚至都不知道在这个无常到瞬息万变、方生方死的战场一样的世界里，如何确定自己的“常”！我猝不及防地被时代挟裹进了这场波澜壮阔的战争，有人开疆拓土、建功立业，有人家破人亡，一身不保……我内心隐秘的像杨树一样质朴的愿望，原也是奢望……我握着祖母的手，祖母的手无法再托住我，我想我要坠进虚无的深渊里去了……

祖母几天后去世了，那天是端午。

祖母是一株长久地生在这里的老树，变动的不是她，而是周围的世界——在别人的世界里，不活也罢！我站在祖母的灵前，密不透风的悲哀包裹着我，呼吸艰难，却没有眼泪——悲哀不再是水，而是岩石。

祖母的灵还停在老宅子里，季青专门赶回来了。她在灵前磕头，引得人挤破门来看，我抽身出来，站在院子里，石榴树上花果相杂。季青出来了，擦着泪，走到我身边，她有事要和我商量。

有人想买我家这棵过了百年的石榴树。买家竟是我曾在老师家里遇见过的马部长。如今马部长已经退了，他在花驿包了两百亩地，正在修建一个文化养生庄园会所。季青还说，马部长知道我离开了钧州学院，想邀请我去他那里干。

我抬头看着石榴树。

石榴原是平常的花木，但它的花是真正的花，红烁如火，叶是真正的叶，浓绿欲滴，秋来还有累累的果实——分明得近乎刚烈，不逢迎不委屈，虬枝婆娑，招摇的是自己的心性、情趣，想想让人艳羡……

开片

一

母亲离开时，钧镇变成了钧州市，不到三岁的我，对这些变化还毫无概念。我上小学了，忽然发现新城区刚盖好的楼房，外墙上都贴满了雪白的窑瓷片，房檐则贴着深红的瓷片，我们学校也是这样。放学了，从包着一层鲜亮刺眼瓷片的新城区出来，穿过北关城门，就是灰扑扑的老城区了。

老城十字街口连着东西南北四条大街，仅剩的北关那点儿城墙和带瓮城的城门已经用铁栅栏保护了起来，但门洞可以过车，城墙还可以爬。从写着“北拱神京”的城门上往城里看，能看见北关大街上一片青灰色的砖瓦院落。

姥姥嫁进来时，那些院落还都是秦家的。秦家有七房，分过家的，各房各院地过日子。当时秦家各房的人大多还住在北大街上，几十年，越来越多的外人混杂着住了进来，但我们的邻居中，老亲戚还很多。

姥姥曾经是六房的少奶奶，老亲旧眷一直还叫她六奶奶。六房那院，大门上的漆剥尽了，黑黄的木头还在壮心不已地炫耀着优良的材质，只有开关时才略带悲凉地于门轴处瑟瑟地落下一些木屑。仰头能看到门斗上生动依旧的雕花，流云百蝠，鹿嘴含花，桃之夭夭，喜鹊登枝……秦家各房的门头都有这样的木雕，明八仙刻的是人物，暗八仙刻的是法器，大朵的牡丹开在云头，笏板上是富贵如意……真能说得清这些名堂的人并不多，但姥姥说我还不会走路，在她怀里抱着，就能指着说得一清二楚。

大门里面，其实已经成了逼仄的巷子，早辨不出几重几进了，很多户人家杂乱地挤在一起。我记事儿的时候，已经落实了房产政策，前院的房客都搬走了，姥姥只出租后院，且在通后院的过厅屋那儿垒起了一道墙，姥姥带着我，这才又过起了独门独院的日子。

院里有三间正房，两边是厢房，还有厨房和放蜂窝煤和杂物的小屋。角上是厕所，定期会有拉粪的在我们院墙外，掀开水泥盖板，清理粪坑。我很喜欢拉粪车的那头栗色骡子，听到它脖下的铃铛声，我就会溜出门，靠着青灰的砖墙看它清亮的大眼睛，那大眼睛里有个穿水红兜兜衫的小妞妞，无声地跟它说着话。

正房的门一年四季挂着帘子，冬天是沉重的棉帘，帘脚儿坠着压风的木板；春秋天是布帘子，我最喜欢那条湖蓝色的布帘子，上面有雨丝一样的线条；夏天是青竹帘子，竹篾子碧青，编竹篾子的线隔几年要换，刚换那年挂上去，雪白的线一点一点在竹篾间露出来，像嵌着两串珠子。

姥姥的日子过得讲究，讲究得无微不至，又不落痕迹。讲究倒未必奢侈。一样的黑疙瘩大头菜，跟后院那些人从一个咸菜摊子上买回来的，姥姥切得细如发丝，点了香醋麻油，搭白米粥吃。绝不像他们，把黑疙瘩切成黑檩条，夹在馒头里满大街跑着大嚼。

讲究的人必然是巧的，姥姥就是巧的。可惜我笨，姥姥恨起来，拿着尺子敲着我的手背，“白长了一双水葱似的手，捏根针跟拿根通条似的，笨死算了。”

我不知道还有没有同龄人这样度过童年。长大后才知道，我大概能归入计划生育成为国策后的第一代独生子女，曾被报纸称为“小公主”、“小皇帝”的一群人。我这个“公主”当得有点儿惨。不过倒是被姥姥的尺子敲打得学了些特殊的本事，比如说我会锁扣眼，会缝被子，会把蝴蝶、牵牛花、小猫钓鱼这样简单的图案描在的确良布上，用各色丝线绣成门帘或搭布。

我有记忆之后，生活里只有姥姥。母亲的美丽，是北关大街上余韵悠长的传说，特别是女人们，打量着我，嘴里说着记忆中母亲的眉眼，没来由会暧昧地笑，夸张地叹气，我觉得莫名其妙，却又无缘无故地满心羞恼。

小学二年级的暑假，一个陌生的阿姨，忽然到了姥姥家，说是带我去见我母亲。姥姥给我收拾了几件衣服，煮了几个鸡蛋，放在我的书包里，我背着书包跟那阿姨上了火车。我在母亲那儿一直待到快开学，被另外一个陌生的阿姨领着，坐火车又回了钧镇。

北京，是个存在于新闻和故事里的地方，母亲在那儿做什么？

我从北京回来后就被人堵着问，大人小孩儿都问。我就是抿嘴不说。女人们拨拉着我蓬蓬的粉色纱裙，再扯一扯袜口翻过来的奶油色蕾丝花边，我被她们摆弄得两腮发烫。

东院那个夏天总光着脊梁、总也找不下媳妇的牛儿，坏笑着气我：“你妈傍上‘大款’了，不要你了！”

我噙了泪，咬牙说：“没有！”

“那你妈怎么又把你打发回来了？你说呀！”牛儿在院门口堵着我问，很快会招来一群人，对我母亲好奇的人实在不少。

我忍住了，什么也没说，捎带着把泪也给忍回去了。

出了趟远门，我忽然长大了，心底能存住事儿了。

我在北京一直住在大姨家。很久之后，我才理清了大姨与我们之间曲里拐弯的亲戚关系。这位大姨的母亲，跟我姥姥是远房表姊妹。母亲最初就是去北京帮大姨的女儿带孩子，带得能上幼儿园了，又去别人家带孩子做饭。北京似乎有很多人家需要保姆，母亲总是能找到活儿。

我去了，母亲也不能天天陪我，只有礼拜天才回来，带我出去玩。我大多数日子呆在大姨家，那院子很深，挤挤扛扛住了很多人家，大姨大姨父都退休了，院子里还有不少跟大姨一样的老太太，大腔大嗓、热火朝天地过着日子，我倒觉得比跟着姥姥有趣。大姨父一直在练各种各样的气功，不练功的时候很和气，笑眯眯领着我看回廊下的红漆柱子，还有他养在石榴树下的那缸墨色龙井。

我不肯说母亲是保姆，并非以此为耻，我那时候很小，还不懂革命工作有高低贵贱之分。我不说只是因为我听话，母亲不让说，姥姥也不让说，我就不说。

有时候，被人逼着问急了，我就想给他们编故事。我随口就能用一些听来的或是看来的不相干的东西编成有趣的故事，就像有人手指一绕就能把柳条编成漂亮的筐子。母亲曾带我在一家医院门口停下来买了一只赤豆冰棍儿，身后有人带着敬畏的口气说什么友好医院；一个女人匆匆走进那医院，身上带着来苏水和夜巴黎香水儿混合的味道——我记得母亲当时抽了一下鼻子，说来苏水和夜巴黎；我记得橱窗里纤细的皮鞋后跟以及那皮鞋的牌子；时髦女人额头上高耸入云的刘海，后面爆炸开的卷发，都用一种叫摩丝的泡沫喷得硬邦邦的……差不多够了，我用这些就可以编个让他们张着嘴听的故事——总也没有机会，我稍微在外面逗留得长一些，姥姥就会找出来，一箭双雕地把我和堵着问我的人，都骂上一顿。

母亲带给我的真实感觉，很复杂，回头想想，八岁的我已经领略了百感交集。从出站口出来就见到了母亲，她看着我掉泪，我却有些呆——母亲跟那个带我坐火车的阿姨一样陌生，只是更好看。那晚母亲给我洗澡，一起上床睡下，我闻着她身上和我身上一样的爽身粉香气，忽然哭了，母亲跟着也哭了。

过了一星期，母亲再来大姨家时，拿着那条粉色的纱裙，把我打扮得漂漂亮亮的，带我去动物园。在动物园意外地碰到了一位胖阿姨，母亲曾经在她家做过保姆，她见了我欢喜得拉着不丢手，跟母亲说舞蹈学院、考试什么的，还很懂行地拿手比着量了我的胳膊腿儿。我的命运就被这次偶遇决定了。

母亲对我说，要好好学习，好好学跳舞，我就能永远跟她在一起了。我记得她说话时的表情，脸红扑扑的，老是半垂着的眼睛也睁圆了，光闪闪亮晶晶的，说了一遍又一遍，唯恐我听不懂、记不住。

那时候，各种少儿艺术培训班还不像后来那么遍地开花，不过也已经有了，只是不大像样。我把母亲的信交给姥姥，姥姥就带我去找母亲的一个同学。那个同学是个小学老师，姓王，我叫她王老师。她爱人也姓王，早年毕业于国家舞蹈学院，如今在群艺馆工作，我也叫他王老师。男王老师就是我的舞蹈启蒙老师。

读研的时候，一位教“西方艺术史”的老师说，我们至今还在用训练杂技演员的方法培养舞蹈家，着实荒谬。我不知道他说的对不对，反正从一开始我就注定不会成为舞蹈家。舞蹈对我基本就意味着踢腿下腰折磨自己的身体，但我依然很刻苦地练功，因为母亲说，好好学跳舞，我们就能永远在一起。

无论是姥姥敲打下学的女儿手艺，还是群艺馆王老师的舞蹈训练，我都不喜欢，却也习惯了。我同样不喜欢、却很习惯的，是一个人的夜晚。

从记事起，我就是一个人住。姥姥跟我分住正房的两个房间，中间隔着堂屋。所以，除非偶尔有留宿的远来亲友，我童年的夜晚都是一个人度过的。总有东西，在我睡着之前，搅扰着我，让我忍不住要流泪。春天秋天是院子那些花草的气味，要是下雨还有雨的声音和气味，冬天却是那份静，尤其是雪后，仿佛天地都冻得不能呼吸了，我缩在被窝里，积雪下那些干枯的树枝发出细微的开裂声……这种时候，我的心突然会被一种东西抓住，揪扯，困意再也不来，难受得眼泪会流出来——我还太小，不知道那种感觉叫作寂寞……

最难熬的是夏天。放学后在院子里做作业，吃晚饭，偶尔姥姥心情好，吃完饭能让我看一会儿“七巧板”，更多的时候，姥姥吃完饭就插好院门和房门，上床睡觉了。外面还是大亮的天光，后院那些小孩成群结队地在街上呼啸而过，叽叽嘎嘎地笑着，奔跑追逐——姥姥的话，野马一样。

我也想像野马一样，可惜不能。揣着野马一样念头的我，当然不可能睡着。下了床，拖张草枕席坐在堂屋的青砖地上，歪着头，看宽厚的木门和门槛之间的缝里透进来的明亮光线，想着有什么有趣的游戏，可以像野马一样奔跑，却不会弄出任何声响……那些有魔力的光线带着奇迹降临，我开始给自己编故事。

我编的故事常常让自己流泪，泪水无声无息地滚下来。我都不记得自己是什么时候学会这样不发出声音的哭，我能很好地控制自己的鼻息和呼吸，即使在落泪的时候，也能让自己的声音一如往常，应付姥姥突然的呼唤。

姥姥最看不惯谁动不动就淌眼抹泪的样子，她那鄙夷不屑的表情，弄得我一直到现在，偶尔多愁善感那么一会儿，还有罪恶感和羞耻感。

不管自己编的还是别人编的，不管是快乐的还是悲哀的，只要是故事，我都喜欢。电视机我做不得主，只有去书里找故事，寻到每本书，能被我嚼得连渣儿都化了。我从来没有向姥姥要求买故事书，甚至脑子里都没出现过这种妄念。母亲跟我们的联系是一封封的信、汇款单和一袋袋漂亮的糖果。那些糖果被姥姥控制着，酌情发放给我，我从来不吃，替每样糖果编一个来历非凡的故事，然后把故事和糖果放在一起去换同学手中的故事书。那时候“忽悠”这个东北方言里的语汇还没传遍大江南北，我不知道该怎么命名自己的江湖骗术，心虚却是有的。但我很注意分寸，绝不会惊动老师和家长，渐渐地我倒也积攒下了几本书，最喜欢那一套橘色封皮的《意大利童话》。

我对故事的瘾越来越大，跟着男王老师学跳舞，早把心操在了女王老师那成架的书上。三年级以后，认的字足够我读她那些没有插图的厚书了。每周上完课，还书借书成了惯例，女王老师对我很大方，我倒有些过意不去，破天荒朝姥姥要果仁巧克力，攒下来，还书时带给女王老师，她反应很强烈，又是笑又是叹的。

这些都要瞒着姥姥，姥姥不喜欢故事。不过对姥姥阳奉阴违的日子，终于要结束了。

十二岁那年，我考上了国家舞蹈学院附中。走在北关大街上，老亲旧邻的目光跟头顶的烈日一样灼得我脸皮发烫，女人们还会拉住我从头到脚地掰扯着看。我比平时更加不愿意出门，只在自己屋里闷头看闲书。那天听见姥姥叫我，掀开门帘出来，一个陌生男人坐在堂屋里抽烟。雪白的衬衣，看上去很文弱。姥姥开口，说他是我爸。

这话像个雷似的在我头上炸开——父亲是我生活里的禁忌，偶尔想想，年幼的我自然想不清楚，可也不会去问，不敢。严严实实遮着父亲的幕布忽地揭开了，刺眼的投光，还有雷一样的配器——我的父亲生了一张如此瘦长的脸。

我竟是怕他的——我手把绣了紫红牵牛花的半截白门帘，有点儿想往后退，却又怕那“雷”追着我进到里屋去，竟然硬着头皮朝他笑笑，挪到了门口，靠着门框，低头，忽然很想哭，但还是忍住了。

姥姥慢条斯理地说了句：“妞儿大了，出息了。”

姥姥就是这样，家常话，淡淡说，可不知怎么的，就让人觉得被她压了一头。对这个“前女婿”，她的傲慢更不会收敛。姥姥的傲慢不是无礼，反倒是礼数周详，只是那礼数是她自矜身份，对方是阿猫阿狗却无所谓。

父亲大概也知道这趟来得尴尬，这些年对我不闻不问——他走后，姥姥说，他又有了一窝老婆孩子。他丢了烟蒂在砖地上，起身到我跟前，跟我说了句什么，我脑袋嗡嗡直响，根本没听见，只记得他塞了张一百块钱在我的口袋里。

父亲走了，我掏出那一百块钱放在方桌上，拿笤帚扫他留下的烟蒂，青砖缝里灰白的烟灰，我也拿扫帚尖儿给挑干净了——省得姥姥啰唆，洒了清水，下了半截竹帘子，我正要走，一直坐在方桌边的姥姥还是叫住了我，“收起来吧——”

她朝桌面上卷着的一百块钱努嘴，我过去，没有拿钱，倒是拿起了父亲喝过的茶杯，到院子里的水龙头下刷洗。

白花花暑天的日头晒着我的脸，脸上汗津津的，眼角的余光忽然看见一道浓黑的影子投到我身后，是张瘦长的男人脸——他又回来了？我惊得一跳，杯盖失手掉在水泥池子里，碎了。碎瓷器的声音过后，院子里一静，连槐树上的知了都被吓得顿了一下，缓过神来才蝎蝎螫螫大惊小怪地叫起来。

我也回过神来，那不过是厨房窗台上一只扭曲变形的塑料瓶的影子。我在院子里磨蹭着，不肯进去看姥姥的脸色。姥姥说什么我能猜到：东西倒没什么，姑娘家最要不得的就是冒冒失失、心慌意乱……

那茶杯倒真不是什么好瓷器，日杂店里买来的处理品。钧镇是出名贵瓷器的地方，颜色好的杯盘瓶罐多了，只有姥姥用这寡素素的青花，故意要跟人不一样似的。我看了看杯上眉眼不清的八仙，丢在了水池沿子上，扭脸看见卷了下端的帘底出现了姥姥的半截老蓝裤子和雪白的袜筒。

姥姥没有出来，只是在帘子后面淡淡说："你也值当的？认他做爸，那是人伦，这些年他跟异姓路人有什么两样？拿一百块钱来，不够打嘴现世的！"

父亲那"打嘴现世"的一百块钱，还是由姥姥收起来了。那天我的收获是对父亲的容貌有了具体的印象，十二岁的我，为此心慌意乱地打碎了茶杯盖。过后几天，父亲的出现和那一百块钱带来的快乐，慢慢从我心里沁了出来。从北关大街上走的时候，后背挺挺的，脚步也有些骄傲的雀跃。

那是一九九二年，中国改革开放的总设计师去了南方，一个十二岁名叫殷彤的小姑娘，也就是我，去了北方。

二

十二岁那个夏天之后，我的一切都开始变得迥然不同。

青春期正常的变化，我是知道的——关于青春期的书，我看过；寝室里的女生晚上也会聊身体发育时的异样感受，我不参与讨论，但听得很仔细——我不会大惊小怪。可我从没听说过谁的头发在进入青春期后会自动变卷——荷尔蒙又不是冷烫剂——我的头发就发生了这种怪异的变化。它随着我隆起的胸部和每月一次的身体出血，变得越来越卷。十六岁时，我那原本稀薄柔软的直发，变成了满头又厚又密的螺丝状卷发，洗完头，蓬起来像斗篷一样披在身后。

这种无法解释的变化让母亲和我都觉得惊奇和苦恼。那头蓬乱的卷发成为我容貌中的缺陷，我不能剪短发，平时总是结结实实地把头发编成辫子，然后用摩丝把前面抹得溜光，除了辫梢处还是卷曲的一团，像是人家故意烫的发尾，差不多就看不出了。练功的时候，辫子再盘起来，用发卡狠狠地卡住，头发还不老实，总想突破桎梏乱蓬出来。

与头发搏斗，是我少女时代的主要烦恼之一。母亲看不到的时候，我会懈怠，毛烘烘地乱了一头，跟人家顺滑乌亮的如云长发相比，是不好看，可我也不管它，周末回家的时候，定要把头发收拾利落，省得母亲跟着烦恼。

我与母亲，用个戏剧化的词语描述，是相依为命。但我们完全不像那些在故事里相依为命的母女，仿佛连皮肤的隔膜都没有，亲得血肉相连。母亲和我，始终有着某种距离。我们很亲，却并不近，常常互相猜着心事。

我虽然也不喜欢自己的乱发，觉得不好看，可母亲对我的头发不只是不喜欢，而是厌恶——厌恶到神经质的地步。她见不得我头发乱，一见定会放下手里的活，抓住我给我梳头。卷发一乱，就会纠结在一起，她恨恨地梳下来，很疼，比疼更让我难受的是羞耻和委屈——头发仿佛是某种隐秘罪行的标志，我在为它受着惩罚，却又对它毫不知情。母亲梳得我满眼是泪，滚下来，不擦，也没声息。她就在我身后站着，并不知道我在哭。

我来上舞蹈学院附中之后，母亲不再做住家保姆了。当时有了专门的家政服务公司，母亲就去登记，开始做小时工。她租下了大姨邻居家的一间小屋，只有姥姥院子里放杂物的小屋一半那么大，一床一桌一椅，灶就用大姨家的。我住校，而母亲要跑好几家做工，早出晚归的，做不了几顿饭，但母亲不错日子地给大姨用灶火的钱。姥姥的话，这叫明白事理，不然亲戚是处不长的。

两周三周我才回来一次，母亲会着意歇半天，在大姨家的灶上烧一桌子的菜，吃饭的时候我们母女却不怎么说话。有了好菜，大姨父就喝上几杯白酒，问我些学校的事，我回答的时候，母亲故作淡然，其实留心地听。

我的回答多半是阳奉阴违的敷衍，有时候竟成了编故事。吃完晚饭跟母亲回到小屋里，别扭得我浑身生刺——我越是急着走，越会装出无所谓的样子，无聊地靠着门不说话。

我在母亲面前，跟在姥姥面前一样，得装，阳奉阴违地过日子。在学校也一样，只是老师的眼睛又不会盯在我一个人身上，装一会儿就过去了。我跟同学不亲近，别的女生上厕所都要拉个伴儿，我却干什么都一个人，一个人举着本书。

母亲似乎没有察觉到我不对劲儿。姥姥对我的小奸小滑那是洞若观火，姥姥常冷笑着说："你眼皮一耷拉，我就知道！就你那点儿小心思——纸包不住火！”

纸包不住火，母亲被请到了学校。经常装病不去练功，还会逃课躺在寝室看小说……班主任老师历数我的罪状，不过倒没发火，她很恳切地对母亲说，孩子兴趣不在跳舞上，舞蹈是条很窄的路，不一定非得让孩子走……

母亲第一次打了我，用的不是尺子，而是扫床用的大刷子，我疼得不断吸着气，泪流得很凶，却咬着牙不出声。母亲打我，关上了小屋的门，她也在哭，也是无声无息地落泪。母亲忽然丢开了我，跌在床边的地上，泪糊住了我的眼睛，啪啪的抽打声还在响，我的头皮一跳一跳地，那抽打却没落在我身上——母亲狠狠地抽打着自己，我被吓住了，泪竟然没了，瞪着眼睛看母亲。母亲不看我，勾着头，手里的大刷子一下一下甩向自己的背，最后，那鲜绿色的塑料刷子脱手甩了出去，啪地打在墙上又落回地上。母亲伏在床边，身体在抖，有种透明却密不透气的东西从屋顶压下来，安静、绝望、疯狂地压下来，我感觉自己的身体和周遭的一切都要被压碎了——我恐惧地爬到了母亲身边。

我与母亲，外人眼里娘儿俩一样温和安静，再没人能想到我们相互沟通达成理解的方式竟如此激烈暴虐。

不足为外人道，是句多好的话；一言难尽，又是多好的词。把日子拜托给这些言语，日子就滑溜溜地过去了。二〇〇四年秋天，是我读研究生的最后一年，母亲四十六岁生日，我送她了一条暗绿的丝巾当生日礼物。母亲也给自己买了件玫红的薄呢风衣，里面搭了我送的那条丝巾，朱碧相映，格外的媚人眼目。

母亲此前身上的色调总是清冷的，清冷得有股寒苦之气。那股寒苦之气，从母亲眉梢眼角带的笑意与爽利洁净的装扮之下悄然弥散。母亲很重修饰，可她的修饰只有一条原则，干净。母亲的美是收敛的，眉眼总是低着，也许是事情做得顺利，渐渐地人就舒展开了，虽然依旧话不多，神色却活泼了不少。

母亲还在做小时工，我觉得她把小时工也做出了境界。她尽职细心，人干净又练就了一手做菜的好手艺，一直都是他们家政公司的明星小时工，想请她的人很多。如今她的主要业务是上门做家宴，雇主自备材料也行，看她的菜单包工包料也行。一个人张罗家宴，比单做小时工更累也更费心，当然，收入要好一些。

我考上研究生之后，母亲更显得精神一振。可我既不天真，也不乐观，一路挣扎着跳，自然跳不出什么名堂，进了一所不入流的艺术学院读完本科，考上了一所不上不下的大学读研，总算把自己的专业从舞蹈变成了舞蹈学，可我清楚，念完这个舞蹈学的硕士也没什么锦绣前程等着我，工作还是难题。

如今的就业形势，母亲应该清楚。母亲虽然一直做家政服务，却不乏见识。我上学的这些年，母亲也一直在学习。想想母亲该读书的时候，正遇上“文革”，应该没学到什么。可我发现，没什么基础的母亲其实颇有些水平，她阅读相当驳杂，除了食谱、中医养生、科学饮食之类的书，她也看《参考消息》《南方周末》，董桥、张晓风的散文和畅销小说，我也在她床头见过。她还通过自己的职业意外地打开了一条交往的道路。开学后导师开给我们的书单上有本书，书店没有，在网上查到了却早卖断了，母亲问了，就说给我找找看。竟然让她找到了，是从作者手里找来的，那位教授是她的老主顾之一。

母亲自然比我更明白人生之艰难，只是对我，却还存着她的盼望。我是被姥姥规训出来的，败兴的话，绝不会说，只能自己揪着心。也许是大了，对母亲的体恤理解跟少年时不同，看着母亲兴冲冲买新衣过生日，我只能凑趣，心里却一阵一阵地替她觉得悲凉。母亲在我这个年纪，早就做了我的母亲——如今灼红冷绿簇拥下的母亲，脸上还有霞光——我忽然心疼得想拥抱她——只是想，还是把那股热热的冲动咽下去了，喉头有些哽，哽着带笑说："妈，你真好看。"

我们母女出门，碰上大姨在院里跟几个邻居老太聊天，拉着母亲啧啧赞叹了一番，"素梅你就是不听劝，别说以前，就是现在……"母亲防身似的拉了我挡在身前，含糊地笑着，匆匆走出了院子。

母亲知道，我也知道，大姨下面要说什么话。这些年，大姨几次想给母亲说媒，都被母亲拒绝了。大姨为此还专门跟我谈过话，那是我上大学后。大姨直截了当地问是不是我不愿意母亲再婚。我忙说不是。大姨就进一步问那你同意吗？

被大姨逼得紧了，我眼皮一耷拉，说起了官话：只要妈妈幸福，我什么都同意。大姨像是得了赦书，眉开眼笑地又去给我母亲说媒，母亲还是不见。大姨把母亲想简单了。母亲是个有主意的人，柔和里面的刚强，任谁也难撼动。姥姥那么强悍的性格，也拿母亲无奈。

我们出门后，先去看姥姥。

如今姥姥住在大姨家附近一家名为"松鹤园"的老年公寓——我上大二那年，母亲派我回钧州把姥姥接来了。姥姥一千个不愿意，不愿意可还是来了。

住进松鹤园的姥姥，最不满意的就是那儿的饭菜。隔几天，母亲会另外做了菜给她送去添补。她的孝顺感动了松鹤园的服务人员，却感动不了姥姥。姥姥对她不仅没句好话，轻易连个好脸儿都不给。姥姥年逾古稀，走起路来还是蹬蹬的，性子一点儿都没软和的迹象，母亲送去的咸菜刀口不好，还会被她丢到门外头。姥姥对我，倒比小时候跟着她的那些年，亲昵多了。

长大之后，我才开始慢慢理解姥姥。姥爷去世时相当年轻，母亲是姥爷的遗腹子。我小学五年级时就有舅舅带着老婆孩子从台北回来探亲，是四房还是五房的忘了，给每家都送连裤丝袜做礼物，连我都分到了一双。以后陆续各房都有人从外面回来，姥姥淡然依旧，那层淡然下面隐隐透着一层灰灰的黯然。历史学得很好的我，脑子里能刷地拉出一份二十世纪五六十年代的中国密集的政治运动名录。后来想想，那些庞大生硬的名词，每一个都曾从姥姥温软单薄的身子上碾过，该碾出多少血泪四溅的故事呢？我多少明白了，姥姥为什么不喜欢别人编的悲欢离合盛衰聚散的故事——她心里积着自己的故事，还没运化，装不下别的了。

那天我们去看姥姥，母亲带了一盘糟鱼，一钵八宝豆腐羹，还有一盒蒸好的卤面。姥姥见了那卤面，想起是母亲生日，就冷笑着说："生不生你有什么两样？我不还一个孤老婆子住养老院？"

母亲听惯了，并不吭声。松鹤园的管理员听见母亲来了，过来给母亲看一些单子，姥姥前两天有些着凉，输液吃药的钱要另缴。她恰好听见了这话，就笑着接口："您老可真是——不生这闺女谁给你送鱼吃呀？"

姥姥拉起我的手，"我的彤彤给我送鱼吃！"

她若不生闺女，哪儿来"她的彤彤"？可谁也不会跟姥姥较真，母亲去缴费，我的手还被姥姥攥着。姥姥被窗外明媚的秋阳照得眯了眼，脸上的笑有些狡黠，低声问我："你妈又有男人了？"

我愣了一下，强笑道："没有……"

姥姥把我拽得更近些，"没有她穿那么红？——你妈这辈子早毁了，我就是怕，怕她糊涂，拉扯上不三不四的男人，再带累了你！"

姥姥疼爱地摩挲着我的手，眼睛还是眯着，我却能感觉到有悲哀的光在里面闪。"彤彤，自己要金贵自己，女孩家一定要知道金贵自己！”

从松鹤园出来，走着走着，被姥姥弄出来的心慌就散了，姥姥的话也被我丢到了脑后。母亲似乎还当我是八岁呢，竟然带我去了动物园。

阳光很好，暖洋洋的不像深秋，姥姥把这种天儿称作小阳春，可当不得真，北风一起，就是天寒地冻了。我们母女俩走得微微有些汗意，在长椅上坐下。

母亲沉默了半天，伸手摸了摸我散在肩上的头发，头发依旧蜷曲蓬松，我的头发里，藏着母亲的故事。

一九七九年的钧镇，还是钧镇，母亲在钧镇供销社日杂商店站柜台。一伙儿无所事事的待业青年苍蝇似的在商店里旋，轰也轰不走。供销社领导就把“招苍蝇”的母亲调到北关外仓库当了保管员。

仓库有大门高墙拦着，闲杂人等是进不去的。从仓库出来到进北关有段路，路边有国营钧瓷厂废弃不用的老式窑口，幢幢地立着，废弃的瓷窑间，开始有人影在晃，等着母亲下班路过，他们用呼哨声把母亲召唤过去，过去说话。

母亲讲得语焉不详，我只能用想象力进行描补。

可惜母亲与他们说的是什么，我实在无从想象。然后有一天，出事了——母亲说完这简单的三个字，沉默了。青春有种很容易失控的残酷力量，无论任何时代的青春都会如此。我不知道母亲的青春到底遭遇到了什么——野蛮的强暴，还是不慎失足？我不知道，也不用去猜了……母亲伸手摸了摸我的头发，“他们那伙儿，领头的叫卷毛儿——”

我感觉血一下冻上了，母亲收回她的手，低头，看着自己的手，模糊地笑了笑，“没有人知道，我瞒住了所有人，你姥姥都不知道

——可是我怀孕了，怀了你。我找了殷至诚，你姥姥不同意，我就对她说我怀了殷至诚的孩子——你姥姥恨得牙痒——她的女儿太不知道金贵自己了——她恨到了现在……”

血管里的血开始缓慢移动，带着冰凌倾轧时发出的断裂声，这种来自体内的巨响震得我鼓膜生疼，“……那伙儿人，卷毛儿……后来……”

母亲抬起头，“生你那天，架子车拉着我往医院送，镇上的大喇叭里广播着法院的严打公告，那个卷毛儿，枪毙了。”

我僵在那儿。这段晦暗残酷的前传，生硬沉重地嫁接进了我的生命——母亲一直没抬头，我只能看到她低垂的脖颈，低得几乎要折断的脖颈——我一下抱住了母亲，“妈妈，没关系，其实他跟我们根本没关系……”

母亲抬起了脸，笑了笑，展臂也抱住了我。

我们是在彼此的怀抱里了。我闻着母亲身上柔和的玉兰香气，脸靠着她的胳膊，感受着那玫红薄呢柔和细密的质地，那一刻我忧伤而幸福……

母亲真正要给我说的话，在后面。她说，年轻女子就像件儿瓷器，若不找个稳妥的地方安放，像她似的，哪天一失手，就粉身碎骨了……

对面有一棵高大的槐树，枝上一片未落的槐叶，忽然落了，没有风，坠得如此缓慢，迎着日光看，规整的椭圆，纯正的杏黄，形状和颜色让我错觉那叶会带着果的香……母亲盼望：我的人生，能有完满的幸福，不再支离破碎……

我盯着那槐叶，在心里数数，如果树叶落地的时候，我数到偶数，那我就能妥帖地安放自己……眼看它要落地了，我咽下十一，飞快地加了个十二，杏黄色的槐叶仿佛等我似的，在草尖上晃了一下，才落进草丛里不见了……

三

我没告诉母亲，那时我正爱着鲁辉。

鲁辉是我同屋女同学的老乡，学中文的，他们学校跟我们学校隔一条马路，他有事没事爱来我们寝室，后来还常约我一起去国图，车流湍急时过马路，他会拉起我的手。

鲁辉家境不好，江西山里的，他们那个村的名字，在普通话里都找不到对应的发音，鲁辉用土话念给我听，像外语。想来鲁辉读书，身上的背负同样沉重，可他性格里一点儿阴霾都没有，阳光灿烂的，话也有趣——他当然不只是个天真的阳光大男孩。这正是他的不俗之处，别人装深沉，他却在遮蔽自己的深沉，就像别的八〇后女孩要个性，我却学着母亲的样子，用温婉随和遮蔽我的真实个性，我们是同类。

鲁辉是我真正意义上的初恋。上舞蹈学院附中时，半真半假的恋爱，在我们同学间已经不是什么新鲜事，更不要说上大学了。可我却始终没有真的恋上谁，说不清楚原因，对那些男生就是没感觉。第一次见鲁辉的时候，他穿着件雪白的制式白衬衣，样式过时，显得土气，可那土气却莫名其妙刺激了我，让我心里一颤。他似乎立刻就察觉了，跟着身上起了震动。我们在相识的瞬间就形成了默契。

我们的一切都在不言而喻的默契中进行，除了眼神，微笑，心照不宣的“偶遇”，还有我心里起起伏伏的期待，我们之间始终连一句异样的话都没有。可我却糊里糊涂地爱着他，只要见了他就觉天地清明，万物安定。

母亲带我去动物园后，我犹豫了一段日子，可能是那片槐叶给了我盲目的信心，我对母亲说了，说的时候紧张得手冰凉，对鲁辉说的时候也是一样，却还得故作淡定，仿佛随口邀请，元旦去我家吃饭吧？鲁辉说好啊。我们正踩着积雪朝学校走，我脚下一滑，他敏捷地抓住我的胳膊，顺手伸到腋下把我拎了起来。我浑身发麻，僵在了他的臂膀之间，他揽着我，忽然低头轻轻地亲了一下我的嘴唇。

鲁辉对我母亲的厨艺印象深刻，虽然他只吃过一次。那天是元旦，大姨大姨父、母亲、我和鲁辉加上表姐一家三口，团团圆圆坐了一大桌子。鲁辉表现得轻松自然，说话又讨人喜欢。表姐背后说这孩子真不错，可惜家庭条件不好……

母亲出人意外地接口说："挑人不挑家，高门大户的，我还怕彤彤受委屈呢。"

接下去的日子，我忙着写毕业论文，鲁辉除了论文，还在准备三月份的考博，我约他，他还是会出来，我借口说论文，他就很认真地说论文。他论文选题是沈从文，我的论文选题是"霓裳羽衣舞"，我们彼此都给对方了很多意见。说着话，我们之间会突然出现瞬间的沉默，在那沉默中，我耳边会响起细微的断裂声，像我小时候独自在那张漆黑的大床上，听到窗外寒枝被积雪压断，整个世界满是孤寂和忧伤……

我无法判断，那沉默里的孤寂和忧伤是我们俩的，还只是我一个人的……

没有鲁辉，也就没有后来的张伟，这其中的逻辑，很难对别人解释。

鲁辉那轻得像雪落湖面样的吻，再也没有过，甚至连我的手，他也再没拉过。我只会折磨自己，绝不肯去问鲁辉——就是去问，我又能问他什么呢?

毕业前那段日子变得无比艰难，工作还没着落，跟鲁辉的事又无疾而终——我难过得形销骨立，自己不觉得，从母亲心疼的眼神里照见的。

张伟这时出现了，偶然在一次聚会时遇上的。他跟我同岁，早上了一年学，已经在读博士了，生了双驯良漂亮的大眼睛，让我想起童年那匹拉粪车的栗色骡子，我忍不住也到他的眼睛里寻自己的影子了。他又约我，一次两次……我觉得张伟单纯，善良，却又无趣，自我，孩子般地任性。后来张伟说我最吸引他的是我的性格，温柔随和的漂亮女孩，本就不多……我听了只是笑笑，我的温柔随和，一半是习惯，一半是我当时一腔心事，懒得跟他废话。

真正把我们联系在一起的是我的工作问题。张伟带我回家去见他母亲，他母亲打量着我，笑着对儿子说："你以为你妈是谁呀，工作是一句话的事?"

张伟当时就黑了脸，低头。他母亲从沙发上凑上去看，"要掉大米呀?"

张伟重重地抽了一下鼻子，我大窘。他母亲笑起来，坐到他儿子身边，揉着他的头发，"妈妈逗你玩呢——好了，好了……"

他母亲搂着他，晃着他，看着我笑。我想如果抱得动，她多半要抱他到腿上去了。张伟不领情，掰开他母亲的手，起身到房间里去了。他母亲怔了一下，笑着对我说："这孩子，越大越不懂事……"

我的窘劲儿还没退，见他母亲的目光扫过来，本能地堆起了笑，低声说："他做什么都太真，不知道掩饰……"

他母亲含笑看着我，我只得垂了眼帘，不跟她对视，我自己也能听出自己声音里的假，可那"假"换个角度看也是"真"——那份柔顺随和、低声下气是真的，看来她并不讨厌。

我去了张伟母亲所在的那家杂志社，说来也算专业对口，那是家关于舞蹈研究的学术期刊。张伟也是单亲家庭，不过父亲是车祸去世的，母亲一直没再婚，他家客厅里一直挂着他父亲当年的剧照，扮的是《雷雨》里的大少爷周萍。

我的工作是在办公室值班接电话，替人跑腿打杂，还轮不到我来编稿子。张伟的母亲是管财务的领导，不专门去她办公室，也见不着她，我有些怕见她。

刚上班，我的工资很低，只有一千出头，跟张伟出去，玩得太晚没了地铁，打一次车就会造成经济危机，可我无论如何还会回家。母亲说："两家见个面，把你们的事定下来吧，成天这样进进出出的……"

我知道母亲在担心什么。可她担心的事情，其实已经发生过了。

那天去单位报完到，晚上我们一起出去庆祝，吃牛排喝红酒，然后回张伟家看碟。我不知道他母亲出差了，被他带着滚在床上的时候，我挣扎得很真实，张伟有些受伤地停下了动作，满脸惊愕和谴责地看着我。我当时也感觉不对的是我——于是我投降了，扭开脸，看着被扔在地板上的白色胸罩，想起骗同学故事书时给出去的那些糖果。

我给的不是一块果仁巧克力，是我的处子之身。

那天我还是强撑着回了家。躺在母亲身边，我闭着眼睛，感觉着身体里那撕裂的疼痛还在蔓延，眼睛里有泪，喉头哽咽，可我不敢发出任何声息，苦苦熬了一夜，闭着眼，不能睡。我痛惜的倒不是所谓的贞操——我对这两个字说不出的反感，而是别的我无法为之命名的、却更为珍贵的东西……

那条沾了血迹的床单，张伟异常珍惜。我甚至怀疑他会拿给他母亲看。

两家母亲见了面。张伟母亲的态度让我很不舒服，那种礼数周全的傲慢，我在姥姥身上是见惯了的。张伟倒是傻乎乎地很开心，对我母亲也很亲热。

我们准备结婚了。

母亲竟然给了我十万块钱的陪嫁，用姥姥的话说，每一分钱都是母亲十个手指头磨出来的。我按母亲的吩咐，把钱给张伟母亲，张家正在装修新房，我说这是我母亲让我买家具电器的。张伟母亲没有拿钱，只是此后买东西的时候带上我，让我去付账。新房离单位很近，上班那年年底，我开始跟张伟和他的母亲一起生活。张伟母亲把以前那套小房子出租了，租金用来还这套房子的贷款。

张伟忙着弄论文，我负责全部家务，他母亲负责指挥我。我忽然感觉又过回了童年，张伟母亲倒不会像姥姥那样拿尺子敲我，可她的目光比尺子利害多了。张伟想粘我，可被母亲一盯，就心虚地朝母亲笑。他的论文开题就有问题，再不好好弄，说不定会推迟答辩。

与鲁辉的机敏思辨相比，张伟就是个弱智，我认为他读博士，不过是一个略显堂皇的“啃老”的借口罢了。张伟母亲显然不这么看，她把我当成她遭遇的儿子成长中的问题之一，类似于网络游戏，需要好好引导，妥善处理。于是她就给我布置各种任务，竭力延长我待在厨房里的时间，或者把我耗在客厅里，一老一小两个女人在张伟父亲的遗照下，弄毛线，或者在那些永远也不知道会盖到什么地方去的布上绣十字绣，不到半夜不放我进屋。

我至今也无法理解当时自己内心的那种麻木的感觉。也许我那种麻木的沉默遮蔽着某种危险的东西，我自己没有察觉，而比我多吃了几十年饭的那位准婆婆大人，却已经嗅出来了。所以我跟张伟说好找个日子去领结婚证，他去跟母亲要户口本，可就那么巧，户口本没在家，被一个亲戚借去迁入户口了，说是为孩子上学。我十几岁时都不会编出这么拙劣的故事。

自从我住进张家之后，张伟就再也没陪我回过我母亲那儿。每次母亲都只问一句，张伟呢？我就说他准备论文很紧张，母亲不深问，反复叮嘱我在人家里要懂事、勤快……我每一口饭都是拌着母亲的嘱咐吃下去的。走的时候，母亲照例给我装两大饭盒糖醋排骨和糟鱼——张伟说过爱吃，她就回回做了让我带——坚持替我拎着到地铁站。

那天刚出院门，陡然旋过来一阵风，母亲没系扣的玫红色短风衣被风托起来，飘成了斗篷，她手里拎满东西，下意识哎哟了一声，我忙回身给母亲整好外套，系上扣子。又一阵风旋过来，我展开双臂，用身体把母亲挡在怀里。

春天，这个城市的风，常常这样毫无理由地说来就来，飞沙走石，被那些林立的高楼东一下西一下地挡恼了，就开始不辨方向地耍性子。街边的人无遮无拦地站在风里，哪儿都是风口，繁华的都市瞬间成了荒野。我脑子里出现了一对披着鲜红斗篷、在色调阴郁的法国腹地荒野中顶风前行的母女。

这幅画面，属于一部名为《浓情巧克力》的电影，茱莉亚·比诺什在片子里扮演那位四处漂泊的单身母亲，那是一个色彩浓艳的美丽寓言，看得人哀哀地笑——寓言说，所有的破碎都将得到整饬，所有的伤口都将得到疗救，就像那扇被砸碎的甜食店的门，会有命定的人来修补，幸福跟着在门外轻轻敲……寓言于是在结尾处成为童话——让人欣慰，却难让人信服……

风刮得我睁不开眼睛，我低头从母亲手里夺过饭盒，不让她再送。母亲说："打车走！"说着去路边拦车，我想反对，可一辆出租已经被母亲拦下了。

我被母亲塞进车里，她还塞过来一百块钱。我歪在后座上，看车窗外，亮黄色的前灯和红色的尾灯，两条流向不同的车河，一来一往，缓慢地流淌，淹没了人的河，荒寒的河……母亲塞过来的钱，在短上衣浅浅的口袋里，我摸出来，紧紧攥着那钱，无声地落下泪来。

我在心里骂人，不知道骂谁，只是狠狠地骂着真他妈该死真他妈该死！我再也不能忍受自己这种孱弱、无力、被动得近乎屈辱的生存状态了！我自己委屈，忍忍也就咽了、消化了，可想想母亲在跟着我惊惧委屈，我立刻就痛不欲生了。该死啊！我不知道该骂谁——也许该骂自己，我太无能了！

这种无能的感觉毕业后一直纠缠我，我不大能像周围的同学，无论是读博的，还是工作的，多多少少都还在啃爹妈，可嘴里却能说出奋斗啊成功啊之类的大话；更不可能像张伟那么厚颜无耻，自己神圣伟大，别人为他怎样牺牲都是理所应当。想想张伟母亲也不易，养儿子还得养儿子领回来同居的女朋友！

我下车了，拎着东西走上过街天桥的步梯，一阶一阶走得很沉重，慢慢走到天桥中间，我站下了，饭盒就放在脚边，朝下看着一辆接一辆被灯标出轮廓的车一闪而过，日子都将这样闪过去了，抓不住……

我难道就在那个一半财政拨款一半自筹经费、始终半死不活的杂志社里熬下去？在单位熬，熬职称，熬位置；在家里也熬，熬男人，熬孩子，熬得婆婆大人死……我仿佛一眼把自己可能的人生看到了底——我不要这样熬！

高处风更大，在我耳边呼啸而过，我感到脸皮被风刮得紧紧的、木木的——我能做什么呢？我甚至想到了跟母亲一样去做小时工——这是不可能的，就算我能做好，母亲也未必能承受——想想她白白浪费在我身上的那些学费吧。我用崇敬的心情想起了母亲，又想起了姥姥，她们都比我了不起，姥姥靠给人打毛活做衣服养大了母亲，母亲靠给人做饭看孩子养大了我——她们始终都靠自己活，那么艰辛，又那么好！

我被阴沉的绝望压得几乎窒息，回去后，把饭盒往冰箱里一塞，然后拿出自己的手提电脑，放在厨房的小餐桌上。张伟母亲给我看她买的毛线，菠菜根红，我当然不会说这种颜色放在她儿子身上有多可怕多滑稽，只是敷衍地笑了笑，说我要写点儿东西。

她似乎怔了一下，还是退出去了。我说出这话之前，并没写什么的打算，只是找个独自待着不说话的借口。我憋着一腔泪，翻看着存在电脑里的老家的照片，那年回去接姥姥来北京，借了同学的好相机拍的。雕花的门斗与厢房格窗，砖上苔痕，青竹帘子，少头没尾巴的五脊六兽，带瓮城的城门，残破的城墙，城外暗沉沉一片废弃的窑口……我还看见浮动在一切之后影子似的故事……

我在狭窄的厨房里，周遭是冰冷的象牙黄的瓷片，可我又不在那里，我坐在阴凉昏暗的秦家老宅堂屋砖地上，明亮的光线，从宽厚的木门和门槛之间的缝里透进来，这些有魔力的光线，再次带着奇迹降临——我向空幻化出了自己的钧镇。

我的命运不可思议地就此转弯了。

第二天，我把电脑带到了单位，值班的时候继续写我的钧镇故事。一个陌生的女人找主编，她进去的时候扫了一眼我的电脑，我又在看老宅的照片，她出来的时候，我正写得专心，没留意她站在我身后看了半天。等我抬头的时候，她笑着递给我一张名片，说他们的杂志有个主题为“一个人的城”的策划，如果我愿意，可以把我写的东西发给她看看。

我低头看名片，她竟是那本大名鼎鼎的文化生活周刊的执行主编林风。

林风对我的欣赏不只是接连发了我的几篇长文，她说我如果愿意，可以到他们杂志来工作。我立刻答应了林风。

我跳槽了。

张伟的脑容量有限，论文写得那么艰难，已经占尽了他的内存，没空间考虑别的了。我给他说时，他只啊啊地应着，可他母亲却大发雷霆，怒责我突然辞职陷她于被动难堪之境地。我不吭声，手里的坚果钳嘎巴嘎巴地夹着核桃——她给我的任务，她儿子天天吃核桃，从不知道核桃还长着硬壳。

张伟后来从房间里出来了。他母亲电闪雷鸣之后，开始哗啦啦下雨，我却在一边继续嘎巴嘎巴地夹核桃。他先是茫然地看了看哭泣的母亲和麻木的我，开始吼叫："你们搞什么名堂？让我还怎么写？……"

我丢下钳子到厨房里去了，除了客厅只有两个卧室，我没地方去，只有进厨房，厨房的窗子能看到对面楼上的人家，影影绰绰被灯映出来——那灯下在演什么样的故事？

那次哭过之后，张伟母亲不再跟我说话。有一次我参加新单位活动，回家大概十一点多，她反锁了家门，我用钥匙打不开，就站在门外打电话给张伟。张伟黑着脸出来开门，闻到我嘴里的酒气，跳着脚发火。我又是醉，又是累，歪在沙发上睡着了，意识稍一蒙眬，我就掉进了噩梦里——有双巨手掐着我的脖子把我拎起来。这是我打小最怕的一类噩梦，脚下是空的，喉头是疼的，窒息，恐惧，徒劳地挣扎，有时候会哭着醒过来，浑身是汗。

那天蒙眬睡去，被暴怒的张伟抓了脖子晃，他下手并不重，只是要我醒过来。我却脚乱蹬，胳膊挥舞，哭喊着醒过来，看见的是张伟愕然的脸——他反倒被我过激的反应给吓住了。

我吓着了张伟，张伟也吓着了我。两个人都被吓醒了。分手成了咽不下去的一个词，在两个人舌头底下压着，不知道谁、什么时候会吐出来。

我与张伟真正分手，到秋天了。

说是分手，跟离婚也差不多，只是不用去民政局——张伟母亲的先见之明此刻显现了出来，但财产问题还是有的。亏了张伟母亲是会计师，有保存原始凭证的良好习惯，找出大沓的发票，一张一张用计算器加给我看，她不累，我累。

算下来，大概八万多点儿。我不知道她是怎么算的，反正母亲给我的十万块钱，买东西买得一分不剩。她一脸仁至义尽地说，给你十万，张伟毕竟是男孩子。

我倒没觉得有多伤心，就是累，累得连叹口气的力气都懒得费，更别说哭或者跟她争辩了。跟张伟母亲一起去银行转账出来，我觉得从眉毛到肩膀都向下耷拉着，一颗心更是不知道沉到哪儿去了，自己摸半天都摸不着。

我不打算再回母亲那儿去，所以我得去租房。我站在银行门口，给同学打电话。忽然感到扑面来的秋风，凉是凉，却凉得神清气爽，春意盎然。

几通电话打下来，果然有收获，跑了两天，有一个别人分租出来的房间，位置、价钱都合适，我就租下了。搬家那天我谁也没告诉，在高架桥下面，找了个开面包车的师傅，讲好价钱，主要是书和衣服，一趟也就从张伟家搬完了。

最艰难的是如何告诉母亲——新工作只是聘任，很忙，压力也大，我不在乎；失去原来那个鸡肋一样清闲稳定的职业，我更不在乎；失去张伟和我可能的婚姻，我也不在乎——我在乎的只有母亲——母亲那个要我圆满幸福的盼望，注定要破碎了。再难也得说，搬出张家后一个月，我去给母亲坦白交代了。

母亲的反应完全出乎我的意料，她把那张十万的存单和登着我文章的杂志放在床边，抬头看着我，笑了笑，“我懂——当初我也给你姥姥说过这话，不离婚，会死，活活憋死！——委屈我的彤彤了！”

我攒了一肚子安慰母亲的话，瞬间雪化冰消。我趴在母亲怀里，失声痛哭起来。这是我积攒了很久的一场哭，哭得奔腾恣肆，痛快淋漓！

母亲一直没有落泪，她的胳膊揽住了我，像哄孩子睡觉似的轻轻晃着。我渐渐地收住了暴风骤雨的哭声，还在抽泣，她倒替我抹了泪，说：“会好的，以后会好的……”

话是这样说，可闪在她眼睛里那悲哀的光，似曾相识——真的会好吗？想也无益，不如不想。我擦了泪，来之前我还给母亲买了礼物。虽然离母亲四十九岁生日还有半个月，可我现在薪水涨了，而且还有稿酬和奖金，我想送母亲礼物。我打开盒子，一对天然珍珠的耳坠，在乳白的丝绒衬底上泛着温润柔和的光，那风致宛若母亲。

四

完成了对母亲的交代，我浑身轻快得像根羽毛，在和风里飘啊飘。

忽然想起鲁辉，他在读博，一年多没有联系了，我拨通他的电话，他立刻就接了。我们在电话里聊了很久，大部分是我在说，不知道怎么回事，我的话像解冻的冰河一样，哗哗地奔流不住——以前吐给他的每句话都会在心里暖半天——曾经折磨过我的那点儿对他的异样心思，不知何时已经烟消云散了。

鲁辉趁我停顿的当儿，问："你是不是会缝棉被？我记得你好像说过……"

我笑道："我不只会缝被子，我还会绣门帘……"

鲁辉说："太好了！"

鲁辉带我去了他导师家。他的导师叫苏戈，对这位既是学者又是小说家的导师，鲁辉崇拜得五体投地。一路听下来，苏戈不是生活里的人，而是文摘类杂志上被小方框框起来的一则则名人逸事。我被他夸张的描述逗引出了期待和好奇。

我站在苏戈家赭红色的杉木地板上，落地窗外满是蜜黄的秋阳，地板上有斜斜的明亮光线画出的窗格与书架的影子，空气中飘着淡淡的翰墨气味。苏戈起身招呼我们，因为是逆光，看不清他的面容，先听到了那浑厚的男中音，还有魁伟的身形和散乱的发梢微鬈的头发。我的心一下就跳得乱了节奏。

鲁辉故意跟苏戈说我是他的女朋友。我抿嘴笑，并不急着撇清。苏戈笑着看我，眼光中有征询的意味，我忽然心里生出一丝逗引他的冲动，眼波里想必也闪了出来，我用眼睛问他：你觉得呢？

苏戈的笑里有了会意。那瞬间的会意像甘洌的酒，丝丝沁到心里去了，人却不胜酒力，只那么一口，我就有些薄醉。从窗子里透进来的风，也是薰薰的，洁净的木地板上铺了席子，我一个人在通阳台的房间缝被子，总共三床，都是苏绣的缎子被面，棉胎是网过的，没什么难的。针线都是现成的，一个簸箩盛着，不只有棉线，还有成束的各色丝线和绣花用的绷子。

倒像是我姥姥的针线簸箩，苏戈家却有这些东西。我自然不会乱打听，穿针引线，低头做活，猛抬头，本来跟鲁辉在客厅说话的苏戈，却在门口站着看我。

我脸一热，头又低了下去，苏戈是辉煌的太阳，我是被阳光灼得低了花盘的花。苏戈后来有些感慨地说，我缝被子的情形，活脱一幅仕女图，只是画上的人物也没什么明媚香艳。我还记得那天穿了件秋香色的裙衫，新草绿的长丝巾飘在肩后，长而粗的发辫却垂到了胸前，墨绿的九分裤裹出两条秀颀的腿，并着曲在身后，被裙衫遮去了一半，由深至浅一个碧玉人儿，傍着一片凤穿牡丹图案的大红缎子坐着，他说他直看呆了。

他那天一点儿也不呆，见我抬头，就闲闲地跟我说话，后来略带伤感地说，这些被子是他母亲入春后拆洗的，拆了，却再没缝起来，母亲就走了。苏戈说他母亲身体很好，八十多岁的人了，在太阳光下，还能绣花——人生无常，你这么年轻，不会理解的……

我虽然年轻，却未必不理解人生无常。可我没说话，只是敛了笑，仰着头，很心疼地看着苏戈，他有多大年纪？说起母亲，神色间那份恓惶还像个小男孩……苏戈似乎被我的目光刺到了，挪动步子，我心里一紧，感觉他要走近，这时响起了敲门声，苏戈转身去开门了。

我怔了一下，才察觉心口那儿沁出了汗，此刻汗下去了，有些凉。

鲁辉出去买菜了，买了青菜黄瓜西红柿，还有几样卤味。我缝完被子出来，看看被鲁辉切得横七竖八、凉冰冰油腻腻的卤味，实在不能吃。跟着姥姥长大，又被母亲惯着，我的嘴挑剔得很。于是我去厨房里翻捡，几个香菇、加上西红柿和葱姜蒜，把那几样卤味炖成了一个砂锅，炒了青菜，拍了黄瓜，蒸了茄子，还烧了一个紫菜蛋花汤，原本干巴巴的一顿饭，顿时丰美起来。

鲁辉笑着说："殷彤，你让我太有面子了。我怎么赞美你才好呢？"

我笑着把一碗热气腾腾的饭塞在他手里。

苏戈在厨房外朗声说："鲁辉，老师给你个例句：殷彤，你如此美貌，本不必如此能干；你如此能干，本不必如此美貌……"

这话跟米饭蒸腾出的热气一起熏烫着我的脸。盖上电饭煲，坐到桌前，我用手握了一下粉盈盈汗津津的脸，轻声说："不要取笑我了，这要是让我妈妈看见了，肯定说我丢她的人。跟我妈妈比，我是笨死丑死了……"

鲁辉接口说："那倒是，跟你妈妈的手艺比，你就太业余了……"

我敛了笑，旧事如烟，可心下难免有一丝怅然。

鲁辉的笑里有了尴尬，为掩饰那尴尬，他更夸张地笑，"妈妈的醋你也吃啊？"

苏戈大笑着说："傻了吧，鲁辉？母女之间的妒忌，更甚！"

苏戈的怪论让我抬头盯他一眼，这一眼却把苏戈连贯的朗笑给盯得断了线，那笑声也心神飘荡似的，七零八落地散了。

三天后，我接到苏戈的电话，说是要谢谢我，请吃饭。他说那家饭店的位置不大好找，鲁辉很熟，让他带我去。那晚人很多，都是苏戈带过的学生，吃到一半，我才弄明白，是苏戈给一个去英国访学的弟子送行。

我正常情况下话本就不多，那晚有些莫名其妙的失落，就更沉默了。大家起初都以为我是鲁辉的女朋友，苏戈忙打断说："纠正一下，还不是正式的。鲁辉正在追求人家！我也准备追求殷彤，公平竞争，行不行？鲁辉，你不要瞧不起你老师，年纪一大把，人也不帅，又没钱，但核心竞争力不一定比你差！"

大家大笑，起哄，鲁辉笑着跟老师碰杯，"吾爱吾师，吾更爱美女！"

我被苏戈的玩笑惊得浑身发麻，身子发飘，头晕腾腾的，好在我惯会控制情绪，倒还没失态。很快我发现，苏戈原是惯开这种玩笑的。十几分钟后，又对着别人抱怨说如何辛苦地追也追不上。那女孩就拿苏戈刚才的话打趣，假装吃醋，嗲嗲地说他小猫钓鱼似的，一会儿追蝴蝶，一会儿抓蜻蜓，这样子三心二意，自然钓不到鱼嘛。又是哄堂大笑。苏戈竟如此喜欢那个“小猫钓鱼”的故事，重复了好几遍，一次比一次笑得厉害。真不知道有什么好笑的！

我飘起来的身体，摔得生疼，本就不惯这样的玩笑，加上自己也弄不清自己存了一腔什么心思，只是满心羞恼，快十一点了，我又担心地铁没了，几乎坐不住了。苏戈这时忽然宣布结束，闹哄哄乱了一个晚上，出来时还是乱，苏戈借着酒意拉住了我的胳膊，我后来猜想他是怕我趁乱溜了，拉住了却不跟我说话，在那里嚷还有谁往东的，还有谁？大家按方向分拨儿走，苏戈没开车，却不肯让开车的学生送他，带着我跟另外两个同方向的女生上了一辆出租车。

我第二个下车，苏戈落下车窗说了声好好休息就走了。我嗯了声转身，头忽然针扎一样尖锐地疼起来。到楼下时手机收到条短信：在刚才下车的地方等我。

苏戈！

我像一蓬浸满油脂的柴火一样烧了起来，头顶的夜空仿佛也被我的心火燎成了暗红。站在冷冷的夜风里，不断拿手冰自己滚烫的前额和两腮。二十分钟后，那辆出租车又出现了，苏戈下车，替我拉开车门，拥着我坐在后座上。他在后座上就深深地吻我，我被他身上极具侵犯性的烟气和酒味吞没了。

那辆出租车成了浮槎，把我从现实渡进了梦境。

次日清晨，我从苏戈枕上醒来，陡然生出来要把梦境变成现实的心思。我爱苏戈，更爱苏戈的世界，我想把这儿变成我的世界。

我那点儿小心思，连姥姥都瞒不过，更不要说苏戈了。我睁着眼睛躺在那里想自己的“心思”，心思也就明明白白写在了我的眼睛里，他看着我的眼睛，深情款款地说：“我不想伤害你。”

这话后面有危险的潜台词。

我拿手把他的嘴堵上了。我也不知道自己怎么会如此冷静，起身做早饭，吃完就去上班了。我的当止则止，不纠缠，倒让苏戈在最初几个月对我颇为眷恋，周末就会打电话让我过来，两个人一起吃晚饭，度过一个春风沉醉的晚上。

那晚苏戈和我正吃晚饭，家里的电话响了，是他儿子从英国打回来的，祝贺老爸生日快乐。苏戈自己都忘了自己的生日，接完电话坐下感慨，年龄这个话题顺着也就出来了，他儿子一九八二年的人，只比我小两岁。

苏戈仿佛一下从沉醉中猛醒了。那晚，他跟我很诚恳地谈了一次话，我一口一口嚼着自己在他接电话的当儿冲进厨房下出来的面，听着他的话——作家也没多少创意，说来说去竟还是年龄，年龄是障碍？我忍不住微笑了。我耐着性子听完了，淡淡地扯开了话题，“我姥姥说，过生日吃面条是嚼寿呢。面条越长，嚼得越久，就越长寿。”

苏戈无奈地看着我，开始给自己嚼寿。

无奈成了此后苏戈最常面对我的表情。他倒是能拔慧剑斩情丝，我豁出去春蚕到死丝方尽，你斩一回斩两回，我缠缠绵绵断了又续，破了再织——我心里很笃定，他舍不得。不舍归不舍，话却说得很明白，让我不要为他耽误了自己，他不可能给我那个想要的结果。话说明白了，心里就轻松些，反又留恋来日无多的这点儿暂借的甜美。说好了断的那夜，苏戈必定跟我格外癫狂——最后一次，豁出命去了。我自然奉陪，同样“须将一生拼，尽君今日欢”，跳舞时练的那点儿功都用到了床上，柔荑一般的身子，变换出匪夷所思的姿态，蛊惑得他真的要把命拼掉了。

我气定神闲地听着身边的苏戈几乎不成人声的喘息，这是我们第十一个“最后一夜”了。后来苏戈大概不好意思凑够莎翁的剧名，再不提最后一次云云。

苏戈再也没让我去他家里做过饭。春分沉醉的晚上，被十一个欲仙欲死的仲夏夜取代了，接下去的耿耿秋夜，却过成了“青灯照壁人初睡，冷雨敲窗被未温。”苏戈在写一本新书，我说去看他，十回有八回他会说改天吧。偶尔答应了，两个人匆匆一聚，也就散了，他还要写。

那夜忽然变天了。我下床，穿好衣服，到了门口，苏戈走到窗边朝外看看，风狂雨大，他说要不别走了……我说：“算了，我在，你会分心的。”

说完还是换鞋要走，苏戈过来，把我拉进了怀里，“进去睡吧。”

我一个人去睡了，潮乎乎的雨意秋气，隔着被子透到身子上来了，做梦也梦不到去年那蜜黄的阳光了，好在刚才那一拥的温暖在睡着之前，还未散尽。

温暖并不意味着让步和动摇。不觉一年过了，我跟苏戈的弟子们也混熟了，苏戈跟鲁辉“公平竞争”的玩笑每次聚会时必提。苏戈自矜魏晋风度，最厌迂腐，弟子们学老师，个个倜傥不羁，文采风流，随时随地根据气氛，当场现挂，发展衍生出新的情节。我也习惯了，苏戈正话反说，永远是追求不到我，我听了只是笑。当然不是幸福喜悦的笑，可那点儿心酸与苦涩藏得很深，除了苏戈估计也没谁能看得出来。

玩笑终究是玩笑，号召大家齐心协力把我嫁出去，苏戈说得郑重其事。学生们举杯表态，一定鞠躬尽瘁。大家深谙不求甚解的妙义，并没哪个不省事的此时去抓鲁辉和苏戈来说事。我也只能大大方方地笑着跟大家碰杯，眼皮一耷拉，喝光了杯中酒，然后说不帅的我可不要！

说这话的时候，我会把眼波朝苏戈一转，他必定会躲闪了目光。过后苏戈对我说，他这时候才读懂我的眼神，粗一看，会让人觉得很温和，秋波婉转，总有三分笑，三分柔情，清清浅浅，盈盈欲语——那是骗人的。这双眼睛识尽炎凉，透着明白，那温和也不是温和，却是外人未必看得懂的担承与坚韧……

"若不是醉眼蒙眬老眼昏花，我着实不敢招惹生了一双如此眼睛的女子哟！"

我被他说得三分委屈三分生气，却又有三分欢喜。恨声掐他，他抓了我的胳膊，我就把身子压过去，两个人就从沙发上纠缠到了地板上。缠绵完了起身，他又一叠声地懊悔耽搁了他的新书进度，"从此君王不早朝，从此君王不早朝啊！"

苏戈不知何时把剑术换成了太极，跟我虚虚实实，进进退退，推手似云，行步如水，用绵力却又绵里藏针，时不时刺一下，提醒我，也提醒他自己，以免沉醉不知归路。

五

我成了母亲的心事。

母亲并不知道我的生活里还存在着一个苏戈。同事朋友包括大姨的熟人给介绍对象，我都去见，也无可无不可地跟人家吃饭看电影——某种时候，我甚至盼着能出现一个"终结者"，终结我对苏戈的幻想。结果，却是毫无结果。

我挑剔人家的时候不多，人家总在挑剔我。我得到的最过分的反馈竟然是：漂亮，可惜太漂亮；聪明，可惜太聪明；有才，可惜太有才——更可惜的是，出生的日子，还早了那么三五年。真是反讽。在苏戈面前，我只是不难看而已，聪明也只表现在有自知之明，才华这样的字眼，他更不会放到我身上，他常说，从小跳舞的孩子，没好好读过什么书，要补的课还很多……

时间一脸反讽地朝前走。举世瞩目的盛典也好，天塌地陷的灾难也罢，都绊不住它的脚，我的日子还是被“一言难尽”与“不足为外人道”滑溜溜地带走了。

大姨家，说不清楚是我不愿意去——我也的确不愿意，还是母亲不愿意我再去，反正我们母女非常默契地把见面的地点改在了姥姥住的松鹤园。

母亲带着做好的菜，我们三代女人聚在一起吃顿饭。这两三年姥姥胖了不少，胖得很虚，有些淤胀似的，特别是她那双手。姥姥手很巧，可手的模样却有些拙，她常自嘲十个手指头放一起就是半斤胡萝卜，如今那胡萝卜只怕要有一斤了，而且摸上去油腻腻的，不再是那双爽利干脆攥着尺子敲打我的手了。如今这双手始终恋恋地攥着我的手，使每次的离开都变得有些艰难。

跟母亲分手是另一种艰难。她还是要送我到地铁站，母亲一定说：“彤彤，当心。”我也一定笑着回答：“妈，放心。”

转身后，母亲看不到我的表情，我也看不到母亲的表情。可我们彼此都能猜得到……因着对方，母亲和我，承受着双份的痛苦。

母亲和我一样，焦灼地想拯救我即将变得支离破碎的人生。

现在，我不认为自己和苏戈身边的那些“女猎手”本质上有什么不同。苏戈把那些勇敢向他表达婚姻意愿的女子们称为女猎手。

他说落到她们谁手里，他的命运都是一具皮可以遮体肉可以果腹、头角骨架可以充作装饰品的尸体。

“殷彤你不是女猎手，”苏戈说，“你是姜太公。”

我听了哀哀一笑，低头不语。渔翁与猎手大概也就姿态上不同，这话未必不是在讥讽我以退为进。我心里有些羞恼，却不反驳，不辩解，只是低了头。这种姿态倒能把苏戈弄得半是尴尬半是不忍，反过来抚慰我。一句好话，心里虽然过不来，我的脸上定会泛出霁色。我不使性子，不怄气，说实话，我也没跟他使性子怄气的心情。

我之所以跟苏戈的关系能超越他跟别的女人，一半是因为我随方就圆地贴着他，另一半，苏戈对我到底是喜欢的——这才是我真正的指望。我能感到苏戈对我的依赖，特别是在他孤单和累的时候，写东西把脑子写塞了的时候，或者不管因为什么，想跟一个人说话时——能说话的女人，比能上床的女人，要珍稀一些。

苏戈什么话都跟我说，从学术纷争到风流韵事，话题无所不包，但主题只有一个，就是他自己。有时候，他还很愿意跟我谈他的前妻。与苏戈交往后，无意间我才知道，苏戈的前妻竟然是林风。

林风的名气比苏戈大，所以现在有人背后提到苏戈时还会使用“林风前夫”这样的称谓。苏戈在我面前，倒没有故意妖魔化林风，且从来不吝于赞美林风的美貌与才华，连称呼都是“当年我那位林妹妹”，半是怅惘半是调笑，况味复杂。但他也时常掀开洒脱的衣襟，给我看一看那位林妹妹留下的可怕伤痕。伤疤是好了，疼痛却还记忆犹新。九死一生的苏戈说，他对那些企图再次把他捕获进婚姻的女猎手，几乎是望风而逃。

苏戈从不放过表达对婚姻拒斥态度的机会，我都能把他那套词背下来了。只是我并没有真的被他那些表面的言辞拘住，铁嘴钢牙地说着，肚子里未必没有柔肠百转的挣扎。从某种意义上说，当年的林风遥遥给我设置了当下的难度，但我对自己所知所识的林风，钦敬之意丝毫没被消减。只是，我不是林风，我没有她那清明刚烈的立场，我委屈，却还想着求全。

苏戈说我是姜太公，其实我只是个普通渔者，我的钩也是弯的，我的饵就是我自己。苏戈的挣扎，不过是所有吞了饵钩的大鱼的正常反应，有经验的垂钓者不会急着收线，就让鱼拖着线来回游，遛得它累了，也就没跑了……

再坚持一下，再坚持一下，鱼跟渔者的命运，就都转弯了。

我不知道自己的坚持对还是不对，又没人可以商量——因为没有谁真正知道我和苏戈之间的关系。

二〇一〇年的元旦快到了。大雪一场接一场地下，树上还没落尽的黑绿叶子上积了厚厚的雪，人行道上隔不远就能看见不堪重负而折断的树枝。我踩着积雪躲着树枝去赴约，鲁辉请我吃肥牛火锅。他博士毕业后去了一所高校当老师，上次吃饭还是跟苏戈一起，说来又是半年没见了。隔着火锅腾腾的热气，鲁辉向我汇报这半年的大事记。其中最重大的，是经别人介绍，他有了女朋友。

我涮下一大筷子肥牛，捞起来蘸料吃着，又追了句："这条儿详细点儿！"

鲁辉莫名其妙有些吞吐，是他们系主任的女儿，刚读研一，一般人儿吧，很活泼……我不再问，鲁辉也就不再说，我们之间那种瞬间的沉默又出现了。我停下来，静静地看着鲁辉，此时此刻，我知道了，当初那沉默里的孤寂和忧伤，是我们俩的，不过那是他理智的选择，而我只是懵懂的承受。

我心里的怅然忽然成了怆然，雪原一样横在心底，冷而白，冻得结结实实，不必担心再会融化成悲伤的沼泽……

我说："来点儿酒吧？"

鲁辉立刻招手要酒，一人一瓶"小二"，扭开倒进玻璃杯，我们俩把杯子碰得叮当作响，却都只抿下去一点儿。两个人都笑了，一起说不勉强不勉强。

菜吃得差不多了，鲁辉的酒下去了一半，他忽然说他也是去了女朋友家之后才知道，那女孩儿的父亲，他们系主任，跟苏戈是二三十年的好朋友。

我抬头盯了他一眼，鲁辉笑了笑，没再接着说什么，端起酒杯竟然一口干了。

吃完了饭出来，都说过再见了，鲁辉又叫住了我，顿了半天，说："殷彤，我知道有些话我不该问，可我觉得好像有责任似的，问错了你别生气——你跟苏老师，就是开玩笑，还是——真的……"

我微微一笑，"玩笑如何，真的又如何？"

鲁辉被噎了一下，半天才说："苏老师不适合你。"

我按下了反唇相诘的冲动，浅笑道："别瞎想了，就是玩笑。"

鲁辉似乎还想说什么，可终究什么也没说，笑笑，沉默地陪着我朝地铁站走去。我也没说话，竭力驱赶着内心的悽惶。鲁辉的话后面埋着很多话，不说，我约略也能猜得到，无非是他从准岳父那儿听了苏戈的乱事儿——其实我知道的更详细，或者是苏戈挂在嘴边的，单身生活成就了他的学术也成就了他的创作之类的话——说出来了只会让我更难堪，不说也罢。

不说，也等于是说了。和鲁辉再次告别，进地铁站。电梯向下，我的心也忽悠悠地落进了黑沉沉的地下。也许我的坚持，不过是一厢情愿自以为是的愚蠢，白白耽误了自己。我咬住了那苦苦的四个字：白白耽误——最是人间留不住，朱颜辞镜花辞树。女子过了二十八九，不是一年一年的老，而是一个月一个月地老——我何曾愿意这样耽搁?

在站台上等地铁，我有些麻木地看着对面站台墙上绛红色的大幅灯箱海报，国家大剧院，比才歌剧，永恒的经典，《卡门》……

那晚之后，三十六天我没和苏戈联系。我有意的，不单是看看苏戈的反应，也是看看自己的反应。

苏戈的反应倒在意料之中，没一点儿消息——说明他写得很顺，没有觉得沮丧孤单。我自己的反应倒有些让自己意外，古典诗词里那种刻骨铭心的相思，并没有出现。当然，杂志社这一段特别忙，除了正常出刊，中间还要出一期关于各地“非物质文化遗产”在京系列演出的增刊，老是加班。百米冲刺地赶末班地铁，四十分钟坐回来，累得嘴歪眼斜，倒下就能睡着——梧桐树三更雨、斜倚熏炉坐到明的相思，是何等奢侈的闲情!

不去相思，也忘不了苏戈，那是我未竟的事业，自然时刻挂在心头。

我也弄不清楚自己究竟是何种情绪了，悲欣莫辨。第三十六天，是个周末，手头的工作刚好完结，下班我直接去了苏戈家。这样直接杀过去的莽事儿，以前我还没干过。

不打电话，到了又可巧有人开楼门，连对讲门铃都用不着了。我在电梯里调整了一下呼吸，出来，摁响门铃。门开了，里面站着一个陌生的女孩子，玄关处的灯射出微黄的光，打在她略微暗沉的肤色上，说不上十分的姿容，好在生了双魅影重重暗蓄风雷的眼睛，长睫毛忽闪一撩，放得出电光。

我发愣，那女孩子也发愣，苏戈在里面问：“哪位?”

我应了声，绕过那女孩子，换了拖鞋，径直进客厅去了，女孩子在我身后一言不发地关上了门。

不知道是不是灯光的关系，苏戈的脸色很不好，被一堆垫子埋在躺椅里，皱眉说："还是腰椎，坐不住——这是小陈，没想到我也落到了动口不动手的地步。"

女孩子端了水过来，听到苏戈介绍她，递水杯时朝我一笑，立刻回到电脑前去了，垂着睫毛似乎在专心地调整刚才记录的内容。我敏感地觉得那笑里有些勉强和敷衍——我盯着小陈短款夹克和低腰裤之间露出的那段线条妩媚的腰肢。大冷天她也不怕凉……

苏戈朝我哎了两声，我才回过神来，喝了口水，放杯子的时候发现茶几下面有一摞新书，白底红字，《欲望的容器》，我伸手拿了本，翻看着，"这是我给你校过两遍的那本书啊——名字改了？"

苏戈看上去疼得厉害，表情痛苦，略缓一下，又朝我笑了，"这名字比前面那个棒！内容没动——我在《后记》里向殷彤女士付出的无私劳动致谢了……"说着，艰难地欠身想起来，我放下书伸手要去扶他，小陈早已无声无息地飘到了苏戈后侧方，手从他的腋下伸过来，苏戈抓着她的胳膊靠着她的身子站了起来。

我伸出去的手，只得拐向茶杯，端起来喝了一口，那口水进嘴里就成了强酸，腐皮蚀肉地蜇刺刺一溜儿疼，从喉头直达心口，可我故作淡定地看着小陈把苏戈扶到了沙发上。苏戈对她说："咱们歇会儿，阿姨中午做的菜在冰箱里，你热一下，我跟殷彤说会儿话。"

三十六天拉开的距离，忽然出现了——我成了客人。

小陈进了厨房，我无声地吸了口气，坚定地站起来，走过去坐到了苏戈身边。苏戈没有动，我把头靠在了苏戈的肩上，"想我吗？"

苏戈没有回答，宽厚的手穿过了我的头发，有一缕被他夹在指缝间，轻轻扯了扯，"把遥控器给我，看会儿新闻。"

我只得起身，把遥控器找来递给他，苏戈打开电视，人却趴在了沙发上，笑着伸手勾住我的小拇指，带点央求意味地晃着，"按按咱们的腰吧。”

我哧地笑了。苏戈忽然拽着我的胳膊又要坐起来，原来电视上广告结束，访谈节目继续进行，说话的女嘉宾正是林风。

我扶他坐好，拿靠垫把他的腰塞妥帖，苏戈带点儿解释意味对我说：“这是上周六的重播，有人告诉我林妹妹在电视上骂我，正巧赶上，听听她怎么骂。”

“……有人说女博士心比天高，貌比猴丑（观众笑声），凤凰卫视要为女博士正名，就找来几位打扮入时、貌美如花的女博士上节目，来驳斥这种说法。媒体所谓对社会问题的讨论，最后都会变成制造噱头，娱乐大众。我们今天也一样，从秦淮八艳到二十一世纪的知识女性，这题目就很有娱乐精神——主持人朝我瞪眼睛了，在导演冲上来把我赶下台之前，我抓紧时间，争取说完（观众笑声）。凤凰卫视那期节目让我颇为震撼，震撼的原因有两个：一，女博士色艺双绝——真的很漂亮，都是大美女！你没看太遗憾了！（笑声）更重要的是第二点：在我想来，这些多少读过些书的女子们，应该多少有些思想力——可是，她们在那里，驯服地甚至不无迎合地顺应着我们这个社会性别文化中最卑下最恶劣的部分！那份按照性别标准自我规训和自我塑造的自觉，让我无比惊讶！我读本科时，有位老先生，爱骂那些冥顽不化的学生：你们的书都读到狗肚子里去了？我当时也想这么骂人。不客气地说，一个没有生长出健全的主体意识的女性，博士学位对她的意义不会超过一瓶香水和一管口红，她优雅地优美地多少还有点儿忧伤地充当着‘欲望的容器’。这词儿不是我原创，引用某人的书名。很有表现力的一个词——欲望的容器，但以此为题的那部小说却很烂，是一个无知愚蠢、内心孱弱又无比自恋的男人疯狂膨胀的色情想象。我知道，我这么一说，反而很可能是替他做了广告。如果您能忍耐拙劣艰涩的文笔，又有追腥逐臭的特殊癖好，可以买一本看看（全场大笑，有人鼓掌）……”

林风在电视上嬉笑怒骂，苏戈在屏幕前也只能做出大肚能容的姿态，漫不经心地换了台，笑着说：“女人到了更年期，是很可怕，啊？”

我没应声，苏戈看了我一眼，“想什么呢？”

我一笑，“想你的林妹妹……”

苏戈哼了声，“林妹妹——如今都快成林奶奶了。”

小陈热好了饭菜，都是现成的，三个人一起吃晚饭。想必是那位阿姨特意为晚饭做的菜，又是微波炉热的，外观没大改，味道很好，我对苏戈说：“你请的这个阿姨，做菜水平快赶上我妈了。”

小陈低低地笑了，朝我忽闪着大眼睛，说：“中午那位阿姨不是保姆，是苏老师的未婚妻。”

“哎——”苏戈这声“哎”的尾音不赞同地拐了弯儿，“这孩子不会说话，我这把年纪了，还什么未婚妻？应该说‘后老伴儿’！”

他看着我，笑得像个恶作剧的孩子。

六

许久没有联系的大姨给我打来电话，让我回去一趟。大姨如今耳朵聋得厉害，只在那边嚷，听不到我的问题。电话被表姐接了过来，说别问了，有好事儿，回来就知道了。从她雀跃而暧昧的口气里，我猜测多半又是要给我介绍男朋友。我正在单位校稿子，不能再多问，应了就是。

挂了电话，又回到面前那篇梳理长江流域女性文学创作的长文。从先秦两汉直到民国，一代又一代，那些如花似玉兰心蕙性的女子，无论是琼阁闺秀、蓬门碧玉，还是青楼艳姬，写下了那么多凄婉哀怨的句子——几千年女子的悲哀淌出来，怕不是又一条长江……女人哪儿来的那么多悲哀呢?

作者条分缕析的论述让我有些厌倦，经济基础，封建礼教，男权文化……头头是道，条条有理——我忽然想起了姥姥，想起她清明刚烈的态度，还有她对多愁善感、淌眼抹泪的小女儿姿态的鄙薄不屑……

还是皱着眉头校完了稿子，收拾东西去了大姨家。母亲也在，表姐咯咯笑着正跟她说着什么，大姨也兴奋得脸颊红扑扑的。我听了才知道，所谓的“好事儿”不是我的，而是母亲的。母亲比大姨冷静多了，大姨喋喋地朝我说着母亲交往的男人条件有多好，母亲默默地看着我。

我非常意外，一时有些反应不过来。按照大姨的说法，母亲已经做了决定，就看我的意见了。我能有什么意见? 虽然心里的确有些莫名的不安，可还是笑着祝福母亲。那天晚上，母亲让我留下。我能察觉到母亲的伤感，也就留下了。

还是那间小房，还是那张大床，还是母亲和我，十八年过去了——

十八年是经常出现在故事里的时间，那是一个男婴长大成人中状元替生母申冤的时间，是一个如花女子苦守寒窑等来正宫娘娘名分的时间，是一个被砍头的死囚转世为人再成一条好汉的时间……

故事总是这样，有因有果，环环相扣，爱恨情仇，报应不爽。我喜欢故事里的世界，它是可靠的。生活不是这样，它处处吊诡，毫无逻辑，一路与它的偶然荒谬刮擦碰撞下来，几人能躲过支离破碎的命运?

我这段日子想什么都会想得心灰意冷。小房没有暖气，那台小小的电暖气关灯时也关掉了。我摸摸自己的鼻尖，冰凉，缩进暖和的被窝，闻到了母亲身上柔和的玉兰香气。

“等你安顿好了，我就跟你姥姥回老家……”母亲在黑暗里忽然说了句上不着天下不着地的话。

我听得满心疑惑，却又不敢深问。她与之即将开始新生活的那个人怎么办?

母亲顿了一下，说：“这周六你有时间吗? 我跟那人请大姨大姨父吃顿饭，我就从这儿搬过去了，你也来见见面吧。”

我哦了声，翻身推了推母亲，“妈，刚才说了半天，还是没说清楚他是哪所大学的，叫什么? ”

母亲轻轻地吐出“苏戈”两个字时，我呼地坐了起来。

母亲也被惊着了。摸索着床头台灯的开关，我的头轰轰直响，回答母亲疑问的声音却镇定自然：“妈，你别动，你别动，我刚想起来——有篇稿子得校完，不然赶不上进印刷厂了——怎么会忘呢……真该死！”

我胡乱穿着衣服。灯亮了，强光下母亲哆嗦着眼皮，“外面冷——打车啊，妈给你钱……”

我弯腰拉上长靴的拉链，把母亲摁进被窝，伸手摁灭了灯——我担心自己的表情，“您接着睡，接着睡——”

一个小时之后，我坐在了苏戈面前。苏戈腰上绳捆索绑地带着护腰的垫子，正埋头写东西，被我半夜打扰，倒也没有格外恼火，大概觉得早晚得给我个交代。索性关了电脑，像孕妇似的扶着后腰站起来，坐到靠背藤椅上，一脸坦率诚恳开始给我讲了他与那个名叫秦素梅的家政女工的故事。

苏戈给我的故事是这样的：

一个多月前，苏戈在美国读博士时的导师来中国，说要到家里看看苏戈曾跟她说过的苏家祖辈收藏的书画扇面。苏戈正想着如何招待老师，当时在他家的一个朋友向他推荐了秦素梅。

那晚苏戈的家，成了秦素梅的舞台，她的人在厨房里，可是她带来的气氛如同菜肴的香味，笼罩了整个房子。餐后，那位研究东亚文学的美国老太太把秦素梅从厨房里找出来，跟她拥抱向她道谢。说她和她的菜肴一样，很美丽很中国，特别是她的珍珠耳坠，让她想起了玉卿嫂。

秦素梅让苏戈联想起来的倒不是玉卿嫂，而是《浮生六记》里的芸娘，那个被林语堂赞不绝口的最完美的中国家庭的女主人。

不过苏戈也就是那么一想，送走了导师，跟秦素梅结了账，就接着写他的书了。也是机缘巧合，一周后，苏戈又被那个推荐了秦素梅的朋友请去当陪客，也是家宴。那天客人杂，说的话题苏戈觉得无趣，他就凑到厨房，看秦素梅做菜，瞎聊。

等他出来，女主人在厨房门外笑着拦住他，“要不要我给你做媒？娶了她可比找个小姑娘，幸福指数高多了。”

苏戈打个哈哈想溜，女主人扯着他西服的袖子不放，“现在胡混，总有动不了的一天，你还指望儿子从英国回来伺候你呀？”

苏戈好不容易从充满做媒热望的女主人手里脱身，他没想到，这几句话被厨房里的秦素梅听去了。

第二天，秦素梅敲开了苏戈的家门。苏戈那天腰椎的老毛病犯了，疼得成了残疾人，正半躺着打电话托人赶快给他找个打字能跟上口述的人来。秦素梅进门，先从厨房找出半袋绿豆炒热，装进个枕套让他热敷。他趴着，她坐着，开始谈话。

苏戈不知道该如何措辞才能准确描述秦素梅与他的谈话内容。说是求婚不大准确，说是劳务谈判也不准确，应该是两者的混合体。秦素梅淡然平和的态度，让一贯自诩蹈于俗见之外从不大惊小怪的苏戈也有了一丝惊讶。她说完了，起身进了厨房，做了几样简单的菜，洗净手出来，拿起大衣，笑着对苏戈说："您考虑一下，不着急。这顿饭我不收费，再见。"

秦素梅飘然而去，苏戈趴在那儿想想，忽然觉得这个穿着月白绒衫天青长裤的小时工，把他周围那几个爱弄点文艺、讲究气质的异样女子都比成了庸脂俗粉。

苏戈觉得自己被打动了，但他说不清楚是被什么东西打动了。这个与自己年纪相仿的女人，毫无迟暮美人的张皇，从容地坐在那里，淡淡地说着，话很直白，直白得刺眼，可是很本质，很透彻，剥光伪饰，洗尽铅华，撕掉自欺的皮肤，真实的人生定是这样一张血肉模糊的脸，丑陋，残酷，悲哀……她就那样毫不躲闪地直视着那张"画皮"下面的真脸，勇敢，但勇敢得并不泼悍，异样优雅……

苏戈也许是被这种矛盾的气质打动了，更为重要的，她非常理想地解决了苏戈生活中诸如吃饭穿衣这样琐屑却有无法回避的现实问题。这种自由的、不伤害他的书斋写作生活的"类婚姻"状态，苏戈想过，却没想到真能遇到帮他实现的女人——不是随便从劳务市场拉一个人回来就能让她满屋子晃的。而这个女人需要他支付的对价，只是一个白色的谎言。

苏戈几乎不认为这是谎言，更近似于玩笑，他决定与这个不同凡响的家政女工一起，跟世人平庸的理解力开一个玩笑——苏戈喜欢这样的玩笑。

暖气充足的房间让我口干舌燥，就起身给自己泡了杯绿茶，苏戈也说要一杯。

我把两杯茶端过来，示意他讲一讲那个"谎言"或"玩笑"。

"她要我帮她一起嫁女儿。她有一个女儿，美丽，优秀，读书的时候，有个感情不错的男朋友，女儿带他回来过两次，她张罗了一桌子菜给他们吃。她们住的条件很差，加上亲戚家大人孩子乱哄哄的，她从那男孩的目光里读出了很多东西，后来女儿与那个男孩果然没什么结果。这让她很心痛。她想给女儿一个好的环境，说得再直接一点儿，好的包装，然后让女儿有个好的归宿。”

我像冰山一样端坐着，巨大的羞耻感在身体里滚动，脸在烧，指尖在麻。苏戈看着我，目光里流露出困惑。我竟然还能挤出丝笑，“你可真善良。”

苏戈大概以为我接受了既成事实，也笑了，“共谋！各取所需而已。”

我起身离开了苏戈家。

我想起了母亲那次打我。只是这次她用的不是那柄鲜绿的塑料刷子，而是羞耻的鞭子。罪责在我，我不会埋怨母亲——想起母亲，我觉得心疼而愧疚——我让她担忧恐惧到了什么程度，母亲才会选择如此极端的方式呢？

我像得了疟疾。有时候浑身滚烫，血液是灼热的岩浆，手指也肿胀似的又麻又痛——几天来这种羞耻感不停鞭笞着我的身体，越来越烫，越来越麻；有时候我又被丢进了冰冷的湖水中，不只是冷，还有恐惧和绝望——挣扎出头，看到布满裂纹的冰面上站着母亲，我如何才能不让冰面开裂，不让母亲跟我一起掉进冰冷的湖水里呢？

周四，母亲打来电话，说要这周六一起吃饭。我脑子嗡嗡直响，说不出话来，母亲以为我在忙，就挂了电话。我呆着，手机忽然又唱起来，我一惊，盯着屏幕看，却是钧州的号码。

“彤彤，我是爸爸呀！”电话那端一个陌生男人对我说。

“谁？”我怀疑自己听错了。

“我是爸爸，殷至诚——”他一字一顿地说。我的意识渐渐明晰，知道那端是谁了——十八年前，那个夏日午后，让我跌碎了茶杯盖的男人。

他邀请我回钧州看看，说很想我。如此突兀的抒情，他似乎也有些不自在，呵呵地不停笑着，我突然说："好，明天我就回去！"

他似乎也愣了一下，马上欢天喜地地连声说着好好。

挂了电话，我就去林风办公室请假。我说要回钧州，老家有事，请一天假。

林风沉吟了一下，"要回钧州呀——好吧，抓紧时间，快去快回。你那篇《不器》写得不错，我有个想法，你能不能把采访深入下去。'剩女'现象现在也是个热点，可以做个系列——等你回来我们再仔细讨论。"

我点头应承，出门给母亲打电话，说我要出差，周六吃饭不能去了。

动车带着我离开北京后，我的"疟疾"奇怪地好了，悲哀水一样漫上来，心沉到了水底。周五黄昏时到了钧州，不让殷至诚来接，他还是带着一群人来了，我竟还能认出他，父女久别重逢，老爹爹又愧又痛的哽咽是免不了的，可惜我不入戏，摘了挂在脸上的巨大墨镜，平静地说："您别这样，大家都会尴尬的。"

我跟所有人客气地打招呼，却不称呼人，不要说他带来的七大姑八大姨，就是殷至诚本人，其实跟我也没什么关系。我当然不会去他家，住进了位于新区的钧州酒店，房间在十一层，从窗户望出去，能看到护城河与北关城楼。只有殷至诚跟我到了酒店房间。坐下交谈，嘘寒问暖之后，听他的话音，我渐渐明白了他突然请我回钧州的真正原因。

殷至诚现在也经营一家钧瓷店，叫做道玄堂。他偶然看到我写的那篇关于钧镇的文章，就留心了，后来发现我又成了这本文化生活周刊的编辑，踌躇了些日子，决定还是给我这个“女儿”打个电话，看能不能宣传一下“咱家”的道玄堂。

察觉到真实动因，我和他的关系反而好处理了。我说明天就去看看，拍些照片，如果有机会，我会尽力的。他沉默了半天，问了句：“你妈妈好吧？”

我很快地回答：“挺好的。”

他闷坐了半天，我能察觉到那些旧事在他心里汩汩地涌着。他想解释——我不需要他的解释。我跟张伟分手后，从不提和殷至诚那段婚姻的母亲，断续跟我说过他两次。殷至诚那时候在北关一小教语文，爱舞文弄墨。以前毛泽东思想宣传队写快板书、对口词之类的东西，都会去找他。后来他又写起了诗歌、小说，虽然只在黑板报上发表过，却在周遭人口中积攒下了一些才名。当然，自己也积攒下了一肚子的怀才不遇。

我猜想，母亲的青目，定然让他产生过才子佳人的比附。二十多年后母亲说起这段婚姻，对他竟是有些歉意的——到底是她骗了他。婚后他自然能察觉到佳人并不欣赏才子，文弱的他，对母亲开始拳脚相向——打母亲的原因跟母亲无关，跟他的文学创作有关。收到退稿他必去喝酒，喝完酒回家必打母亲。母亲说我小时候倒是胆大，看到他们打架竟然不哭，还敢在床上举着拳头敲殷至诚的后背，“你个鳖孙，你打我妈，我打死你！”

说到这儿母亲笑了，“鳖孙”是姥姥骂我的话，在我嘴里出现并不奇怪。殷至诚打碎了母亲对完整人生的幻想，母亲就离开了。

殷至诚近乎忏悔地开始讲述往事，在他的讲述中，母亲成了不可掌控的卡门，而他就是那个挣扎、妒忌的堂·何塞……我试图拦住他的话头，可没能成功，只能无可奈何地看着他，原本瘦长的脸，因为发福，腮上多出了两大疙瘩肉，成了只梨子，腮上的肉随着情绪的激动而抖着。

他没有撒谎，至少没有刻意撒谎，想当然而已——可他叙述的调子为何让我觉得如此熟悉？我困惑地在记忆中搜罗着——苏戈！殷至诚讲述往事的调子竟然跟苏戈毫无二致！不无傲慢的想当然和如对异类般的莫名其妙——女人呀……居高临下降贵纡尊地追悔莫及深深自责——女人嘛……深沉悠长无法忘怀的痛楚与恐惧——女人啊……还有那永远用“我”字开头的句式——我突然笑了。

殷至诚的讲述被我笑乱了节奏，我索性将笑扩大，笑着说了句经典台词：过去的事儿，就让它过去吧。我不是敷衍，我还能想起十二岁时他的出现和那一百块钱带给我的隐秘喜悦，我想留住我和他之间温暖的善意。并且，我矫诏，代表母亲原谅了他。都有恶，都有罪过，都曾苟且，都曾软弱，到这般时候，也该相逢一笑泯恩仇了。

这笑救了我，送走殷至诚，我洗了澡，几日不能安眠之后，我终于有了一夜沉沉无梦的好睡。

次日我参观了道玄堂的珍品厅。殷至诚在厅内挥洒指点，滔滔不绝，描述起那些漂亮的瓷器，锦心绣口，唾珠咳玉。

他正说着，突然举起双臂，“——把心静下来，听……”他的两只胳膊催眠似的缓缓落下，我不知道他要我听什么。他不无得意地把戏剧性的沉默保持了一分半钟，然后开口，“这就是我要说的钧瓷另一美，音。开片之声，于静室，月夜，或有心赏玩，或无心听来，如同风过寒塘，冰面开裂。又如雨落竹梢，枝叶瑟瑟，听得深了，心神澄澈，物我两忘……方才说钧瓷的颜色，如同凤舞九天，绚烂之极，能迷人眼目，而开片之声，却如深潭龙吟，声清而静，能涤人邪思，恰应了阴阳相循，动静相宜，冲和中正的意思。所谓形而上者谓之道，形而下者谓之器，钧瓷虽为一器，但其中有道，所以钧瓷又被称为‘道玄瓷’，这也正是我这道玄堂的来历。一器一物的高下，关键在会心处，再好的瓷器遇不上懂它的人，遇不上能悟出它好处的人，那它也就是瓶子罐子……”

这厅里的瓷器的确让我流连，照片拍了不少，我还留了邮箱，请殷至诚把刚才解说的文字稿发给我——这篇才气纵横的解说词我料想定是有底稿的。殷至诚故作为难地笑了笑，“随口说的，未必能记得全了——我试试吧！”

他那脸上被俗人俗事逼迫了的无奈又得意的笑，都跟苏戈一样。我婉拒了殷至诚要摆的“团圆宴”，但收下了他送的那只“踏雪寻梅”的盘口梅瓶。

随便在街口吃了碗阳春面，回到酒店房间，清空了窗下茶几上的东西，我把那只梅瓶从锦盒里取出来，放在上面。

“踏雪寻梅”说的是它的颜色，通体月白，或肩或肚，偶尔有那么一星半点儿的胭脂色点子，放在仿大漆的黝黑几面上，浑似无色的琉璃瓶里装进了泉中月影，泉水在瓶中凝成了冰，冰里却又有莹莹月华透出瓶外。这只瓶子的好处不只颜色难得，更难得从上到下开的极均匀细密的冰片纹，那些纹路不是平面的，盯着看，深邃不可测，一重一重碎到心里去了。

可惜，对着它，我不曾听到殷至诚描述的龙吟细细的开片声。

开片到底是怎么回事?

我打开了房间里的电脑，上网搜了一下。生长在钧州，此时才补了一些关于陶瓷的基础知识。开片原本是陶瓷工艺上的一种缺陷，因为陶坯与釉遇热后的膨胀系数不一致，从而使釉产生了破碎……看得眼睛困了，我起身站到了窗前，远远看着青灰色的北关城楼，穿过城楼就是北关大街，我没有急着去自家老宅，仿佛回来真的就是为了殷至诚和他的道玄堂。很多故事中的主人公，被处心积虑的作者逼得四面楚歌、进退维谷、上天无路、入地无门，转头跑回了故乡——故乡定有一个启示等着他（她）——钧州城里也有启示等着我吗?

从那个困着我的空间中抽离了,一切看起来似乎是有些不一样。我忧伤地审视着遥远的北京城里的困局,羞耻感依然在咬啮我的心,蛰蛰地疼——为什么我会落入如此羞耻如此痛苦的困境?

无比荒谬的是,那答案竟然是为了得到让人艳羡的完满的幸福!

我想着母亲，想着自己，自外而来的伤害与打击——哪怕是灾难性的毁灭性的，也未必真能让我们的人生支离破碎，但如果我们开始撕裂真实的自我，哪怕因此得到了整个世界，人生依旧是无从收拾的一地羞耻而痛苦的碎片。

问题是，如果我们不苟且，不软弱，就能逃脱千疮百孔支离破碎的命运吗？我不会天真愚蠢到自己给自己编童话故事，姥姥盼着母亲，母亲盼着我，盼来盼去，命的薄厚，还是闺女穿娘的鞋——老样儿。

这句俗气的歇后语，浅淡的嘲谑里能体味出了透骨的痛楚与无奈。千芳一哭万艳同悲的集体歌舞早化作了遥远天际的隐隐和声，比衬着红尘深处这一声叹息，听来格外刺耳刺心……破碎是我们的命运，如同那些开片的瓷器，在内外不一的悖论中，无法逃遁。

难道这就是在钧州等着我的启示？如果是，我也不愿意接受！

黄昏时，我在北关大街上走，脸上盖着大大的墨镜，混在成群的游客中，并不曾遇到一个熟人。秦家其他几房的老宅子，都租了出去，成了颇具风情的旅游店铺，只有姥姥家的宅子门上挂着锁。我站在门前,身边有两个游客仰着头看那雕花的门斗,我举起相机,拍下大门上生锈的铜锁。他们奇怪地看了我一眼。

等他们走了，我开门进去，院子花木荒老，攀墙的十字茉莉倒葳蕤得很，腊梅正着花的时候，那香气也清冽如水如冰……我站在院中间，看着雕花格窗上的日影，日影照着定格在窗上的老故事：莺莺会张生，吕布戏貂蝉，白蛇盗仙草，宝黛读西厢……看了很久，然后，我给母亲打了一个电话。

我说："妈，咱家院子里的腊梅，开花了……"

腊梅花落了，椿树就发芽了，椿芽老了，石榴又开了。石榴开花的时候，母亲和姥姥已经回到了钧州。姥姥回家自然很高兴，高兴也挡不住她嘟嘟哝哝地骂她闺女秦素梅，因为秦素梅让她住进了后院。

老亲旧眷几乎全搬走了，只剩姥姥一个叔伯妯娌跟一个保姆在三房那院住着，这位老太太一只眼睛生了白内障，听说姥姥回来了，自己拄着拐就过来，俩人三奶奶六奶奶地叫着，卸核桃车似的说起话来。母亲倒舒了口气，这么些年不肯回钧州，就是不愿意看秦家人的脸，受秦家人的眼，如今倒好了。

母亲腾出前院，略作修正之后，一家颇有格调的小餐馆就在钧镇古街上开出来了。餐馆的正堂上挂着一副隶书对联，"闲贪茗碗成清癖，老觉梅花是故人。"隶字一朵一朵在洒金红宣上开着，端丽妩媚。那是苏戈在母亲离开时送她的。

母亲照顾苏戈了几个月，到他完成手中的书稿才离开。一如我与苏戈那段往事，对母亲是秘密；母亲与苏戈之间，对我也是秘密。我不知道母亲如何解释她的毁约和离开，只是从苏戈那"梅花故人"的句子里，读出了一丝怅惘。

那天站在老宅院子里，我打电话给母亲，重提那夜我们母女躺在一起时，母亲说的那句话：等我安顿好了，她跟姥姥就回钧州。回钧州是姥姥的愿望，如果那也是母亲的愿望，为什么要加那么一个不相干的前提？为什么不直接实现这个愿望呢？我问母亲："妈，如果安顿指的是找一个——或者哄一个条件合适的男人结婚，世上还有比这更虚妄的安顿吗？"

妈妈，我自己安顿自己，一如你自己安顿了自己。破碎是我们的命运，但破碎未必就是悲剧，妈妈，知道吗？这世界上有一种美丽完整的破碎，叫开片。

我真正听到开片的声音，已从钧州回到了北京。

一回来，林风就找我谈关于"剩女"的系列报道，我忍不住向她卖弄了我从故乡得到的"启示"，我认为"开片"比"不器"，是一种更理性的姿态。

林风看着我，"姿态——太柔弱了吧？'剩女'这一说法本身就让人反感，'剩'就意味着曾'被挑选'，受伤了，破碎了，还在那儿娇花照水顾影自怜，自己给自己制造美丽完整的幻觉，有点儿可笑吧！"

我被打了一下，但略一顿，我又开口了，"林老师，柔弱并不意味着软弱。再说，美丽完整的感觉，就应该是自己给自己的，如果向自己之外去寻求，反而不对了。'不器'是针锋相对的斗争，是指向性的；而'开片'含有对自我的反思——如何确认自我，远比跟全世界作战更重要！"

林风那依旧白皙漂亮的食指斜放在嘴唇边，听我说完，手拿开，笑了，"殷彤，你变了——以前你身上有种我不太喜欢的气质，想取悦全世界，却又不想放弃自我，结果只能是阳奉阴违。现在，好多了！言归正传，'开片'这种微妙的说不清道不明的小道理小格调，还是留着你自己玩儿吧！我们的专题，依旧用'不器'，我们是媒体，要旗帜鲜明，想想吧，读你文章的人，有多少是惶惶不可终日，‘想做奴隶而不得的’！战争是残酷的！”

林风敲着桌面，活脱一个婝婳将军，在给我下军令。我保留意见，服从命令。

立春后，又一场大雪落下了，我熬夜看稿子，暖气忽然停了，桌子前冷得坐不住，我就进了被窝，靠在枕上。倦得看不动了，合了眼，就在耳畔，啪地好像一根细细的枯枝折断了——我激灵清醒了，这声音不像我童年的冬夜里就熟悉的，远处积雪下的寒枝在断裂，声音遥遥地传来——它很近——我的目光落在床头柜上，那只“踏雪寻梅”的瓶子幽幽地在灯下泛着莹润的光泽。

许久又是如此轻微的一声，落进充满紧张感的寂静中去了，我闭上了眼睛，在下一声开片落下之前，有时间和空间，来想些什么……

窑变

一

钧镇在凤翅山的半腰。从县城到钧镇原本只有一条路，那些来看钧瓷古镇的轿车，每天拉日用瓷、工艺瓷的货车和镇后矿上运煤的大车常常在路上挤作一堆。去年开始修了条新路，跟老路一南一北地绕过镇子再通到后面山上的煤矿。可能因为知道的人少，也可能人们觉得老路走起来顺，新路暂时有些受冷落，但开往钧镇和煤矿的公交车已经改走新路了。

早上六点四十，从县城发往钧镇的头班16路公交车离终点站煤矿还有一站，但却停在了钧镇外新路口，走不成了。一个到钧镇下车的妇人，刚迈下车门，朝路边沟里扫了一眼，尖叫着转身跳上了车，“沟里……是个人……”沟里是个人，是个死人，衣服被剥净了，浑身血肉模糊，只能看出是个女人，惨不忍睹啊。大胆下车看了的男子回到车上这样说，车上只有三五个乘客，司机打了110，车厢里出现了短暂的压抑的沉默。

太阳升高了，照着活人，照着死人，也照着钧镇。

钧镇在外来者眼里颇有些古风。镇上散落着不少青灰色的砖瓦院落，大门上的漆剥尽了，暗暗朽去的木头，开关时不无悲凉地于门轴处瑟瑟地落下木屑。仰头还能在某家门斗上找到被剥蚀的面容模糊却依旧线条生动的砖雕，都是戏文里的老故事，莺莺会张生，吕布戏貂蝉……朝大门里望，院落忽然就成了逼仄的巷子，早辨不出几重几进了，很多户人家杂乱地挤在一起，邵自清就住在这院子当间的过厅屋里。

邵自清没想到自己会在年近半百的时候，重回钧镇来生活。

将近三十年的办公室生涯，二十年的婚姻生活，要是不出意外，按部就班也就在钧州市里过到老了。可是前几年上面忽然下文要减轻基层尤其是乡镇的负担，一些单位自办、强迫基层单位订购的内部刊物都被撤销了，邵自清一直负责的《钧瓷文化》也在其列。于是邵自清就回了钧瓷研究所。接着赶上所里改制，人员被分成了两类，一类吃财政饭，而另一类则成了独立出去的天瑞钧瓷公司的员工，邵自清被归进了后一类。

邵自清始终没弄清楚分类标准，反正有人跟他一样原来也在杂志社，回所里却还能吃财政饭，而他就去了公司。公司不养闲人，生产部门要求技术，销售部门有任务指标，展厅里要的是唇红齿白讲一口流利普通话的小姑娘，办公室要会来事儿懂应酬的，起草文件的都得一分钟打一百多字，曾经被人尊为才子的邵自清忽然成了废物。

成了废物的邵自清一赌气跟着几个和他境况类似的同事内退了，

熬几年也就正式退休了，再待下去弄不好来个待岗辞退，一辈子不就白干了？邵自清说是赌气，底里却是恐惧，所以那气赌得很勉强，很悲凉。

妻子单位效益不好，内退在家已经好几年了。邵自清本来就不怎么待见自己老婆，现在夫妻俩长天白日地要脸对脸了，他自然鼻子不是鼻子脸不是脸的。低眉顺眼忍了一辈子的妻子忽然爆发了，她要离婚。

离就离！夫妻两个没有惊动在外地读研究生的女儿，把离婚手续办了。邵自清收拾了两箱书和铺盖衣物，最后一次用办公室的电话，打给一个在钧镇当工商所长的老同学，故意轻描淡写地说往老家拉点儿东西。车来了，邵自清拉着自己那点儿东西，回了钧镇，住进了父母去世后一直空锁着的老屋。

留在钧镇的一些旧相识听说他回来了，纷纷来看，初来的两天邵自清是醉着过的。老朋友难免问他回来的原因，邵自清红涨着脸说自己回来要写一本结构宏大的钧瓷文化史。朋友们肃然起敬，再敬酒，邵自清再喝，脸红得成了紫黑的猪肝色，头沉得把支棱着的肩胛骨都要压塌了。

酒醒了，邵自清开始一锅一碗地安顿自己的生活。想到自己的一生又落回了原处，陡然而生的悲怆让他唏嘘起来。日子被抑郁拽得很长很细很韧，密匝匝地缠在他的脖颈上，他几乎要被绞杀了。

邵自清却也没那么容易就范，他心底还是有些傲气的，有时候那傲气冒出来，他也鼓舞着要做些什么，也许可以真的写一部钧瓷文化史，尽平生所学，倾余生之力，说不定也能惊世骇俗一把。可惜，那傲气多是这两个月他在大十字街地摊上喝完啤酒之后，跟着酒嗝一起咕嘟咕嘟冒出来的，等他晃回老屋，一觉睡醒，也就烟消云散了。

邵自清睡醒后，就到大门口抽烟发呆，他的一天也通常从这儿开始。

邵自清一脚蹬着大门外残破的上马石抽烟，被媚人的秋阳晃了，眯眼看着西街。西街从西向东高上去，街口最高，钧镇的人叫这个十字路口为大十字街，过了大十字街路面又从西向东低下去，那条街叫东街。上世纪九十年代的时候，东街西街上堆山填海的都是钧瓷，如今却是看不见了。成些气候的窑口都把店面开到县里、市里或省城去了，原本那些门脸多改成了服装店、小吃铺或网吧，间或还有不大的瓷器店，堆的却是一些从别处趸来的仿古瓷，青花汝瓷黑陶都有，钧瓷也有，说不清来历的杂东西更多。

时候还早，西街上的店面都还没开门，胡辣汤的蹿香和挂炉烧饼的焦香混合着钻进邵自清的鼻子，抽完这颗烟，他该去大十字街享受早饭了。一群介于男孩和男人之间的半大小子，三三两两勾肩搭背地从街对面晃过来。猛子走在最后，个儿不高却很精壮，粗黑，跟身边清秀白皙的小哑巴形成鲜明对比。小哑巴叫常兵，他不是真哑，只是不爱说话，在猛子他爹邱根生的窑上干活，跟猛子他们不是一路人，却也成天耷拉着脑袋跟在猛子身边。

猛子是这伙儿半大小子的头领。在钧镇人眼里，他们是群让人恐惧和厌恶的祸害——打人和打游戏，对于他们似乎没多大区别。

一阵女人的叫骂声传过来，那是猛子的继母殷红，她的叫骂声真是高亢，隔着条街都能听得清清楚楚。几乎每天早上殷红都要这么叫骂上一阵子，骂的对象时常更换，碰上什么合适就骂什么。

小哑巴有些不安地转了转脸，猛子却把一句脏话混在唾沫里狠狠地啐在了地上。殷红铿锵顿挫的叫骂声还在继续，昨天晚上有人把什么脏东西甩在了她家的院墙里，她今天的叫骂格外理直气壮，从那激越的声调里听不出多少愤怒，甚至还有一丝半缕无法解释的兴奋与欢快。

也是闲极生事，在殷红的叫骂声中，邵自清忧心地看着在街对面晃过的猛子他们。邵自清想起了自己的父亲，镇上老老少少都很敬重的钧镇中学的邵老师。邵老师遇上谁家孩子该上学的时候却在外面逛，一定叫过来说上几句。邵自清竟然隔着街“哎”了一声，猛子站下了，愣着。邵自清不知死活地上去说话了。

猛子他们是少家失教、不懂道理，才这么混，该有人说说他们了！邵自清话说得很策略，起承转，赋比兴，远兜远绕地说了些做人的道理。猛子开始有些摸不着头脑，愣着听了一会儿，就和伙伴一起大笑起来，像看怪物似的看着邵自清，不知谁先动手搡了一把邵自清，猛子一帮人起了兴致，传球似的把邵自清推过来搡过去，一个没接住，邵自清跌倒在地上，头昏脑涨，满脸发烧，又臊又气，说不出话来……

猛子他们忽然对邵自清失去了兴趣，镇外死人的消息传到了街上，猛子他们跑去看死人了。

邵自清慢慢爬起来，走回到自家门口，靠着门框，恍惚间觉得自己是在一个陌生的不可理解的地方……钧镇不再是他童年记忆中的钧镇了——那个钧镇是被凤凰的翅膀抱着的一个摇篮，干净软和温暖，有新鲜稻草的香，也有红薯被滚水揉破了皮散出的饱含水汽的甜，蓝色的小火舌从黑黑的煤块里钻出来，急急地舔着锅底，锅盖缝里开始有了锅巴诱人的焦脆的煳气……只这些气味就能让人在这摇篮里孩子一样饱足安睡。

也许这样的钧镇从来就不存在，只是邵自清一厢情愿的想象。就像自家这朽破的老宅，在邵自清的记忆中充满了古雅性灵的气韵。

他这两个月呼吸着充满霉味的空气，挠着因为湿气热毒而起的满身红疹子，顽强地在周匝搜寻着印证记忆——也许是可资想象——的痕迹……

殷红的叫骂不知何时停止了，周遭格外安静，车声很远，高高槐枝上的残蝉，“知了”一声也歇了，越发逼出让人心慌的静。邵自清忽哆嗦着手指，点上了一根烟，那口烟咽下去，身子一下飘了起来，一种美妙的晕眩，现实的世界在这晕眩中消失了，邵自清闭上眼，看见了那个属于他的钧镇……

二

在邵自清自己建构出的钧镇里，他是邱根生的座上宾。

酒菜丰美的宴席，邵自清倒是满意，只是宴席上的话题，邵自清不大满意。怎么一直说那个被杀的女人呢?

死去的是花儿。花儿是在钧镇上乞讨的疯女人。钧镇管乞丐叫“叫花儿”，管疯子痴呆叫“傻花儿”，她倒是两条标准都符合，所以就被人叫作花儿了。她究竟叫什么没人知道，确切什么时候来的钧镇，也没人知道，有人说二十年，也有人说三十年，这么算来，花儿怎么也得有四五十岁。看花儿的容貌倒不像，虽然弄得脏拉吧唧的，可那张胖脸却是圆滚滚没一点皱褶，看上去多不过三十几岁。老辈人说“傻花儿”不操心，所以不会老，这点儿似乎在花儿身上得到了印证。

花儿像生命力旺盛的野草一样在钧镇的路边活着，她到底招谁惹谁了？竟死得这么惨……说到花儿尸体的惨相，胃口浅的姑娘媳妇就吃不下饭了，不让再说。殷红的胃口可没这么浅，她一边给客人让菜，一边压着喉咙对身边的邵自清说："邵老师，你是没去看……她那裆里插着根这么长的青蒿子……"

邵自清紧闭着嘴，喉头艰难地滚动着，把胃里翻上来的恶心给压下去。他被邱根生、殷红夫妻请来陪北京来的贵客，他不愿意失态。

一个女客人偏听到了，很感兴趣地追着问。殷红得了鼓励，就仔仔细细地说了，一桌子人都瞪着眼听。殷红说得心满意足，舔了舔嘴唇，又加了句，"还是我认出她脚上那双凉鞋——开始没人知道死的是谁！派出所问了我半天，都做了记录呢。那凉鞋是我上个月前给她的，后来又在草窠里找出了她的衣裳，也是我给的。这个花儿，也不知道怎么就邪着我们家了，三天两头地在后墙那儿疯叫唤，朝院子里扔脏东西，有时候还扔砖头，小哑巴半夜起来上茅房，一砖头给砸后背上了，这要是落头上还不得出人命？我就给了她两件衣裳一双凉鞋，又拿了点儿吃的，哄着她不闹算了。刚消停几天，今儿早上我又瞅见恁些子馊臭的泔水泼了一墙一地，我想着还是花儿呢，谁知冤枉她了……"

邱根生有些尴尬地瞪了一眼自己的女人，嘿嘿地干笑着让邵自清跟北京的韩老师猜个枚，韩老师忙推说不会，只跟邵自清碰了一杯酒，又回到那个变态杀人案的讨论中去了。

一个戴黑框眼镜的中年男人忽然一笑说："有没有这种可能，所谓的变态杀人只是幌子，是假象，这个可怜的疯女人无意中掌握了某个重要人物的不可告人的隐私，于是被人灭口……"

旁边一个年轻点儿的女子笑起来，"你说的是《砂器》！一个老乞丐无缘无故被人杀了，原来他曾经收养了一个麻风病人的儿子，而那个儿子长大后进入了上流社会，想掩盖不堪回首的过去，于是杀人灭口……"

邵自清兴奋地接口："松本清张的小说，我看过……"

女子没理邵自清，嗲嗲地冲韩老师笑，"可这里是钧镇，不是东京耶！"

她讲的故事拓展了人们的思路，各种猜测花儿过去的奇思妙想也冒了出来。殷红很凑趣地提供了不少让人遐想的细节，完全不看邱根生的脸色，还扭头对丈夫说："要是咱妈还在，说不定知道得更多。这镇子上，除了老赵婆，就数咱妈可怜花儿了。"

一顿饭除了那个死了的花儿，什么也没说成，邱根生笑盖着的脸早发青了。

散席后邵自清去了趟卫生间，正提着裤子，听见外头邱根生恨恨地骂了句："你他妈嘴可真贱！"

"你他妈才……"殷红刚要回嘴，啪的一声，想是挨了邱根生一耳光，骂也被打回去了。

邵自清不知道该出去还是该等等，可邱根生拉门进来了，看见邵自清就换了笑脸，"邵老师，一会儿你陪客人去展厅，给他们再解说解说，南方人管咱钧瓷叫'喷瓷'，你不喷，他哪知道好呢?你是专家，比我会喷！"

邵自清笑着应着赶快溜出了卫生间，没想到殷红在外头洗手池那儿照镜子，脸上红红的指头印儿还在，却满不在乎地在镜子里盯着邵自清的眼睛。邵自清倒躲闪了，伸出手到水龙头下胡乱冲着。忽然殷红藕节似的胳膊伸到了邵自清裤子前门处，尖尖的手指翘着，拉住拉锁的头儿，轻巧地把拉了一半的拉锁给他拉稳妥了，然后在镜子里冲邵自清一笑，转身走了。

邵自清像被雷轰了又被暴雨浇了，浑身一阵滚烫一阵冰凉，他哆嗦着手关上水龙头，卫生间的门一响，邵自清知道邱根生要出来，受惊兔子似的蹿了出去。

邵自清不知道是酒精的作用还是殷红那只手的缘故，像被注射了兴奋剂，委顿惶惑一扫而光，他在邱根生的珍品展厅里挥洒指点，锦心绣口，唾珠咳玉，滔滔不绝。那口普通话虽然河南腔很重，可因为都是北方话，丝毫不影响听众的理解，连那位被邱根生奉若神明的韩老师都对他啧啧称赞，连连点头。

邵自清说到兴起，两只瘦长的胳膊朝空中一举，"诸位，大家想必都知道钧瓷的窑变十分著名。说起窑变，就是入窑一色，出窑万彩，这不过是皮相之论，窑变真正精要之处并不在此。"他不无得意地把戏剧性的沉默保持了半分钟，"窑变之深意，在于含五行，蕴大道。陶泥为土，釉料为金，燃料为木，水火济济，于一窑之中。所有器物如同赤子，没有差别，只是窑内气氛变化，位置不同。窑外季候天气，风雨难测，窑变的结果，可遇而不可期，是珍品还是废品，又要巨眼来识，这番际遇又有幸与不幸，如同命运，"邵自清心有所感，长叹一声，"推瓷及人，思来让人唏嘘——"他顿了一下，察觉邱根生扫过来的目光里有了担忧，随即收敛心神，朗声继续，"所谓形而上者谓之道，形而下者谓之器，钧瓷虽为一器，但其中有道，所以钧瓷又被称为'道玄瓷'，一器一物的高下，关键在会心处，再好的瓷器遇不上懂它的人，遇不上能悟出它好处的人，那它也就是瓶子罐子。今天这满厅珍品，都是得遇知音的幸运之器！"

大家笑着给邵自清鼓掌。这时邵自清看见邱根生走到了准备好的案子跟前给自己使眼色，就势开口请那位韩老师留下墨宝。韩老师走到书案前，略一思索，提笔写下两句，"醉眼观舞凤，倾耳听吟龙"。

韩老师写完，与邵自清对视，两人会心而笑。韩老师的题词，化用了刚才他讲窑变如同凤舞九天，开片如同龙吟深潭的话。邱根生不明就里地陪着傻笑，邵自清心内的得意几乎爆炸，恨不得纵声狂笑几声才痛快。

宾主皆欢，出来在院子里大家合影，韩老师专门叫邵自清来单独合了一张影。合影完毕，邱根生招呼人把给客人带走的瓷器装车，邵自清则跟殷红领着客人去参观钧瓷生产流程。

在制坯车间，客人对手拉坯很感兴趣，有人还上去试了试，没有成功，满手浆水地笑着摇头下来了。殷红就亲自上手表演，变魔术似的拉出了一个观音瓶。瓶子已经成形了，她的手指伸进旋转的陶坯修正瓶口。邵自清的眼睛盯在她那双手上，小而肥白，到指甲那儿忽然尖细起来，闪着珠贝的光泽，像小兽的指爪，灰白的浆水沾了一手，间或露出的肤色倒更见晶莹了。她眼皮一撩，朝邵自清飞了个眼似的，可脸上却不动声色。邵自清的心忽悠一下。她要收手了，陶坯还在旋转，她只有一根食指还留在瓶口里，似乎在做最后的修整。又抬眼看了看邵自清，眼风里摇荡着笑。邵自清忽然察觉了她留在瓶口里的那根食指，别有用心，意味深长……一串火花噼啪啪从邵自清的脚后跟烧到了头发梢。

邵自清脸上却挂着矜持的平静，挪步到一边去了。低矮的车间里还有三个小工在安静地给一些模铸的器物上浆，其中就有小哑巴。邵自清走到小哑巴身后，小哑巴没回头，但他拿刷子的手忽然不动了。邵自清站着，他的手就一直不动，邵自清低声说："小兵，咋了？"

小哑巴石头似的，不吭声，也不动，邵自清只好走开，从另一个门走到外面院子里去抽烟。

猛子也在外面院子的石榴树下蹲着抽烟，眼睛一直盯着他爹邱根生。

邱根生夹着个皮包穿过院子，猛子扔了烟站起来，拦住了邱根生。猛子跟邱根生体格酷肖，一个模子出来的，不过邱根生的中段开始有些膨胀，而猛子只是旺盛生长后的健硕饱满。邱根生烦躁地闪了一下，想绕过儿子，猛子一把拽住了邱根生的衬衣领子，又把父亲拖回到自己脸跟前。邱根生从包里摸出几张百元钞票一扔，钞票飘到了地上，猛子扫了一眼，把父亲拉得更近，脸对脸地瞪着父亲。邱根生咬牙从包里又抓出一摞钱摔在猛子脸上，猛子松了手，抓住钱，拨棱了一下，弯腰又捡起地上的几张钱，走了。

邱根生恨恨地整着衣服走过来，邵自清早转了身，假装朝车间里看。殷红领着客人说笑着从车间的另一个门出来，邵自清跟邱根生赶过去跟他们汇合。参观完毕，送走客人，邱根生松了口气，拉着邵自清的手道谢。殷红这时拿过一条烟塞到邵自清的手里，邵自清推让了两下，最后夹着烟走了。

这是邵自清回到钧镇后最辉煌最刺激的一天。

邵自清回到自己的屋里，发烫的脑袋还没降温，他躺在床上想回味一下，不知怎么竟睡着了。这一觉从下午直睡到了夜里，中间蒙眬睁了下眼，暗沉沉一片，梦里倒是明亮旖旎的，眼皮一耷拉翻身又睡了，直到有人把他给晃醒。

邵自清半天才看清楚站在自己床跟前的是猛子和小哑巴。

猛子说："邵老师，这么早就睡了？"

邵自清揉着眼睛坐起来，"几点了？中午喝得有点儿多……"

猛子说："不到九点呢。邵老师，咱喝啤酒去吧，我请客。"

邵自清嘿嘿笑了两声，坐在床上没动，猛子就过来拉了他——猛子虽然没有立地成佛，痛改前非，对邵自清，倒也有了几分该有的尊重。邵自清自己劝自己大人大量，想了一想，半推半就地也去了。大十字街正热闹，卖小吃的地摊儿一家挨着一家，猛子好像在找人，看到"白家涮肚"的招牌，就过去了，油渍麻花的红漆矮桌边坐着两个皮肤黝黑的年轻人，猛子拉着邵自清也坐了过去，介绍说这是他的两个朋友，在矿上干活。两个矿工看了眼邵自清，邵自清点点头，两人似乎不大习惯这种招呼的方式，有些生硬地跟着点了点头。

刚处暑没几天，晚上的风就凉了，邵自清拿手拢了拢梦中被汗浸得潮乎乎的头发，清凉的风透了进去，只觉精神一爽，端起猛子递过来的满满一杯啤酒，咕咚喝下去一半。小哑巴沉默地给他递上一串涮肚，他一下全捋进了嘴里，肚片麻辣鲜香，又有嚼劲儿，邵自清忽然觉得自己的日子，过得还不错。

多少有些扫兴的是，桌上的四个孩子都太沉默。邵自清忽然心生悲悯，这些孩子都没读什么书，脑袋空空，自然没什么话好说。他倒是愿意给他们讲些故事。邵自清搜罗了一下自己的脑袋，一时也找不到合适的深入浅出富有教益的故事，只得又默默地跟猛子他们干了手里的啤酒。

猛子叫的火烧夹卤肉送来了，满满地摞了一大盘子。猛子就叫卖涮肚的老白拿几头蒜，老白抓了把生蒜头放在桌子上，说："你奶就是没死，也得让你这个败家子给气死。"

老白是猛子奶奶的娘家侄儿，猛子该管他叫表叔，他不像别人那样惧怕猛子。猛子连爹都不叫，更不叫他这个外三路的表叔了，只是没大没小地跟他胡闹。

果然，猛子笑着说："你个老驴头，我天天照顾你生意，你倒嫌我花钱多，你也该把你那个鸡巴糊涂头揪下来在锅里涮涮了。"

老白脸长，常被人拿驴比来取笑，他倒不介意，笑着骂："你个几巴熊孩子，我把你那贱嘴撕下来涮涮！"骂完忽然想起来了什么，就笑着逗猛子，"哎，我说猛子，花儿死了你也不哭两声？"

猛子被他说得一愣。老白笑出了声，"那花儿可是你大娘哩！说这话还没你个小鸡巴孩儿呢，你奶把花儿从街上拾回了家，要给你那瘫子大爷当媳妇，谁知道这花儿关不住，得空还是往街上疯跑。后来你那瘫子大爷死了，你奶也就算了。这论起来，你跟花儿通亲着哩！”

猛子怔着脸半天，忽然回过味来，笑着骂：“你个老驴头信嘴胡咧！你跟花儿才亲哩！”

摊子前又来了客人，老白去支应，还不忘回猛子一句，“我倒是想亲，就怕恁大爷不愿意！”

“老驴头！”猛子嘟哝了一句，丢过老白不理了，只跟桌上的人喝酒。

邵自清却被这番笑骂勾起了对花儿死亡原因的兴趣。反正也没话题，他就说：“你们觉得会是什么人杀了花儿？”

猛子漠然地说：“那谁知道！”愣了会儿，突然一笑，“就她？惹烦了脾气暴的，人家咋不收拾死她？！”

那两个矿工中的一个忽然说：“公安局白天在矿上排查了一天，问昨天夜里谁都干啥了，他们怀疑是矿上人干的。”

邵自清说：“矿上的人会吗？”

另一个矿工忽然笑了，“说不了。有人挺变态的，跟我们住一个工棚要打狗棒的那小子，就不正常。”

猛子也笑起来，一边笑一边让那人给邵自清讲讲“打狗棒”的故事。那人不能看见狗交配，看见就找棍子上去打，交配的狗很难打散，他就怒火万丈地大骂着狠打，狗也狂叫，弄得惊天动地的。

讲故事的矿工说：“先是听说，后来真碰上了一次，我看不上这个，去拉他，他跟个疯狗似的，连我都要打，我就招呼了几个弟兄把他给搁那儿，狠收拾一顿。真他妈变态！”

邵自清忧心忡忡地在心里叹了一声，想对猛子他们说几句，目光落在一直没说话的小哑巴身上，忽然把那些关乎善恶的教训，忘了。小哑巴本就清秀，此刻出神地望着前面不远处灯火稀疏的街道，似乎下意识要闭紧嘴，嘴唇略向里抿着，昏黄的汽灯下看他的侧像，越发似个薄面微嗔的女孩子。

三四个大小伙子风卷残云吃光了一大盘子卤肉火烧，啤酒和涮肚也扫了个精光。老白抖了抖围裙，收拾了桌上放涮肚的盘子，说："这该给网吧送钱去了？"

猛子摸出钱来给他，嘴里说："管好你的驴口条，小心掉到涮锅里喽。"

猛子和那两个矿工走到街对面，邵自清看见他从身上摸出薄薄一沓百元钞，给两个矿工一分，两人走开了，猛子才回来对邵自清说正事。

窑场工棚里的那些窑工老是欺负小哑巴，他在那儿住不成了。猛子想让小哑巴住邵自清那儿，猛子也知道，三间过厅屋，邵自清一个人也住不了。

邵自清莫名有些犹豫，小哑巴一个人踱在街对面路灯下站着，勾着头，细长的脖子从宽松的无领T恤里伸出来，伶仃得快要被沉重的脑袋折断了。邵自清心里一酸，很想用宽厚的手掌抚摸他的脖子，让他轻松一些。

邵自清答应了猛子，走过去的时候，小哑巴还保持着原来的姿势，邵自清就把手放在了他的脑后，发茬很短，茸茸的一点儿都不刺手，邵自清摩挲着他的脑袋，说："走了，回家。"

小哑巴的脑袋还是没抬起来，但跟着邵自清回家了。

三

夜里，小哑巴像条乖训的小狗，蜷在邵自清的脚头睡了。因为白天睡得太多，邵自清倒没了瞌睡。睡着了的小哑巴喉咙里发出轻微的呼噜呼噜的声息，又像只小猫了。邵自清开了灯，小哑巴阖目睡得很安稳，两排长而浓密的睫毛搭在眼睑处，也不知道梦到了什么，睫毛跟着眼皮一抖一抖的。邵自清陡然对这孩子起了一些疼爱和怜惜，他起身，把蜷着身子的小哑巴抱了起来，顺着让他伸展了双腿，脑袋也给他搁在了枕头上。

邵自清顺手拿起枕边的那本松本清张的小说集，直看得书从手里脱落了，歪头睡去。天刚亮邵自清就醒了，小哑巴又蜷着身子滚到一边睡了。枕头上有一块湿，想是那孩子睡着流了涎水。

因为小哑巴在，邵自清这个早上就没有再到大门口抽烟发呆，而是去了大十字街买早餐。等他拎着一兜油饼两碗豆沫回来的时候，小哑巴已经起来了，床收拾得很整齐——邵自清这两个月来就没叠过床。方桌和条几也抹得很干净，小哑巴正扫地呢。青砖铺的地坑坑洼洼的，小哑巴那给瓷器坯子刷浆的仔细劲儿扫着这屋里的地，青砖的颜色出来了，朴拙洁净，两扇门大开着，阳光透进来，无数灰尘在光线里跳舞，可邵自清觉得这灰尘的气味都是洁净的。

邵自清温情脉脉地跟小哑巴吃了一顿早饭，小哑巴还是没说话，可邵自清强着让他多吃一块油饼的时候，他忽闪着长睫毛双眼皮的大眼睛，笑了。

邵自清跟着小哑巴到了大门口，小哑巴去后街邱家钧窑上工，邵自清则站在了大门口。猛子一摇三晃地过来，邵自清知道他一定又是在网吧里熬了一夜，瞌睡得蔫头耷脑的。猛子没跟街对过的邵自清打招呼，却看见了小哑巴，紧走了两步追上去，搭着小哑巴的肩转过街角走了。

今天这个早上似乎有些异样，邵自清想了想，对了，他没听到殷红的叫骂。邵自清心里忽然有了惦念。在门前等了些时候，心里抓挠得很。他就绕到后街，远远地看到邱家钧窑的大门开着，两棵剪成圆球形的小叶女贞掩映着彩色瓷片贴出来的龙凤呈祥图案的影壁墙。邵自清却觉得没有理由过去了。

邵自清心里生出了一丝咫尺天涯的怅然，一些念熟了的词句忽然可以用到自己身上了，美人如花隔云端，长相思，摧心肝……真这么说似乎又有些过，假了，可怅然却又是真实的，缠绵起来一瞬间也揪心扯肺地让人难受。

邱根生的桑塔纳从街角拐了过来，却停在了那儿，车门一开，殷红下来了，车调头又走了。邵自清心里一跳，不由得迎了两步，他发现殷红走得很慢，拿手捂着小肚子。

邵自清隔着路，问殷红："咋了？"

殷红想是早看见他了，反而问他，"你在这儿做啥？"

邵自清咽了一下，那女人肆无忌惮的眼波倒把他的胆气和傲气都逼出来，心一横，说："等你。"

殷红笑了一下，眼皮垂下来，"你回吧，等我好了，去找你。"

邵自清走过了街，到了殷红的跟前，从她敞着的领口能看见锁骨下面两块儿青紫的痕迹，"又是他弄的？"

殷红眼皮一撩，声音低低却又热辣辣地说："难不成是你弄的？"

说完她就丢下邵自清走了。邵自清看着她的背影，上衣的料子很软，密匝匝都是花，花的缝隙间却是透明的纱，能看见下面起伏的更白腻的皮肉。

邵自清恋恋地哎了声。殷红回头，笑里有了一丝半是好玩半是嘲笑的味道，邵自清忽然转了正色，他咳了一声，说："昨天听你说除了你婆婆，好像还有一个姓赵的老太太对花儿不错，不知道她还在不在？"

殷红顿了一下，忽然一笑，说："在，花戏楼底下住着呢，如今都成精了，当心活吃了你！"

邵自清笑了，殷红也一笑，说："别没话找话了，走吧，再说可没意思了。"

邵自清说："我问的是正经话，过后你就知道了。"

邵自清说着，倒先撇下一脸疑惑的殷红走了。

殷红说的花戏楼其实是窑神庙的山门，朝向窑神大殿的方向，是一座有着九脊歇山顶、挑角单檐的戏楼，顶上铺着三色琉璃瓦，下面二十二根攒斗拱四个转角，四柱三间，进深将近七米，县志上记载藻饰极其华美精细，如今不可见了。这楼朝向大街的一面就是山门，在戏楼的屋檐下倚着建了个单檐三坡、挑角厦式的小门楼，玲珑精细，为别处不可见。这座山门前后上下，雕石刻木，线条造型古艳雅致，倒让邵自清吃了一惊，小时候也常来玩的，却没看出这里的好处。

如今是看出好处来了。邵自清信步走进山门的时候，想起大殿里供着三位大神，镇上的人其实也不甚了了，只说其中一位是"金火圣母"，另外一个男人和一个老头儿就说不清楚了。其实那个男人是舜，司主山石土地的大神。再奇妙的瓷器说穿了不过是一把泥土，这个神自然是要敬的。而那个老头儿是东晋一位被称作林翁的巧匠，后被奉为司主工艺之神。至于那位金火圣母，传说中是一个名叫姹紫的姑娘，举身投入了窑火中，才窑变出来进贡所需的通体紫红的大器。

这样的传说好像中国凡有窑口的地方都有，不只是钧瓷。什么瓷的窑火里都烧过某个姑娘，好像铸剑铸鼎铸大钟也有类似的传说，不过姑娘的名字根据需要不同而已。邵自清许多年前编过一篇说这个的文章，觉得有意思就记住了。

邵自清记住的这些东西，只能自己跟自己温存了。他有些后悔昨天没有撺掇邱根生带北京来的客人参观一下窑神庙，可能邱根生觉得这里除了个山门也没什么可看的了。

窑神庙也就剩个山门了。大殿里的神像六几年被砸了，庙也成了小学校。八十年代，配殿厢房都成了危房，孩子们在里面上课头上会掉瓦块，小学后来就迁出去了，没几年，那些房子陆续也塌了。大殿被雷雨击倒南山墙是一九九四年夏天。小学校迁走后老赵婆就在里面住着。据说她不仅安然无恙，连铺盖衣服都没沾上一星半点的泥水，从那之后，镇上的人就说她有些神道了。

邵自清站在生满蓬蒿和青苔的残垣边，听一个摇着轱辘提井水的胖大女人说老赵婆的神道，邵自清笑起来，问：“那你提这水是不是也有神道？”

女人也笑了，“俺妈要咧！不是谁还费这劲？说是这水治好些毛病，治不治我也不敢胡乱说，不过这水倒是凉甜的。”

井挨着一间红砖小房，可能是当年小学校盖的小房。小房上爬着丝瓜藤，房前伶仃的几棵生晚了的向日葵，葵花举着自己虽不饱满却很沉重的花盘，邵自清觉得它们个个都像小哑巴。小房门口挂着青竹帘子，竹篾子碧青，穿竹篾子的线都是雪白的，一点一点像嵌着两串珠子。

那帘子一动，一个穿浅灰偏襟褂子头别簪子的老太太，拎着把竹椅走了出来，她放下竹椅，又进屋端出个笸箩，拎出个小凳。

女人朝邵自清一努嘴，自己笑着说：“老赵奶，我给俺妈打水哩。”

那老太太坐在竹椅上，扒拉着笸箩，头也没抬，嘴里说：“好，好。”

邵自清走了过去，低头一看，发现她竟是缠过足的，那这老赵婆的年纪至少也得九十往上了。可她的头发还未全白，而且并未见稀疏。这时老赵婆抬起头，对邵自清笑笑说：“坐吧。”

邵自清愣了一下，弯起瘦长的身子蹲着坐在了那个小板凳上，“老太太，”他的声调里不由得带出了敬意，“您高寿啊？”

老赵婆笑了一下，说：“老糊涂了，一年一年把岁数都过忘了。你是镇中学邵老师的大儿子吧？如今也老了，白头发都有了。你爹妈没了快七年了吧？他们从部队转业回来那年，你才四岁，你那妹妹还吃着奶呢。你妈央我给你妹做过两条连脚棉裤。听说你妹妹如今在省城当大学教授了，你倒回来了，你妹妹倒比你有出息，显见当初你妈偏心错了不是？”

邵自清被老人震慑了，一辈人两辈人就被她这么等闲说过去了，口气却像时间本身一样淡然，而她似乎又像神明一样无所不知。

邵自清思忖着笑了笑，说：“老太太，花儿的事您知道吗？”

老太太手里拿了两块布头儿，正伸直了胳膊映着光眯着眼睛比较颜色，听见邵自清问，手就收了回来，“花儿死了，我知道，死得惨，冤孽哪！”

邵自清问：“我是问花儿以前的事，您还记得吗？”

老太太定睛看看邵自清，半天才说：“你问这个做啥？”

邵自清觉得应该实话实说，“我是想，花儿的死会不会跟以前的事情有关，是不是她……”

老太太摇头叹息，说：“最弄不懂的东西就是人心。这世上千奇百怪的事不都是人被心捉弄着干出来的吗？我越老越糊涂了，凡间的事情都看不懂，也不愿意费心思，你要是愿意费心思，我就告诉你。那花儿是二十年前我从路边捡回来的，先是跟着我住，可她喜欢出去逛，我也由着她。后来老邱家觉得花儿虽脑子不清楚，可看体格模样，倒是个齐整女人，她那大儿子是脑瘫，人事不知，她还想着好歹他也活一回人，得给儿子留个后，就把花儿领回家去了。后来她那儿子死了，她倒起意把花儿说给了后面矿上一个残废，可没俩月人家给送回来了，说疯得管不住。花儿回来有小半年，就是大殿南山墙倒的前一年春天，在我这儿生了个孩子，去矿上找那残废，那人却走了。”

“那个孩子呢？”邵自清急切地问下去。

老赵婆一笑，“那孩子后来就长大了，过自己的日子去了。”

邵自清站了起来，老赵婆手里哆嗦着两块布头，“你倒让让啊！半截塔似的挡着我的亮儿，也看不见这色儿对不对。”

四

邵自清在窑神庙磨了一上午，也没个结果。回来的路上，他脑子里转了几千个念头，编排了无数的故事，可毕竟都是他的胡想。他到家的时候，小哑巴也下工了，手里拎着包湿面条、一块豆腐和一把石香菜。邵自清的煤火案板都在门外，上面是过厅，倒也不用再搭灶火棚。出了过厅，后面有根水管，小哑巴自去收拾做饭。邵自清把放油盐酱醋的破椅子搬到煤火边，就插不上手了。小哑巴做起饭来也女孩儿似的灵巧利落，邵自清蹲在过厅屋口跟进来出去的邻居说了几篇闲话，抽了两根烟的工夫，油煎豆腐和煮面的香气就飘出来了。

邵自清看着小哑巴发呆。他听猛子说过，小哑巴家是火龙的。

火龙是离钧镇最近的一个村，小哑巴的父母都在家里种地。猛子说小哑巴从小脾气就古怪，他要是懒得理谁，任凭那人喊破喉咙，他还是石头似的没反应，你就算扳着他的脸说，他吧嗒着双眼重皮儿的大眼睛，还是不说话。为他这个古怪作为，他那暴脾气的老子一脖拐甩得小哑巴左耳朵不大灵光了。小哑巴一直想参军，可因为耳朵的缘故，自然是不行了。他十三四就从家里出来了，一直在钧镇的窑口上干，到邱家钧窑也快两年了。他一年也就回去两次看看他妈。

邵自清暗自失笑，自己真是胡思乱想，怎么会想到小哑巴身上去。邵自清自嘲的笑容还没展开，忽然就凝固了……他看见猛子沿着窄仄的院子走了进来——那孩子会不会是猛子?

邵自清有些着魔了。

猛子一边走一边抽着鼻子叫："香！"

猛子揉着肚子靠在过厅屋的墙上，递给邵自清一根烟，"混饭来了，我。"

邵自清说："欢迎。"

小哑巴回头看了看他们，又低头去忙活了。因为没有蒜臼，小哑巴用刀把蒜跟石香菜切成细末，拿油盐醋和了，面这边也熟了，捞出来，泼上煎得焦黄的豆腐丁臊子，浇上石香蒜汁，一人一大碗。

猛子一直呼哧呼哧地吸着面条，头也不抬。邵自清吃了半碗下去，才想起来，抬头笑着对小哑巴说："小兵，好吃，做得真好吃。"

小哑巴脸上含着笑，邵自清抬眼看，觉得那笑很特别，有些疼爱和依恋，也有些骄傲和悲哀，很难说得清楚。小哑巴碰上了邵自清发怔的目光，慌乱地把脸埋到碗上去吃面了。

邵自清心里一酸，小哑巴不说话，他不用说话，对于他的心思、他的情感来说，大家嘴里嚼来嚼去的话，太粗糙太简陋了。

吃完饭，小哑巴赶着上工，跟猛子一起走了。邵自清倒在床上，他没有睡意，他想整理一下自己刚才关于猛子的想法。

猛子今年十八，年龄吻合；花儿曾经被邱家收留，邱根生跟她有机会接触……如果花儿是猛子的母亲，那她也许就成了邱家的一个耻辱，邱根生成了工艺大师，如今越来越乐意朝文化人堆里钻……还有一层，邵自清朦胧记得刑法中有规定，跟痴呆或精神病人这样无行为能力人发生性关系，应该算作强奸……邵自清被自己的念头激动得一下坐了起来。他得再去一趟窑神庙。

午后天阴起来，但没风，闷热得很。窑神庙门口没有人，一只精瘦的黑狗警惕地看着邵自清，邵自清也警惕地看着它。狗绕到山门外的墙根，站着，邵自清也绕到山门另一边，不由自主跳了一下，紧走两步进了山门。

也就不到半天的工夫，邵自清觉得那间红砖小房有些不一样了。丝瓜藤还在，却蔫了，一只颜色尚青却开始干瘪的丝瓜没精打采地垂在墙上，厚厚的云层遮住了阳光，门前的向日葵脑袋都耷拉着，那青竹帘子——那青竹帘子只一个中午就残破了，竹篾变得黑黄，穿竹篾的线肮脏得成了油黑色，一边线还断了，竹篾参差散开……

邵自清开始怀疑自己的记忆出了问题，他呆了半天，走过去，掀起那破帘子，里面是扇红漆剥落的门，门上有把锈迹斑斑的锁。邵自清后退半步，他一眼看见旁边的辘轳，奔过去，朝井口看了一眼，里面生满了蒿草，辘轳上缠着一段沤糟了的井绳……

邵自清混乱中感到了一丝恐惧，他不敢再呆下去，拔腿出了窑神庙，急切地想找个人问一下。可出了山门，抬眼一个人也不见，那条卧在墙根下的黑狗霍地站起来了，邵自清步子踉跄着沿街奔了下去。

邵自清虚脱似的躺在自己的床上，觉得自己是在一个梦里。他想睡去，用睡的方式醒过来，负负得正，梦若再梦就该醒了吧？邵自清听着外头起了风，一场雨要来了。来吧，快点儿来吧，邵自清浑身被汗爬得又痒又蛰。风大起来，门咣当被风推开了，邵自清也不去关。

半明半暗中，一个人走了进来。邵自清看那纤细的身形知道是小哑巴。

“小兵……”邵自清叫得热切焦急，他的确很想有个人跟自己在一起。

小哑巴走到床边，神情有些吃惊，他伸手摸了摸邵自清的额头，邵自清觉得他的手凉而湿，看他的头发也是湿漉漉的，就问：“下雨了？”

小哑巴点了点头，回身去盆架那儿拧了个毛巾给邵自清，邵自清擦了擦脸上的汗。小哑巴滚了些面汤端给邵自清喝，猛子在外面叫小哑巴，小哑巴应声出去了。大概过了一个多小时，小哑巴又回来了，坐在邵自清的床边。

邵自清不再出虚汗了，感觉好了不少，此刻他很感激小哑巴沉默的陪伴。雨落在屋瓦上的声音很响，也很有韵致，带着雨气的凉风在房间里回旋。邵自清看着小哑巴，小哑巴在他的注视下没有躲闪，他的手在床单上划着，划着划着划到了邵自清的胳膊上，小哑巴的手指就在邵自清的胳膊上划了两下，轻声说：“你的书，啥时候能写完？”

邵自清回想他听到过为数不多的几次小哑巴说话，每次都会对他的声音感觉惊讶，虽然明知道，可还是会惊讶。钧镇有句老话形容人说话好听，叫“撕绫子打茶盅”，小哑巴的声音就有这种裂帛碎玉的质地，不过更低更细，倒像是钧瓷的开片声，蓦地让人的心跟着一跳。

邵自清怔着，小哑巴以为他没听清楚，又重复了一遍问题，邵自清听清楚了，却没有回答，他不愿意对小哑巴撒谎，可也没勇气说实话，只得抓起他的手握了一下，又放开了。

小哑巴又说："写完书，你就走了吧？"他垂着头，没看邵自清，也没等邵自清回答，接着说："你带我一块儿走吧。"

邵自清不忍再看他垂着脖子的样子，他脖子伶仃的线条好像在等着失望铡刀一样落下来，他就像根嫩草一样断成两截。邵自清不看也知道，小哑巴垂着头的姿态还有执拗的等待，邵自清躲不掉。于是邵自清含混地说："走去哪儿啊？哪儿都一样。说不定就不走了，老死这儿了。"

小哑巴扭脸看了一眼靠在枕上的邵自清，屋里的光线很暗，邵自清的脸上堆着暧昧的笑,他也不知道小哑巴怎么解读自己的表情，小哑巴没再说话，起身去打水洗澡了。

带着一身水气和香皂味的小哑巴穿着条小裤衩爬上床来，他跟邵自清并头躺着，脸压着邵自清的大臂，邵自清暗自较力，大臂上可怜的一疙瘩肌肉竟然还滚动了一下，小哑巴感觉到了，抬头看邵自清，两个人都笑了。

五

窑神庙的事像条虫，在邵自清的心里痒痒地拱着，神秘莫测多少会带来恐惧，可怎么也丢不下。

也不知怎么的，邵自清觉得自己有责任弄清楚花儿的死因。他给自己找来这个责任扛着，多少有小哑巴的原因。小哑巴没有来由的依赖提醒了他，在花儿、小哑巴这样孤单无助的人眼中，邵自清是强大的，可依靠的，邵自清想证明这点，而他唯一能依靠的就是自己的头脑。

邵自清次日一早去找殷红了，他觉得殷红一定知道一些事情，只是她自己却并不明白这些事情意味着什么。邵自清出门的时候，天上还在落雨，不过很小，霏霏的细雨洒在他脸上，他倒觉得精神一振。

转过街就看见邱家钧窑的烟囱。烟囱上的青烟都被雨浸得湿软，从黑黑的烟囱顶直拖到灰白的天上，或者更像是天上一条绵软的绸带渐落渐深地到了黑色的烟囱口。邵自清知道邱家正在烧窑，这更好，他临时修正了自己刚才准备的理由，把去看瓷器改成了看出窑。

邵自清果然在窑口找到了殷红，她正在看火样，一眼看见他，脸上毫无异样，邵自清也凑过去看。邱家主要是用天然气烧制钧瓷的推扳窑，不过根据这几年市场的行情，他们也适当地恢复了旧式的煤窑烧制。虽然煤窑烧出的瓷器成品率要低，但窑变更丰富自然，光泽也更温润古朴，价格自然也高一些。

邵自清跟殷红站着不咸不淡地说了两句钧瓷，邵自清正要开口说正题，邱根生兴冲冲地跑过来，“小红，赶紧……”他一见邵自清，笑着说，“邵老师过来了？”

邵自清说：“我过来看看，想看你们出窑呢。”

邱根生说：“出窑只怕到晌午了——还差几个钟头？”

殷红皱着眉看看天，说：“这雨要一直不停，只怕到待黑了——下成这样，这窑能成几件好东西？”

邵自清“哎”了一声，说：“也不尽然，气氛变化越不稳定，越复杂，说不定越能窑变出绝世珍品呢。”

邱根生笑说："这话说得好！"他对殷红说，"我得去市里开个会，宣传部请了个大作家，要写个关于钧瓷的电视剧，刚打电话，说下午座谈——对了，你准备准备，明天说不定就得过来看窑，看东西——给我找件衣裳，我不能穿这去呀。"

殷红扭身走了，邱根生从夹着的包里拿出一本书来，笑着递给邵自清。

邵自清一看，《神钧颂》，邱根生的大名赫然印在封面上，翻开，扉页还有邱根生穿着藏青色西服打着鲜红领带的半身照，是本散文和现代诗的集子，邵自清翻着看看，连声说好好，回去一定好好拜读。他又让邱根生给他签名，邱根生笑着推开，"算了算了，我那字狗爬似的，别丢人了。"

邵自清夹着那本《神钧颂》离开了邱家，心里说不出的滋味。邱根生竟然出了一本书！邵自清觉得这件事比邱根生开着汽车冲他按喇叭更让他受不了。他回到家，把自己往床上一扔，手里的书飞了出去，啪地砸到对面墙上，然后沿着墙落到床缝里去了。

邵自清还是被邱根生的那本书打击得浑身瘫软，他闭着眼睛长长地唉了一声，又长长地唉一声，然后张大嘴呼哧着喘气，不这样就憋得胸口发疼。这时有人扑哧笑了，邵自清激灵一下坐起来，殷红倚着门站着，噙着一丝犹存的笑意。

邵自清坐在床边没有动，殷红倚着门也没有动，盯着邵自清，门齿一下一下地咬着下嘴唇。邵自清无声地吞了口吐沫，半天才问："你好些了？"

殷红咯咯笑出了声，身子一扭，就晃到了床边，"好没好，看看不就知道了？"

她轻轻哼了一声，倒在了他怀里，邵自清一下子被温软浓烈的女人气味吞没了，不是那种清冽生硬的洗涤剂或化妆品的香气，是纯粹的女人身上的那股暖暖的混浊的肉香……

邵自清的眼睛似乎是闭上了，可闭上眼睛感受到的却不是黑暗，而是半透明的红光，淫逸旖旎摇进纱帐的烛光，蒸着那暖暖的混浊的肉香……雨敲在屋顶的瓦上，一个女人在雨声中钻进了他怀里，拿肥白的藕节一样的胳膊勾了他的脖子，勾了他的身子，勾了他的魂魄，坠下去陷进去……

邵自清在疲惫和满足中感觉到前所未有的强大，他抚着殷红带着汗意的头发，看着她赤裸的身体上的青紫淤痕，突然说了句："跟我走吧！"

殷红掩了衣服，起身，看了他一眼，"当真？"

邵自清一脸正色，说："我不能看你再受这个罪。"

殷红倒笑了，"你能说这话，我就知足了。不受这个罪，得受别的罪……"说着她下床穿鞋，回头又一笑，"晚上还来看出窑吗？"

邵自清拦腰抱住了她，"你要我看，我能不看吗？"

殷红低声在邵自清耳边交代他晚上怎么进去找她，说完猛地一推，"记住喽！"

邵自清被推得靠在枕上，忽然问："对了，猛子的亲妈你见过吗？"

殷红愣了一下，"没有……听说被邱根生打得跟人跑了，那年猛子才半岁。"

邵自清坐直了，"你说窑神庙住着的那个老赵婆是怎么回事？"

殷红笑了，"我逗你玩呢！老赵婆死了有十年了。"

邵自清浑身一麻，他很郑重地说；"可我真的见了一个老太太，还有一个又高又胖的女人……"

殷红不以为然地笑，"耍我呢？你要真见着她那才是活见鬼呢！"忽然她一愣，"你说一个又高又胖的女人？"

邵自清点点头，“她在那儿打井水呢！”

殷红一下坐在了床边，呆了半天才说：“我听婆婆说，那口井没干之前，她总喝那口井里的水，都是猛子他妈挑给她喝，猛子他妈，有一张抱着猛子的照片，她就是又高又胖的……”

两个人半天没说话。邵自清终于开口说：“花儿也算得上又高又胖了……”

殷红后背一颤，“你想说什么？”

邵自清又靠在了枕上，“我真是活见鬼了！”

邵自清等殷红去了多一会儿，才从床上下来，他依然在一种令他颤抖的激动里，说不清是殷红的关系，还是那“活见鬼”的经历。邵自清觉得自己被冥冥中的某种神秘力量检选中了，他将履行一项使命，昭显善恶有报的使命。

这种感觉很奇妙，邵自清觉得自己重要而且特别，他很严肃地在镜子里审视自己的脸，清瘦但有棱角，是一张值得信任和爱慕的脸。他挑剔地看了看自己皱纹迭起的额头，那些皱纹的形状简直就是他深刻思想的外化。他一直都是个思想者，他超凡的洞察力和敏感的内心才使他成为那神秘力量在人间选中的使者。

邵自清打开门，他忽然看到煤火旁的案板上放着一个袋子，里面装着两个卤肉火烧。邵自清愣了一下，也许是小哑巴惦记他的午饭……他什么时候回来的?

邵自清忽然非常不安，他放下袋子，匆匆地赶到后街。三五个窑工吃完了饭正在后院水管那儿刷碗，邵自清向他们打听小哑巴，他们笑着朝前面努嘴，“跟猛子那儿玩呢。”

邵自清转身走的时候，也感觉到了窑工们笑得有些异样暧昧，可他没多想，只管朝前面楼走，走的时候他大概看了一下楼的位置，暗暗温习着殷红告诉他的路径。猛子的房间在一楼尽头，邵自清走近的时候听到了小哑巴低低地很压抑地咿呀了一声，他心跟着一揪，停下了匆忙的脚步，后来就安静了，他等了半天，还是没有任何声音，邵自清的心却狂跳起来。他走过去，敲了敲门，里面没有应声，邵自清站了一会儿，转身要离开，忽然从厚厚的苍绿色窗帘两幅闭合处翘出的一条缝里窥见了房里的情形，小哑巴跟猛子在床上一头躺着，都脱得赤条条的，猛子黑黝黝的胳膊搭在小哑巴苍白单薄的胸口上，小哑巴蜷着身子，像只白色的小猫被一只黑而壮的小狗盘着。

邵自清飞快离开了，他几乎是一路跑回家去的。邵自清啃着那两个卤肉火烧，啃着啃着眼泪掉了下来，他明白了自己的另一项使命，那就是拯救。拯救殷红，也拯救小哑巴，邵自清甚至在幻想中已经清算了钧镇的罪恶，带着殷红和小哑巴一起离开，他们要在一起开始新的生活……

邵自清决定利用晚上和殷红单独见面的机会给她说自己的计划。邵自清焦灼地等着天色暗下来。午后雨停了，近黄昏的时候又滴了几点，到底收住了。天也有些恍过来了，暮色四合之前，西天还露出了一丝霁色，倒像一片上好的雨过天晴瓷扣在了天际。

邵自清踱到大门前，耐心地看着邱家钧窑烟囱上那条烟淡了，断了，消散了。他知道出窑的时候到了。

邵自清又忍着性子等着，雨歇了，猛然凉透了的夜气让草窠里的虫儿拼命聒噪起来，声调竟然有些凄厉。邵自清踩着这虫声走到了街口，站下，点上一根烟。后街邱家钧窑那儿弥漫出浓白的水汽，升腾到房子的顶上成了雾，再向上，雾被夜空染成了幽蓝色。幽蓝的雾里能看到邱家楼顶飞檐和五脊六兽的黑色剪影，那些兽头朝天张着嘴，仿佛在吞吐那些雾气。

邵自清扔掉了烟头，烟头可能落在了路面积水的坑凹处，滋的一声熄灭了。邵自清朝邱家走过去，他走的是后院门，果然，院子那头几个窑工正把新出窑的瓷器就近运到库房，没人留意他。邵自清摸到了铁扶梯，这栋两层楼房是车间，邵自清上到二楼，二楼空无一人，走廊尽头有一扇门，平常是锁着的，从后院到前院只有从窑和库房那儿绕过去，其实过了这扇门，就有一道楼梯通往前院。邵自清走到门前推了一下，门应声开了。

穿过那道门，走下楼梯，走过楼下的两大棵紫薇花树时被蓄在枝叶上的雨水淋了一头，邵自清捋了捋头发，看看二楼亮着灯的房间，他吸了口气，上楼梯，走过走廊，推开殷红留给他的房门。

邵自清呆住了，雪亮的灯光下，站着猛子，手里一开一合地耍着把弹簧刀，似笑非笑地看着邵自清。

邵自清像是被一股巨大的力猛推着弹出了房间，他的身体重重地撞在走廊栏杆上，肺部剧烈的疼痛让他咳嗽起来，他边咳边跑。

邵自清冲下楼梯，慌不择路地冲到了窑前，窑门敞着，散乱的砖落了一地，瓷器已经出完了，人也散尽了，库房的门开着，里面亮着灯。邵自清刚喘过一口气，猛子就出现在他身后，“邵老师，你跑什么？”

邵自清忽然镇定下来，一些散乱的画面在他脑子里洗牌似的被理顺了，他含混地“哦”了声，淡定地走进了库房。

猛子也跟了进来，蹲在地上，掂起一只鸡血红的罗汉钵，看了看。小哑巴整理刚出来的瓷器。殷红好像没看到他们进来，点着数，登记在一本册子上。刚出窑的器物，在节能灯的白光下，云蒸霞蔚，流光溢彩，邵自清眼晃了一下。

猛子放下罗汉钵，突然开口，“哎，给我拿点儿钱！”

他显然是冲殷红说的，殷红没应声。

猛子看着邵自清，说："你不给——想等老邱明天回来了，让我问他要？！"

殷红啪地把手里的册子一摔，出去了。

猛子带着笑，晃着身子站起来，邵自清挡在了他面前，呼吸粗重，猛子嘲弄地看着他，又慢慢悠悠地蹲下来。邵自清说："是你们干的！你和你的那帮朋友——其实那天早上，我就该知道！"

猛子仰起脸，瞪着邵自清。

邵自清也瞪着他，继续说下去："那天早上，你对我说花儿让人在新路口打死了，整个儿人都打烂了！你说这话的时候，殷红还在窑场骂泼泔水的花儿，我们都听见了她的声音。她还没去新路口看花儿的尸体，是殷红认出了她给花儿的凉鞋，后来找到了她给花儿的衣裳才确认死者的身份，你却未卜先知，开口就说新路口死的人是花儿，不是你干的你怎么知道？"

猛子没有回答，邵自清从他脸上看不出任何表情，也猜不到他会说什么或做什么，一句话到了嘴边，邵自清却说不出来了——猛子也许虐杀了他自己的亲生母亲！

猛子身体猛地向上一蹿，手里的弹簧刀寒光一闪，邵自清本能地伸右手去挡，猛子蹿起的瞬间又倒了下去，"当"的一声，那把弹簧刀跌进了罗汉钵里，丁香紫的碎瓷片散了他一身。小哑巴的手里还握着一只天胆瓶细细的瓶颈，球形的瓶肚刚刚碎在了猛子的头上。

邵自清浑身颤抖，半天才弯下身去，哆嗦着手，想去探猛子的鼻息，几滴血滴在猛子的脸上——邵自清的右手在流血，挡住刀刃的食指和中指，尖锐地疼起来……

六

右手食指和中指，尖锐地疼起来——尖锐的烧灼的疼，邵自清本能地甩了一下手，低头，怔怔地看着地面，一根直烧到过滤嘴的烟蒂，在地上滚动……

邵自清懵懂地抬头，明媚的秋阳照着他的脸，肿胀的眼泡被晃得睁不开，手指火烧火燎地疼——他飞翔了半日的魂魄，渐渐落回了身体里——原来他半靠着大门滑在地下，拿着烟睡着了。

后背麻了，屁股底下冰凉，他艰难地蜷腿，腿又木又硬，扶着门框站起来，踉跄了一下，勉强站稳，再低头看自己的右手，食指和中指对应出现了一对燎泡——那里原本夹着点燃的烟……

这是一个平常的初秋清晨，是他回到钧镇后每天在大门外发呆的时刻，只是今天这个呆发成了梦，而这个梦太过真切，似梦非梦……

猛子领着一群人踢踢踏踏地过来了，兴奋地议论着——他们刚看了死人回来。邵自清挪开了目光，很明智地闭紧双唇，却也没落荒而逃，执拗地望着街口。

猛子他们看见了邵自清，甚至察觉到了邵自清隐秘的对抗，嗤笑着，蛮有趣地交换了眼色，在街对过蹲下，像猫戏耗子似的，看着邵自清，开始抽烟。邵自清用尽全身力气，抓着门框，他不跑，也不动。猛子忽然慵懒地站起来，转身朝大十字街走了，他的伙伴儿忙跟了上去。

邵自清紧张的身体松懈下来，咯的咳出口痰来。猛子那帮人中的一个，脑袋似乎动了一下，要回头的样子——邵自清浑身一战，那人并没回头，邵自清揪起来的心才又落了回去。

邵自清慢慢转身，手指上的灼伤还在豁豁地痛，佝偻着腰几乎想钻回那个梦里的钧镇，在那里，他不怕猛子他们，他对他们充满了悲悯……

邵自清朝手指灼伤的地方涂了些牙膏，然后坐在了桌前。光线在他的背后，可他愿意背对着敞开的门，脸朝着潮迹斑驳的墙壁。他很清楚，现实的钧镇就在身后的门外，但梦里那个有着鲜血灵魂生存死亡过去未来前因后果的钧镇更让他留恋——在那个钧镇里，邵自清多么重要啊！

邵自清用翘着两根涂满牙膏手指的右手笨拙地捏着根烟，抽了一口，闭上眼睛开始回放自己的梦，梦比门外的现实，要鲜明生动，合情合理……

当回放到自己在钧瓷展厅中那段精彩绝伦才华横溢的讲解时，邵自清竟然满心悲怆——邱根生对他本该这么恭敬客气呀！

邵自清回钧镇安顿下来，就去拜访钧镇最大的窑口——邱家钧窑的老板，见过那个邱根生和他的老婆殷红。邵自清并没什么要求，他登门造访，只是想跟邱根生交流一下对钧瓷的认识。邵自清没多少实际烧瓷的经验，但他有眼光和见识，对于钧瓷发展的历史，更是了如指掌。他觉得邱根生对他的到来应该喜出望外才对，没想到邱根生刚听邵自清说了一句，就接起了手机，接着手机就出去了。

邵自清从接待室里踱出来，站在二楼走廊朝院子里看，邱根生的老婆正在骂一个犯错的小工，那孩子勾着头，细长的脖子从宽松的无领T恤里伸出来，伶仃得快要被沉重的脑袋折断了。邵自清看得心里一酸，那女人的责骂被邱根生打断了，小工耷拉着头离开，走了两步，扭头朝楼上看，眉清目秀的一个孩子……

邱根生拉着老婆上楼，一边还在接电话，到了门口，简单说了句："这是我太太殷红，你跟她谈一样的。哎——"继续接着电话又出去了。殷红堆了笑，让邵自清坐，随即追出门去。邵自清清楚地听见了他们夫妻的对话：殷红低声问这人是谁？邱根生说："钧研所不要的，听说有点儿小神经，打发走算了！"

殷红再进来时，看邵自清的眼光就跟看花儿差不多了。邵自清要震撼一下这个有眼不识泰山的庸妇，于是口若悬河地谈起了钧瓷发展史，那女人毫不掩饰地打起了哈欠，妖娆的身子在沙发里不安分地扭得几弯几折，大红紧身衫的鸡心领又开得低，一双饱满的乳房正送到邵自清眼跟前儿，腻白的乳沟处能看到半圈刺眼的青紫，邵自清想不看也由不得他呀！谁知这女人顺着邵自清的目光一捋，勃然变色，骂了句"老骚胡"，不由分说就把邵自清给赶走了。

那女人说来倒着实有几分风情，邵自清蓦地想起梦里自己的双手狠命抓起殷红双乳的感觉，胸口一阵痛快，这阵痛快忽然让他有所悟——把自己的梦写下来！邵自清激动地站了起来，狠狠地抽了两口烟，用力踩熄烟蒂——烟蒂在青砖地面上划出一道黑，青砖上的浮土似乎不见了——小哑巴扫的……

邵自清噙着不怀好意的笑在书桌前坐下，拿出纸笔，略一思忖，用瘦金体写下"窑变"二字——邵自清忽然感觉自己是烈焰熊熊的窑，被他揣在肚子里的那些人，不过是前途未卜等着变化的素胚……

住后院的人下班推着车子咣啷啷地从他门口走过，空气里弥散着晚饭的香气，谁家在烧茄子了……邵自清放下笔，起身洗了把脸，顺便擦了背，换了件干净衬衣——今天是个特别的日子，邵自清清点了一下这个月剩的钱，他要犒劳自己一下。

邵自清喝光两瓶啤酒的时候，原本在苍茫暮色中眨巴着困眼的路灯呼地大放光芒，他抬头，天黑透了。“白家涮肚”的招牌下，蹿着火苗的汽灯也点起来了。大十字街令人愉悦的晚上来到了。

猛子那伙儿人过来了，邵自清被酒精弄得发胀发热的脑袋激灵了一下，冷了不少，他挪开目光，不看他们，余光却发现他们在打量自己。等他们走过去之后，邵自清紧张的身体才开始放松，心底却跟着涌起了一阵羞愧，他又叫了两瓶啤酒，不只浇灭了那羞愧，还把白天烧的那把火给拨旺了！

老白过来收拾装涮肚的盘子了，问邵自清还要吗？邵自清摇头，时候不早了，四下摊子上客人剩的都不多了，他付了账，摇晃着身子朝家走。

十字街口的路灯下，一个倒霉鬼又落在了猛子那伙儿人手里，三个家伙，手拿一米多长的木棍，这边捅一下，那边捅一下，那个倒霉鬼左突右挡，既躲不开又跑不掉，发出含混不清的号叫，朝一个冲过来，另外两根棍子就落在了他的后背上……猛子坐在一家烤肉摊上，笑得把啤酒喷了一身，兴奋地打出一声尖利的口哨……路过的行人远远绕开他们，烤肉摊的老板送了一盘子烤串，也回避到摊子后面去收拾了……

邵自清心里头的火一拱，扯开喉咙吼了一声。

邵自清自己都没听清楚自己吼了声什么，烤肉摊老板从摊子后面探出头来，老白也握着抹布朝这边走了两步，张望……猛子站了起来，拿棍子的几个家伙也住了手，打量着从暗影里绞着腿走过来的邵自清。

邵自清看见脱困的倒霉鬼飞跑开了，然后，意识就混沌了。

邵自清从医院出来时，脑袋缠得像阿拉伯人，略显滑稽的瘦脸上却神情庄严。砸在他脑袋上的那一棍，丝毫没有妨碍他的思路。

一回到老屋，邵自清就继续写他的《窑变》了。

派出所来人告知如何处理打人者，自然没有猛子的责任，邵自清并不意外，至于具体拘留了谁，医药费和赔偿款是谁出的，这些对于邵自清来说，都成了不值一提的庸常琐事。他胸中鼓荡着一股浩然之气，这使他去大十字买早点时的身形步态都变得不一样了。

遗憾的是，这种变化似乎只有他自己察觉了，东街西街上那些钧镇上的庸众，迟钝蒙昧，待他还是一样，对于他缠着白绷带的脑袋，也不多问一声。邵自清内心越发要自己清孤高迈，闲人不理半个，买了吃的回来，就埋首写他的《窑变》。邵自清早就不再拘泥于最初的那场"白日梦"了，那些素坯开始在他越来越高的炉温中变出始料未及的色彩——作为邵自清化身的男主人公，剑胆琴心，英气纵横，惩罚了罪恶，拯救了无辜，甚至，挽回了世道人心，使小镇重新恢复了质朴淳厚温文善良的民风。

中秋节，邵自清也是一个人在老屋中度过的，女儿给他打来问候电话，他才知道是要过中秋节了。节后两天，邵自清完稿，他特意回了趟钧州，找到在文联工作的一个熟人，郑重地把稿子交给了他，然后直接又回到了钧镇。

他没能像自己希望的那样，很快开始烧下一窑。邵自清安慰自己，再等等，就像刚出完窑，总要等瓷泥研磨粉碎，水飞池澄，拉坯上釉，才能烧下一窑嘛。

这一等，一个月过去了。月底，邵自清收到了熟人托人转交的文联内资刊物《原野》，上面登了他的小说处女作《窑变》。邵自清兴奋得连孤傲傲世的架势都丢了，晚上在涮肚儿摊上喝酒时，拿着那本《原野》翻给老白看。

老白偏一眼看见了封底邱家钧窑的广告，邵自清的指头恨恨地戳了戳邱根生的头像，叹息一声，卷了杂志。邵自清内心很矛盾，巴不得邱根生是个索隐派，拿着《窑变》对号入座，可一想邱根生恼羞成怒的后果，又觉得犯不上。但邱根生真要是毫无反应，邵自清的失落，恐怕也不会是一星半点……

邵自清没想到，邱根生很快来登门拜访了，不是兴师问罪，而是求贤若渴；虽然没有三顾茅庐式的恭敬尊重，却称兄道弟，热情似火。邵自清到底也没把持住，冷冰冰的矜持很快融化，那颗心，不由自主地跟着升温了。

邵自清后来去吃“白家涮肚”，会跟老白头儿这样说邱根生，“其实啊，根生这人也实在，当然，没多少文化，农民嘛——难得的是好学，真的，好学习……”

大概除了邵自清，钧镇没谁会用“农民”这个词来描述邱根生。只是，即使邵自清不惜使用如此有损人文精神的歧视性措辞，可还没让老白弄清楚他与邱根生的高下。这个糊涂的老驴头，看见邵自清啪的朝桌子扔了盒苏烟，就咧着嘴说邵老师果真攀上了高枝儿，鸟枪换炮了……真是夏虫不可以语冰！

邵自清无法让成天摆弄牛百叶的老白真正了解，他非凡的创造力如何使邱根生佩服得五体投地，为此又是如何对他百般讨好，几盒好烟算得了什么？颇有分量的红包，邱根生也塞过不只一次。

那些红包是对他才华与智慧的承认，邵自清认为自己受之无愧。虽然他的小说创作，开端成了高潮，高潮似乎也就是结尾了，《窑变》之后，再也没了下文。但他对邱家那些瓶瓶罐罐的品鉴点评，却着手成春，灵光时现，落笔成文，满纸锦绣。邵自清把这些文字拿给邱根生看，邱根生看了，就留下了。邵自清也没再去索要，很是默契。

默契成了习惯，习惯成了规矩，邱家开窑，即使邱根生不在，邵自清也很自觉地过去看瓷器，大致定出等级，拟出名字——最后的定名，自然还要邱根生拍板，但邵自清总要把自己的心尽到。

殷红还是不怎么搭理邵自清。有时殷红在库房登记新品，邵自清在一边，看到器物窑变出的妙处，忍不住赞叹得夸张些，近乎一惊一乍，殷红却充耳不闻，登记完，扔下册子就出去了。

邵自清被晾得讪讪的，竟有些出不去似的，独自在库房里踱着步。靠墙角一个架子边上塞着个盘子，露出那一小块儿，倒是抹很漂亮的天青色。他抽出来，拿布抹去积尘，颇为失望。怪不得被塞在这里，原来是个残次品，烧时支钉可能倒了一个，盘子淌釉了，厚厚凸起的那块釉，显然温度又不够，没能窑变出真正的鸡血红，反成了难看的猪肝色；横过盘子中间茄皮紫上的那道月白，弯曲浑浊，也没形成在谱的蚯蚓走泥纹；那抹天青虽好，下面却很突兀地接了片暗红，没能充分还原的釉色里，显出斑斑的金属杂质……

邵自清几乎要放下那盘子时，忽然心头一动——那块淌釉的深褐色，形状分明是个宽袂长袍的古人，瘦骨嶙峋的脖颈挺着，仰面问天，一束山羊胡，倔强地翘着，脑后还有两条弯曲的帽带……那轮廓，让邵自清蓦地想起了杜甫。这个念头一起，越看越像……他头顶那片天青是晴空，下面那斑驳的暗红，就是光影动荡的秋林，身后那片茄皮紫里，有自然窑变出的崇山峻峦，险滩幽峡，淌过的那道月白，恰好成了江水……玉露凋伤枫树林，巫山巫峡气萧森……邵自清喜滋滋念出了杜甫的《秋兴》……

这只盘子，后来成了邱根生的镇窑之宝。据说曾有人拿一辆好车来换，他也不肯割爱。邱根生讲起盘子的来历，更是情节跌宕的传奇。

“文革”初期，邱根生的父亲，是当时钧瓷厂工艺大师崔真的徒弟。崔师傅一边负责烧制向中央献礼的工艺盘，一边还得接受批斗。老爷子受不了，就从大窑的天眼里跳下去了。红光映天，厂里人才发现窑顶的天眼打开了，那一窑的盘子，成品很少，这个盘子也是被挑下来淘汰的次品。邱根生的父亲，跟崔师傅很有感情，冒着风险在销毁次品时，留下了这个盘子做纪念。

等到了八十年代，大作家姚雪垠来钧镇，邱根生的父亲已是国营钧瓷厂的厂长了。他讲起崔师傅的故事，拿出这个盘子给作家看。作家很是震撼，说这盘子气韵非凡，对着这个盘子，能感受到从汨罗江以降，中国知识分子对国家民族的忧患之心。独具慧眼的作家，从盘上看到了秋林白水，峻岭幽峡，和渴望“致君尧舜上，再使风俗淳”的独吟诗人……以“秋兴”为名，语带双关，浑然天成……

杜甫的《秋兴》，邱根生自然背得滚瓜烂熟。邱根生眉眼乱动，表情丰富，无论邵自清拟定的故事蓝本有多复杂，邱根生听他讲一遍，到了客人面前，都能讲得亲历般绘声绘色，声情并茂——想必暗地下了工夫。邵自清又被请来当陪客——吃饭时用得着他喝酒，参观时用不着他说话。可邵自清却总忍不住还要来展厅，站在人群后面，听上一会儿，又觉得无味得很，就踱到院子里去抽烟，把憋住的长吁短叹随着烟雾喷出来。

猛子在院子里的石榴树底下蹲着，仰头看见邵自清，咧嘴笑了。邵自清能感到那笑，充满了恶毒的嘲弄。猛子带着惯有的慵懒站起来，晃到邵自清身边，笑着抽出颗烟，邵自清冷淡地摸出自己的烟盒，朝他举了一下，示意自己有。

猛子笑得更深了，“抽哪盒不一样？都是邱根生的！”

一股火腾地从胸口烧到了鼻腔，邵自清重重呼出灼痛鼻孔的热气，转身又走进了展厅，邱根生带着参观的客人从另一扇门出去了，展厅里空无一人。邵自清对着那个被他的故事从次品变成珍品的盘子，淋淋出了身汗。他到底是知道“君子不器”这话的人，心底烧着的那团愧火，只怕两瓶啤酒是浇不灭了……

帅旦

一

“辕门外三声炮，如同雷震，天波府里走出来我，保国臣……”温暖浑厚的豫东调包裹住了赵菊书疲惫的身体，她满意地朝小儿子周卫东点点头，周卫东靠着屋门，溺爱地笑对母亲，“进屋听吧，天儿还凉呢。”

过了二月二，天儿再凉，也是春天了，还有这么好的太阳——赵菊书靠在藤椅上，看着头顶裸露的一小块儿天空，明黄色的阳光从那儿落下来，落在老藤椅的扶手上，灿灿地闪。她怜惜地用手抹着那扶手上的光亮，明天，太阳是照不进来了，剩的这一角被大瓦盖上，院子就没了——成了屋子。

赵菊书从来没想过要把院子变成屋子。她的栀子、腊梅、迎春、葡萄、凌霄、石榴，还有那畦像闺女一样宝贝了多年的芍药，一并无处安置了。可是西关大街要拆迁了。去年传言开始的时候，那畦芍药花开得正好，后来凌霄藤也结了累累的花苞，菊书笃定地等着凌霄开花。架上的葡萄弥散出成熟的甜蜜气息，菊书心里暗笑，那些沉不住气的邻居，在石棉瓦覆盖的院子里度过了一个无比闷热的夏天。中秋节，菊书还有自家的葡萄和石榴分送亲友，不过她心底已经开始犹豫了，晚上在院子里摆供愿月儿的时候，她忧心忡忡地看着绿叶葳蕤的腊梅，还能看到腊梅开花吗?

腊梅好像预感到了什么，绿叶未落的时候，那些浅褐色的花苞就暗暗地冒了出来，伪装得像枝上小小的凸起。头场雪立冬刚过就落了，没有丝毫的谦让羞怯，汪洋恣肆地下成了一场大雪。腊梅的叶子一夜落尽了，虬曲的褐色枝干被雪半浸半衬地成了墨色，风过，吹落积雪，一段墨色的枝干又添上了。菊书站在清晨的院子里，感觉有个透明的人在她眼前描着一幅她脑子里的花树作画，那些花正被点染出来，从雪白里透出一星半点黄，黄得娇媚，明亮……香气却似与那花不相干——香气不在花的附近，凑过去，花只木木地黄着，不应你，等你转身离开，抑或擦肩而过，那香遥遥地像声叹息似的传过来，人心跟着它一颤……

还有残花挂在枝上，腊梅被连根起了出来，菊书早就找好了大蒲包，多带些老土移栽，花木的元气伤得轻些。跟着腊梅一起被大儿子拉走分送别人的还有芍药石榴和栀子。菊书看着在车斗里晃动的花木枝叶，心疼得噙了泪：别的花还好，那芍药，娇气得很，这番折腾，只怕是难活了。她独自站在院门口发呆，知道后院里正在砍葡萄和凌霄的老藤——不看也罢。

老白媳妇端着个锃亮的小锅，隔着街喊：“周家嫂子，你到底也动事儿了！”

赵菊书顶看不上老白媳妇成天蝎蝎螯螯的样子，朝她敷衍地笑笑，转身要走。老白媳妇却招着手，躲闪着车，过来了。菊书只得站下等她。

老白媳妇煞有介事地低声说："石棉瓦盖的不算面积，知道吧？"

菊书笑着说知道，心下嘀咕：你都知道的我会不知道？菊书备下的就是红色大瓦。她朝老白媳妇锅里看，见是从早市上买的粉浆，就说："这浆颜色怪好……"

老白媳妇"啊"了一声，并没跟着转移话题，反而欲说还休地看着菊书，不无遗憾地叹了口气，"我也是听说，他们要到街道上调查，今年新盖的都不算！"

菊书脸上的笑僵了一下，随即又化开了，她轻描淡写地说："街道上那几个人，又不是外国来的，跟哪家不是几辈子的老脸？"

老白媳妇像被捏响的橡皮鸭子一样嘎嘎地笑起来，"到底是你赵菊书，经过见过，可不是这个理儿？！"

打发走了老白媳妇，菊书心里那点儿被花草逗引出的伤感也就烟消云散了。噔噔地走回家去，指挥催促丈夫儿子和请来的几个帮工。好在兵精将勇，一上午清干净了花草，和泥拌灰，平整地面，日影移上西墙，大半个院子已然成了屋子。

拉来的旧檩条不够使，大儿子要再往熟人的工地跑一趟，菊书也就让帮工走了。等大儿子回来，周家父子三人，搭个黄昏，也就把这一角给盖上了。菊书嘘了口气，拉着藤椅坐下，才感觉四肢酸沉，她嘱咐小儿子放张戏碟给她听。小儿子倒是会挑，给她放了《穆桂英挂帅》。

"……头戴金冠压双鬓，当年的铁甲我又披上了身。帅字旗，飘入云，斗大的'穆'字震乾坤，上（啊）上写着，浑（啊）浑天侯，穆氏桂英，谁料想我五十三岁又管三军……"

菊书身子懈着，闭眼随意跟着哼唱，她没学过，天生的本事，连那脆生生挑起的娇俏尾音，也能学得酷肖——封侯拜帅也罢，五十三岁也罢，旦行演的毕竟是女人，金戈铁马，同样脂浓粉香。接下去一大段二八连扳抛珠滚玉地淌下去，絮絮叨叨欲嗔还喜地说儿女，更是天下母亲的口吻。戏词本是烂熟的，她却忽然噎住了，不能跟着唱了，潮水样的万般感慨，汹涌地漫进了她的意识。

二

赵菊书这年正好五十三岁。她生于民国三十一年，也就是公元一九四二年。那一年，中原年馑，赤地千里，她幸运地托生在了温饱无虞的银匠赵寅成家。菊书七岁那年，父亲在买下这处院子当天病倒了，半年后过世。父亲去世后没过几年，开始有外人搬进了她家的院子，母亲胆小又糊涂，只会背着人哭，也说不清楚为什么腾房子。读高小的菊书要跟人论理，吓得母亲捆了她央告半夜，才算安生了。

那之后，寡母带着菊书姐弟，搬到临街的铺面二楼过活。

楼下是个茶馆，茶馆是街道办的，喝茶的倒不多，主要的业务是卖开水。后来开始吃食堂了，很多人家索性连伙也不开了，要热水就让孩子拿上一分钱丢进门口的木头匣子里。烧水的老黄头儿是个五十多岁的老光棍，吃跃进糕吃得腰都塌了，听见分钱落进匣子，就把开水连同他嘟嘟囔囔的抱怨一起灌进暖瓶。

菊书一家与老黄头儿的炉火热水和抱怨，只隔着一层薄薄的木质楼板。天冷时倒好过，天热就难熬了，端午未到，二楼就成了蒸笼。一年两年，菊书被蒸成了珠圆玉润的大姑娘——轻微的浮肿让白皙的菊书着实配得上珠圆玉润四个字。十八岁那年，背着母亲，菊书去找街道的人理论。后面的院子是被国家没收了，门面房却是街道跟她母亲租来开茶馆的，如今她兄弟大了，跟她们娘儿俩一个屋没法住，楼下的房子他们不租了。

这是赵菊书第一次为房子拼杀。

“赵菊书撵茶馆”成了轰动整条街的新闻。事情没有那么简单，街道说，他们这个“租”和一般人赁房居住的“租”可不一样，这个“租”是社会主义改造的一种形式。赵菊书说，你们这是要久占为业呀！街道上的人说，菊书你是个年轻人，虽然生在旧中国，可好歹也长在红旗下，怎么满脑子封建思想？菊书冷笑着说，我才不封建呢！

菊书自己夹了铺盖，到楼下去睡了。老黄头儿第二天一早，吓得连滚带爬地揭了门板跑到了街上，结结巴巴地说一睁眼，看见个赤肚露胯的大闺女。看热闹的人挤到了门口，菊书从地铺上坐起来，大吼了声“滚”，就又躺下了。深蓝格子的粗布单子，把她裹得严严实实，什么也没露，只是到了下午，一街两巷却在津津有味地谈论她雪白的大腿。

母亲是管不住她了，菊书泼命地闹，街道开会批判她，她当场撒泼打滚哭个昏天黑地。街道把坚持斗争的任务落实给了老黄头儿，可老黄头儿的革命性毫不坚定，他苦恼地看着菊书近在咫尺的地铺。也许老黄头儿被菊书提醒了，开始思考自己存在重大缺失的人生。也许跟菊书毫无关系，反正他在某个早上，突然消失了。菊书后来听说，老黄头儿抛下一切回农村老家去了。当时正在动员农村来的职工回乡，街道就把老黄头儿当成典型报了上去。

茶馆也就此歇业了。街道上正经大事还忙不过来呢，也就没人理睬菊书了，菊书莫名其妙地旗开得胜。胜利的代价是惨痛的，菊书落了个“剌货”的名声。在钧州土语里，“剌”音同“辣”，发阳平声，有刺的东西扎手，说“剌手”；搀了麸糠的馍粗粝难咽，说“剌喉咙”；用在女人身上，意思就暧昧了，既指泼辣难惹，也指性感风骚。再加上，父亲留下的房子有人没收，可他留下的小业主的成分却没人收去。于是，菊书的工作、婚姻两件大事，竟都无从着落了。

外人的言三语四，到底进了菊书的耳朵，她回家栽在床上蒙着被子哭了一夜。母亲这时倒不哭了，第二天她照常去上班，从仓库里把草绳扎着的粗瓷碗一摞一摞搬出来，放在店门口，掸去灰尘，顺手把毛巾搭在肩头，就去办公室找主任了。

也许主任那天心情不错，也许平时罕言寡语的菊书妈妈竟说出了一排道理震撼了他，总之，他同意初中毕业、又会打算盘的菊书来顶替不识字的母亲上班了。母亲又成了没有工作的家庭妇女。菊书在土产公司一直干到一九九二年，光荣退休。属于供销社系统的土产公司，这几年闹完承包闹改制，职工工资都发不下来，退休工人更没人管了。去商业局上访要工资，大家又把菊书推为了统帅。

上次接待他们的领导，说这个月给答复，等忙完自己家的房子，就召集老伙计们去催催。菊书也认定自己有胆有识，敢作敢为，是个帅才。只有丈夫周庚甫说，赵菊书啊，这辈子都是听了他的主意，又拿他的主意来领导他。

菊书承认周庚甫比自己有智谋，但再有智谋他也不过是军师，元帅还是她。赵菊书领导周庚甫，算上谈对象的那一年，整三十年了。

三十年前，菊书担着"刺货"的名声，有意无意地愈发刚强自己的性子，嚷嚷着说话，动不动就摔摔打打。她的闲事，愿意管的人不多。她还不肯撇下孀母弱弟出嫁，这无异于要求对方"倒插门"，家境、成分、性子，没一样好的，菊书纵然生得雪肤花貌，到底还是耽搁下来了。

周庚甫那个成分坏透的封建官僚家庭远在武汉，他一个人住在运输公司的宿舍里，正娶倒插对他来说无所谓。他虽说小学都未读完就去学修车了，却是个秀才，写得一笔好字，不知道从哪儿念了些弯弯绕在肚子里，说出话来新鲜有趣。更要命的是他能看穿菊书虚张声势的泼辣，不跟她争强斗狠，一味地柔顺，做小伏低，深情款款，菊书反倒被他撮哄得服服帖帖，没见两面就淌眼抹泪地把心里的苦都掏给他。

当年一无所有的周庚甫分担了菊书的委屈辛酸，于是，多年后，菊书给他了一个两儿两女、九间屋子的家。

菊书志得意满地笑谈丈夫当年的一无所有，周庚甫知道，菊书是在变相表达她的幸福和满足。可惜这种深刻而准确的理解力，在周庚甫提前退休后随之退化，他竟开始激烈反驳菊书：什么叫你给我一个家？这家是我们共同打下来的！

三

藤椅上的菊书，想起丈夫暴着青筋跟她争功，不觉心里一躁，可身子又懒得动，只是恨恨地用力拍打了几下藤椅扶手。谁都不能跟她来争，她豁出自己拼打来的家——丈夫，母亲，兄弟，儿女，甚至侄子侄女，都可以享用她的胜利果实，只是不能跟她争功！

婚后菊书跟丈夫一直住在西关大街铺面房的楼上，好不容易从供销社分到一套新公房，她让弟弟一家带着母亲去住了。老房楼上楼下又变得拥挤不堪，她那两双儿女噌噌地长，再也摁不到一张大床上了。

小女儿周爱冬上小学那年的冬天，周庚甫和赵菊书在灯下为落实自己家的房产政策准备材料。周庚甫写材料自然没有问题，写完了他看着赵菊书，那目光在无声地发问：平白地要回自己的房子，这可能吗?

赵菊书一把抓起他写的那摞纸，塞进抽屉，上床睡觉。她不跟丈夫讨论，甚至都不看丈夫的目光，看了会心慌，看了会害怕——菊书也不知道会怎么样。她的泼悍就像荒野中走夜路人的叫喊，不过是给自己壮胆而已。

街道，办事处，房管局，法院——从市中院到省高院，铜墙铁壁，千坑万陷，也是一座天门阵！赵菊书人生最激烈也最辉煌的一幕就此拉开。

三十七岁的赵菊书，自然不再轻易撒泼打滚了，她敲开各处办公室的门，耐心地记下里面那些人措辞费解含义模糊的话——他们的话就是具体的现实的政策，对于政策要好好领会。菊书也没白受这么些年的政治教育，记下后回家和周庚甫深入探讨，寻找到最适合自己的解释角度。当然，要让“他们”同意这个角度，还需要一些沟通。于是菊书带着些难得一见的东西，诸如香蕉菠萝哈密瓜、上好的大枣木耳黄花菜等等，去跟他们沟通了。物质匮乏时代严格的配给制度下，在供销社系统工作的菊书拿出来的礼物，还是有些影响力的。

最终的结果还算理想，父亲买下的那处院子后面共七间房屋，四间无偿返还，剩下的三间，现在的租户不买，菊书可以购买。他们这样处理自然有他们的根据，菊书全力拼凑够了二百八十块钱，拿到了一纸拥有房产的凭证。只是要把这张纸变成可以住的房子，还要颇费些周折。

七间房里住了六户人家，除了两家听说自己住的公房变成了私房，觉得不可靠，当即就打算搬家了，剩下的四户都不肯搬。当过街道干部的老司婆甚至警告菊书别得意，这事儿不定怎么样呢。

去法院是周庚甫的主意，菊书开始也听了，后来发现打官司是个陷进去就拔不出腿的泥坑，没完没了地调解，好几年下来，也没人给她个痛快话。周庚甫倒像是上了瘾，写的诉状被受理案子的法官夸奖了两句，他就不知道自己姓什么了。谁知道那人反而判得更不好，他们连撵人的权力都没有了。

周庚甫拉菊书去了省城，花不菲的票价请高院一个年轻女子和她对象去看“走穴”来的明星演节目，结果案子发回市中院重审。又有两家不耐烦折腾，搬走了。剩下的殷老师家是没地方搬，老司婆还是死硬，菊书也就来硬的了。

菊书要翻盖房子，那房子算来七八十年了，再不翻盖，就住不得人了。菊书请了乡下做泥瓦匠的远亲带着帮工来施工，又嘱咐两个女儿放学去姥姥家，自己和丈夫都请好了假，大儿子摩拳擦掌——开工就是场硬仗！

果然，一抓钩筑到墙上，老司婆就跳出来骂人了。她住的房跟隔壁伙用山墙，菊书这边一扒，她家就只剩三面墙了。司家儿子媳妇接到信儿也赶了过来，冲突很快升级，骂对骂打对打，菊书勇猛不减当年，看热闹的挤得半条街水泄不通，反倒是周庚甫臊得躲到后街去了。大儿子周文革性子暴，不是菊书拦得紧，手里的砖头就奔司家儿子脑袋过去了。菊书又气又笑——比画比画就行了，不能来真的！大女儿周爱红读高一，中午放学听说了，赶来给母亲助阵，菊书嘱咐小儿子把姐姐摁到屋里不准出来——菊书“刺”，可不舍得让女儿大庭广众之下跟着“刺”。

赵菊书马踏天门，大获全胜。老司婆骂骂咧咧搬到儿子家去了，殷老师的爱人跟菊书说了软话，菊书就让殷老师一家挪到临街的二楼上去了。

工程顺利进行，上梁那天放鞭炮，中午给师傅上酒，赵菊书正张罗时忽觉天旋地转，被送进了医院。菊书不知道自己有高血压，知道了也没大惊小怪。

老房子翻盖成了两层红砖小楼，楼下客厅墙上，周庚甫当时赶时髦，装了面巨大的镜子，后来他动不动就指着镜子里的菊书说："你看看自己，都成皮球了！"

菊书不看镜子，她生完一个孩子胖一圈，几年来为房子奔波，肚子反而更加滚圆起来，冬冬纤细的胳膊都搂不住妈妈的腰了，她抓了小女儿的手摩挲自己的胖肚子，笑说里面还有一个小弟弟。菊书不在乎腰身，对周庚甫挑剔她的歪话更是鄙夷不屑，她又不去选钧州小姐。再说，大儿子文革说话就把媳妇都给她领回家了，眼看要当奶奶的人，还臭美什么？

一个人的时候，菊书反倒会看看镜子里的自己，她知道自己本是好看的，那眉眼脸庞，依旧能辨出曾经好看的轮廓，只是菊书的好看，连她自己都没来得及好好看，就过去了。

菊书的好看折变成了她的房子和儿女，菊书还是幸福满足的。幸福满足的菊书喜欢上了养花，石榴树是几十年的老树，腊梅凌霄葡萄芍药，都是新房盖好后，菊书栽的。她精心侍弄自己的花草，花叶掩映下看自家红楼，越看越爱。

她没想到，儿子给她领回来的那个差点儿选上钧州小姐的准儿媳妇，一句话，就毁了菊书的功成名就志得意满。

四

墙头有棵没被铲掉的瓦松，在风里摇摇晃晃的，肉质肥厚的叶子饱满挺拔，不知道是不是夕阳的缘故，那苍色的叶片竟露出抹紫红。

戏里的穆桂英依旧壮怀激烈，诉说着祖辈的丰功伟绩，梆子声忽的远了，模糊了，菊书热腾腾的心事也冷下来，没来由的悲凉跟那瓦松一起在晚风里摇。

文革领回来的女朋友叫萧露桐，高中时两个人就好上了，儿子技校毕业进了运输队，露桐师范毕业去了报社，俩人还一直好，文革就把露桐给妈领回来看了。

菊书一眼就喜欢上了露桐，模样好倒在其次，难得她稳重大方，对人礼貌，话不多，却会笑，看文革的眼神又专注又柔顺。菊书本就很为一米八六的大儿子自豪，如今借了露桐的眼光看去，儿子越发俊朗不凡了。

周庚甫夸露桐的名字好，又问可是出自《世说新语》“清露晨流，梧桐初引”，露桐笑着点头，赞叹周伯伯好学问。

周庚甫被夸得心花怒放，大笑着说你父母也好学问。

文革说，人家当然好学问，露桐的父亲是钧州市文联主席，还是一位作家。周庚甫瞪儿子了一眼，哦了声，随即跟露桐大谈起了文学。

菊书本就不喜欢周庚甫卖弄的腔调，又担心他麒麟皮盖不住马脚，闹出笑话，插嘴拦他：“我这初中生还没吭声呢，你这小学没毕业的就少说两句吧。”

周庚甫气青了脸，露桐抿嘴一笑，说学问不等于学历。周庚甫这才转怒为喜。菊书把这个准儿媳妇爱进了心坎里，好好招待了人家姑娘一番，等文革和露桐出去了，就拉着周庚甫去了文革房间，商量如何铺地板砖，如何添置家具。

女儿爱冬嗤笑着出现在门口，“您二老省省吧，那个萧露桐说了，人家才不往咱这贫民窟里钻呢，周围都是小市民，日子没法过——就刚才，跟这屋，对我哥说。”

菊书登时气噎了，“她是大市民，她——”

周庚甫连连摆手，“没文化，没文化——贫民窟？她懂什么？去看看钧州县志，这西关大街当年都是什么人住的，让她回去问问她爹！”

西关大街住的是什么人？

住在西关大街上，是菊书父亲赵寅成一辈子的梦想。赵家的房子，本属于钧州城赫赫有名的端木家。端木家的宅子占了半条街，赵寅成买下的不过是个小院，属于端木家最不成器的七爷。写文书拿房契的那天，赵寅成在宴宾楼摆了酒，那是他人生的大日子，他带上了自己的一双儿女。

菊书被母亲着意打扮了一番，老油绿的纺绸棉裤上是枣红大袄，挂着沉甸甸的银锁，自然是父亲的手艺。赵寅成的好手艺不只在钧州有名，开封城都有特意跑来打首饰的。菊书的锁自然不是平常银锁如意元宝的样式，下端是朵盛开的牡丹花，上面是飞舞的凤凰，凤头优美而高傲地抬起，头翎都纤毛可见。

菊书的小脑袋也昂得跟那凤头一般，她似乎能察觉父亲胸口奔涌的热烈高亢的情绪，菊书胸口也像被鼓槌一下一下敲着，胀胀的却充满愉悦快感的微痛，然而她却压得住那激动，走上宴宾楼的楼梯时，脚步放得格外郑重。弟弟平素就乖，出来更是胆小，可菊书还是紧紧拉着弟弟，生怕他挣开去闯祸似的。

楼上雅间，七爷和作中人保人的两位伯伯先到了。有一位来过家里，菊书记得姓刘，刘伯朝菊书笑，菊书也羞涩地回应了一笑，低了头。大人们寒暄，落座，菊书的胸口那股劲儿还在膨胀，弄得她头晕乎乎的，几乎听不见人家说了什么，听了也未必懂，菊书只是知道，今天过后，西关大街那片灰蓬蓬的青砖院落里，有一个就属于他们家了。母亲说，菊书进了那院门，就成了大家小姐，回头让爹给你买了丫鬟，就像戏台上那些小姐一样。菊书抿嘴笑了，她要是有个丫鬟,绝不给她起名叫春香,春红,梅香——那叫什么好呢?

桌上的气氛忽然有些不对，弟弟的小手指头勾着她的手心，菊书回过神来，愕然发现父亲的脸色铁青。刘伯在低声劝七爷，另外一个人则跟父亲在耳语，父亲的脸色更加不好了。这时候，又有请的客人来了，推门就笑着作揖，“恭喜赵掌柜，恭喜赵掌柜！”

父亲有些尴尬地站起来，招呼人落座，七爷不停地拿起手帕捂着口鼻，用力吸几下鼻子，放下，很快又拿起来，一点儿血色都没有的瘦脸上，那双眼睛格外的大，暗沉沉的黑眼珠，眼白却有层古怪的淡蓝色。

紧张尴尬的气氛，似乎得到了缓解，只是父亲的脸色一直没有恢复。笔墨纸砚端上来，刘伯看看七爷和父亲，两个人都对他点了头，他落笔成文，诸人签字画押。酒菜端上来，虽然大家都在恭喜父亲，菊书和弟弟也得到了很多夸奖，她心里却惴惴的，连宴宾楼最好吃的铁狮子头，都没吃足十分的滋味。

菊书的不安是有道理的，父亲到底没有坚持到酒宴结束，扫尾的鸡蛋汤上桌了，父亲突然从椅子上滑到桌子下面去了。

菊书守着躺在床上的父亲落泪时，听到屋门口刘伯对母亲说：“端木家老七，太阴！都坐上桌了，他不卖了，最后拿了一把，又涨一成——寅成兄弟也是心劲儿提得太大了，我劝过他，你说这兵荒马乱的，置什么院子？”

母亲哽咽说：“他想到那儿了，谁有什么办法？”

父亲想到，也做到了。从民国三十八年元月六号那天起，西关大街上有了属于赵寅成的宅子。父亲到底挣扎了些日子，翻过年出了正月，二月二那天，菊书一家搬进了这院子，父亲看见了院子里的石榴树开花，却没挨到端午，走了。

五

菊书似乎一直在用父亲的目光贪恋着这个院子，爱得愿意豁出自己为它拼杀，还为那拼杀感到自豪。那天听女儿传了露桐的话，菊书先是气，等气平了之后，突然换了看这院子的眼光。

依旧爱恋，却多了一层抹不去说不出的悲怜。父亲那灰蓬蓬的大家院落，已然不在了，自己的红砖院落，在花草枝叶遮蔽下，正跟着时间老去。偎着墙脚栽了一圈的迎春越发越茂，年年早春迸出满院的黄花，娇滴滴黄得稚气，院墙和房子却被那不变的稚气比出了年纪，那砖红一年一年暗下去了。

菊书没拿着那话跟孩子们置气，还紧嘱咐周庚甫不能在露桐面前提这话，只是那话像根刺，扎进了菊书的心，再也没有拔出来。

那根刺，扎进去时疼了一下，过后竟不觉得了，微微的不适，触碰到了才会疼，是木木的钝钝的疼，深吸一口气，慢慢吐出来，疼也就过去了。

心里的疼，菊书跟谁都没说，就是想说，她也不知道该怎么说。露桐从来没在菊书跟前有过一丝一毫类似的表示，菊书后来都忍不住想，到底那话是露桐说的，还是爱冬那丫头弄鬼？不过哪个孩子说的，对菊书来说，并不重要。

露桐还是嫁进了菊书的院子，新房就是楼上文革的那间屋子。露桐在报社分有一套半旧的两居室，文革不去住，露桐也只得顺着他。菊书和露桐处得还算和睦，婚后半年，菊书帮着媳妇劝儿子，他们才搬到报社家属院去了。

急急的锣鼓点，锵锵的梆子声。藤椅上的菊书知道，抱着帅印的穆桂英要去校场点兵了。她深吸了口气，却无力缓慢地吐出来，那口气先是哽在喉头，猛地呛咳似的喷了出来。

夕阳落下去了，空气里有了凉意。菊书看着那角还在天光里的院墙，那棵瓦松成了黑色的剪影。菊书忽然感到拽不住那天光了，一日将去，雾霾般的恓惶不安，随着她不大均匀的呼吸进到心肺里去了。

“他们要到街道上调查……”早上老白媳妇的话里，此刻再想，竟有幸灾乐祸的底色。老白媳妇不是“他们”，她的话是不作数的。菊书见识过“他们”，各种各样的“他们”，站在浓雾中的“他们”，面目模糊变幻无常的“他们”……不知道这回的“他们”是谁——会知道的，菊书不仅会知道他们是谁，还会知道他们的办公室、家，多半还会知道他们的亲戚朋友……戏里的穆桂英说：“……这些年我不往边关走，砖头瓦块都成了精……”

好大的口气！菊书心里笑了，她要抖擞精神，提起心劲儿，“他们”也不过是成精的砖头瓦块，有什么好怕的？！

攥紧拳头提足气说“不怕”，其实还是怕。

骨头缝里有些酸冷，四肢变得沉重——累了。这才哪儿到哪儿呀？别的地方拆迁时发生的故事，菊书听得多了。“礼”和“兵”两手，菊书都备下了。这一阵，她老将出马，得拼下一大一小两套房来——小儿子卫东也该成家了！

周卫东扯了根带着灯头灯泡的电线过来，用个钩子挂在新出现的屋顶下，黑洞洞的由院子变成的屋子，亮堂了起来。菊书朝儿子微笑了一下——她的儿女个个都是好的，说不上有多大出息，可知道跟她亲，知道顾家，还求什么呢？

煞戏的鼓乐起来了，卫东调整着灯泡的高度，“妈，不是我跟你犟嘴，还是京剧雅致，一样的戏，你听人家——”

卫东教小学数学，却喜欢京戏，还喜欢旦角，玩票的水平很高，一开口能吓人一跳。菊书身上没来得及发挥的艺术基因，一点儿没糟蹋地传给了小儿子。菊书听着儿子亮嗓子唱了几句，“猛听得金鼓响画角声震，唤起我破天门壮志如云，想当年桃花马上威风凛凛，敌血飞溅石榴裙……”

菊书竟听出了两眼泪。这个穆桂英也在自己给自己提心劲儿呀！桃花马，石榴裙，当年她是何等鲜亮的人物！菊书眼皮剧烈地抖动起来，两行泪不听话地滚了下去。她看见儿子脸上绽出了惊愕、慌乱的神情，听得到远远有汽车停靠的声音，丈夫和大儿子回来了吧？小儿子挂上的灯泡晃得厉害，光也昏暗了，汽车声竟变成了沙沙的雨声，远得听不见了……

六

菊书中风的后果除了说话、行走不便，还有就是他们只得到了一套低价的回迁房，这使菊书下决心买下同病房病友东郊的那处院子。

病友丝毫没有瞒她，之所以如此便宜卖那院子，是因为村里人三天两头找麻烦，欺负他们是外来户。菊书的决定，家里没人赞成，可也不敢直接反对。

周庚甫期期艾艾地说：“郊区农民，最难惹，城市农村的坏，都会使……”

菊书手里的拐杖噔噔捣着地，嘴角歪了半天，带着口水喷出两个字：不怕！

十五年之后，菊书的孩子们会充满感激和感慨地想起母亲的这声“不怕”。随着钧州城的迅速膨胀，他们发现，当初对着碧绿麦田和金黄菜花地的那处院子,竟然被拉进了这个城市新的黄金地段。

这是后话，菊书不知道的后话。她捣着拐杖歪着嘴角，在东郊那个叫陈官村的地方，率领丈夫儿女跟各色人物较量了近十年，赴单刀会，摆鸿门宴，软的硬的，明的暗的，大大小小无数阵仗，输输赢赢也算不清楚，她这个村头临路的家，却变得固若金汤，轻易没人能动得。

菊书院子里很容易又有了葡萄石榴凌霄和腊梅，芍药不要了，没气力伺候，这些花木也由着它们自己长。石榴花开满树，一年才结三五个果子，葡萄果子倒多，味道却差，腊梅开出花才知道品种不对，菊书此前那棵是上好的“倒挂金钟”，只有凌霄差强人意，橙红色的花年年累累地铺在墙上。

深秋了，阳光很好。菊书坐在那把老藤椅上，看凌霄花一朵一朵落在地上，噗噗的发出了声响——不只是听觉，菊书所有的感官都尖细敏锐起来，透明的空气在流动中弯曲她都能察觉……她真的听到了，母亲的声音，依旧年轻，低低地像是自语地念着：老不死的佘太君，长不大的杨文广，打不败的穆桂英……一个小女孩跟着在念……那是她，五六岁的菊书，跟着母亲一句一句在念……母亲在她耳边低笑了一声，那是戏……

是啊，那是戏。现实中她的母亲老了，死了；她的孩子长大了，各自干各自的去了；菊书呢，拼杀了一辈子，输赢难计，可最终还是败了,败给了时间……在败给时间之前呢？自己给自己扎靠插旗，想要扮威风八面的帅旦，可惜人生没给她备下华冠霓裳，她的行头太简陋了，简陋得做什么身段都会惹笑……菊书粗粝衰老不大灵便的右手，迟缓地摩挲过光滑润泽的藤椅扶手——帅旦也许只在戏台上有，在戏台上才会有浴血拼杀依旧雍容华贵的女人……

菊书在意识消散的最后一瞬含混地想，也许她的人生角色本不必这样演……

殷红的纸，饱满的墨汁，规规矩矩的正楷柳字，父亲写得很用心，六岁的菊书站在桌边，四岁的弟弟踩着紫榆条凳趴在方桌沿上，小手沾着红纸的褪色，父亲写完那副春联，念给菊书听：新年纳余庆，佳节号长春。

菊书并不懂那联句的意思，只觉得那是两句灵妙的符咒，念动它，一个福祉无限的世界就敞开了，雅正，蕴藉，温暖，四时有序，父母在堂，无忧无惧，不急不躁，千秋万世的安稳岁月在那里缓缓流淌……

慢递

一

这种事情不是每个星期天都会发生。有人敲开门，递给你一封十八年前寄出的信。送信人看上去，差不多就出生在这封信投寄的时候。他朝端木兰微微一笑，那笑里有些说不出的东西，神秘莫测却让人愉快——毕竟是个漂亮的男孩子。

送信的男孩子说，他为一家名为“漂流瓶”的慢递公司工作，他把逻辑重音放在“慢递”两个字上，端木兰低头看手里的信封。信封是海蓝的底色，上面有浅一色的蓝色波浪，海浪的旋涡里有只倾斜的玻璃瓶，瓶中有卷发黄的信纸。

男孩子说他们的业务就是在客户指定的未来的某个时间——无论是几个月还是几年几十年，把信送到收信人手里，就像装在漂流瓶里的那些安静而深情的话，穿越时间和空间，穿越茫茫大海一样喧嚣纷扰的现实生活，流转到一个命中注定的人手中。而他们慢递公司，就是那托送漂流瓶的海浪。

端木兰一笑，“海浪不收邮资。”

男孩灿烂地笑起来，笑把楼道都照亮了。他笑着递上了一份公司的宣传资料，不过并没纠缠多说，很有礼貌地后退半步，说谢谢再见。端木兰也说谢谢再见。

关上门，端木兰走了两步，转身又确认了一下防盗门已经锁好，才放心地边走边拆信封——心没出息地怦怦乱跳起来——是谁？什么时候？给她寄来什么话？怎么会……拆出来了一张软软微黄的红格稿纸，上面是几个蓝黑钢笔字，“只要你过得比我好……”没有署名，只有一个日期，一九九二年七月十五日。

十八年前，谁会想着把这半句话寄给十八年后的她呢？

除了萧，不会有别人。一阵尖锐的酸刺着鼻腔，眼泪竟蒙眬了视线。端木兰重重地吸了一下鼻子，她对自己的忽然动情感到好笑，竭力想把那股伤感给压下去，终还是失败了。一贯警惕的理智如破瓶之水，涣散不可收拾。纸上的那个时间，像咒语一样把属于少女时代的多愁善感给召唤出来了。她跌坐进沙发里哭了起来，哭得东倒西歪，浑身发软。

二

十八年前，她十八岁，在读师范，在跟同班的男生萧恋爱。说起来也算是她的初恋，端木兰后来很少回忆她的初恋——实在从里面抽不出多少纯情浪漫的元素用来编织回忆。

在青春期常见的抑郁热烈的情绪唆使下，中文系一年级女生端木兰在日记里写了不少诗，无限怅惘地思念着某个属于未来的人。二年级有了一个看得见摸得着的人，端木兰却再也没写过诗。她的恋爱基本是在录像厅里进行的，所谓的镭射投影的银幕比电影要小些，也不大清晰，上面通宵晃动着那些即使投影模糊变形也不会认错的脸，周星驰吴君如刘德华王祖贤周润发张国荣……拥挤的厅内光线忽明忽暗，阴影幢幢的观众席里，他们在彼此抚摸……

这种抚摸带来无法摆脱的不洁气味，端木兰厌恶又恐惧，回到女生宿舍，她常常悔恨地决定再也不跟萧去录像厅。事实却是她越来越依恋跟他用身体建立起来的亲密关系，甚至会在他独自被电影情节吸引时感到被冷落，她焦灼地在椅子上扭动身体，朝他耳朵吹气，把手伸进他裤兜里去……

端木兰随后很轻易地否定了自己初恋的价值，正因为此。她当时对爱情的想象是诗性的，可现实中她与萧的恋爱里，没有诗，只有性。

他们的恋爱不能在阳光下也不能在月光下进行的重要原因，是因为那时学校明文规定不准谈恋爱。端木兰和萧不是特立独行的前卫先锋，大家都在谈，都偷偷摸摸的谈。他们俩还算是相对理性或胆小的，学校在郊区，他们却从没想过去周遭那些植株茂密的田地里真的做点儿什么——后来学校里有人在那田地里出事了，男生被打伤，女孩子被强奸。

三年级面临毕业，他们也面临着分手，似乎想都没有想过不分手——萧是县里的，肯定还要分回县里；端木兰是省城的，肯定会留在省城。大概从五月份开始他们就不停地商量着分手的事，想想象着分手后彼此的生活。

端木兰总忍不住把自己描述成悲剧女主人公，孤苦忧伤得活不到三十岁，而萧会有美丽贤淑的妻子和可爱的孩子，她会在一个寒冷的冬夜，从他们家窗外经过，看到他们温馨的餐桌，然后一个人凄惨地病死在陌生的旅馆里。萧不以为然，顽强地把她描述成蜂环蝶绕的交际花，纵酒放浪纸醉金迷，有一天，在她的豪宴上，一个面容清瘦神情忧郁的中年男人出现在角落里,她已经认不出他来了。

他们彼此辩驳着对方从电影里趸来的想象，也就到了毕业的时候。离校前的晚上，在校园里有个毕业晚会，萧在晚会上唱了首歌，那几年流行的一首歌，“……只要你过得比我好，过得比我好，什么事都难不倒，一直到老……”

一九九二年七月十五日，是端木兰毕业离校的日子。应该是哭了，大家都哭了，然后乱哄哄地又散了。他们赶上了国家负责师范生就业的末班车,端木兰当天下午就拿着派遣证去市教育局报到了,她被分到了一家非重点的初中当语文老师,在那里一直工作到现在。

端木兰与萧在毕业的最初两年里，还彼此寄过贺年卡，后来就再没了联系。三年后，端木兰结婚；五年后，生下儿子；十八年后，收到了“漂流瓶”慢递来的一封只有半句话的信，看完倒在沙发里，哭了将近二十分钟。

三

听到丈夫与儿子进门的声音，端木兰才慌忙起身进了卫生间。等她洗完脸出来，正碰上丈夫的目光，她问：“怎么了？”

“没，没事。”丈夫躲闪了目光，低头笑了笑。

那封信和“漂流瓶慢递”的宣传材料散在沙发上，儿子不在客厅，书房里传来了电脑开机的音乐声，端木兰推开门，儿子头也不抬地说：“知道，一个小时，你看着表，到时候拔电源。”

端木兰笑了，过去亲昵地拨拉一下儿子汗津津的脑袋——刚打完篮球，她命令道：“去洗脸！”

儿子不情愿地站了起来，锱铢必较地说："这五分钟不算啊！"

端木兰疼爱地在儿子一天宽似一天的肩上拍了一巴掌。她的教育还算成功，儿子学习不算太理想也不算太差，也恋网络游戏，但也肯服从她每周只玩一小时的约束。她收拾了儿子扔在地板上的脏衣服，抱出来，看见丈夫站在窗户那儿发呆。

端木兰知道他一定看了那封半句话的信——看了就看了，端木兰坦然得有点儿过头儿，近乎在赌气。她把脏衣服挑拣了颜色，分批塞进洗衣机。在嗡嗡的电机转动声中，她戴上胶皮手套，抓起抹布开始打扫卫生。

电视里放着她买来的韩剧影碟，她没时间天天追着电视台放的剧集看，索性自己买了碟片周日做家务时连着看，这就是端木兰平庸的休闲方式。她的生活里没有什么不是平庸的，细小的满足与快乐——优质课获奖去海南旅游，丈夫涨了一级工资，儿子在班里的名次提前了两位……琐屑的苦闷与烦恼——丈夫揪心扒骨地给上司送礼，提拔还是没他；儿子打篮球撞着了眉骨，差点就伤了眼睛；自己头发越掉越多了……

端木兰很理性地知道这就是生活的本质，琐碎与磨损。如此理性的认识来自刘震云那篇著名的小说《一地鸡毛》，刚上班时读它产生的刻骨铭心的感受现在还记得。这篇小说带给她的启示一直烛照着她的生活。因此，她心态平稳，工作顺利，家庭和睦，教子有方。

端木兰对自己的甘于庸常，是怀着几分骄傲的，她认为这是一种不俗的境界——不甘于庸常的人太多了。她从来不惮在人前表述自己对平淡生活的享受，平淡里有着真幸福，可说着说着，自己还是能咂摸出几分虚假与无奈来。

端木兰大概只有在办公室启迪那些初涉婚姻的女同事时，才理直气壮地幸福着。端木兰的心虚与不安，都是被那些过敏的感觉神经给害的。她一直在努力钝化它们，可有一些尖细的神经触角生命力非常顽强，出其不意地在某些时候给她制造烦恼。譬如丈夫常常发出“平平淡淡才是真”的感慨时，端木兰本该欣慰地认为丈夫和自己对人生基本的价值判断高度一致，他们幸福的基石是稳固的——可那些过敏的神经触角，偏偏捕捉到了丈夫说完这话，那声类似叹息的嘘气和苍茫无助的眼神……

丈夫踱到书房去看儿子玩游戏了。端木兰擦完了厅柜，收拾了茶几，顺手把散在沙发上的那封信和“漂流瓶慢递”的宣传材料收在一起，压到茶几下面那一摞《读者》里去了。

端木兰坐在沙发上，看着屏幕上一对恋人在海边撕扯，头发在狂风中乱飞，女人连哭带喊长篇大论地说着，“……如果你爱我，你为什么不拦住我？你为什么让我走？！”

“我也问过我自己，为什么让你走？为什么不拼命拦住你？！”男人在吼。

“为什么？”女人泣不成声，终于在男人的怀里安定下来。

“……我不敢！你知道吗？我不敢，不能给你幸福，我哪有资格留你……”

端木兰的鼻子又酸了，眼泪又模糊了视线。

“嘁”的一声笑刺破了她的感动，丈夫又踱回了客厅，“受不了！”他一边看电视屏幕一边笑，“这破韩剧，又臭又长也就算了，说话这调调，可真受不了！”

端木兰扭脸用力擦了两把沙发扶手，起身进了卫生间，去洗抹布。

四

透明的紧张，弥漫在空气里，时间也被这样的张力扯得弯曲起来，整个下午变得漫长难熬。

端木兰窝在沙发里继续看那对被编剧折腾得几生几死的苦命鸳鸯，不停地抽着纸巾擦眼泪。儿子住校，上完奥数班就直接回学校了。丈夫送儿子回来，看看端木兰，想说什么又咽了回去，摇头笑笑，自己进书房上网下围棋了。

一集终了，端木兰快进片尾片头，丈夫踱过来，端木兰故意不碰触他的目光，接着看下一集了。丈夫在她身边坐了下来，端木兰知道这是他希望和解的姿态，可她不为所动地看着电视——她要惩罚他刚才挑衅性的嘲讽，她不和解！端木兰郁郁地盯着电视屏幕，仿佛身边无人，丈夫站了起来，又回书房去了。

丈夫生气了——爱气不气！

再平静和谐的婚姻，过得久了，内里都沉淀着岁月从生活里刮擦下来的渣滓，多半是隐忍与酸楚，杂着那些碎掉的心思与念想，还有星星点点方向不确定的恨意……禁不起搅动，真被搅起来，昏天黑地，百愁千怨，除非等它再沉再澄，不然绝不会有清净日子过了。

信里的那半句话，搅到了端木兰婚姻的深处——只要你过得比我好……不知道你过得怎么样，可我过得不好，很不好——别人的不好还看得见，说得出，我的不好看不见，说不出……

端木兰从《读者》堆里拽出那海蓝色的一摞纸，握着又想哭。

被一个男人如此珍爱重视的她，生生被另一个男人如此委屈着！

她错过了一个多么好的男人啊！隔了十八年的光阴看过去，纯真浪漫的诗性初恋袅袅婷婷地立在那儿！他们彼此抚摸时那焦灼颤抖的手指——手指上抖动的是他们单纯的约束的无处安放的激情，还有那让人怜惜的不知所措……他对她吮吸式的吻，他不是在吻她，他是在吃她，笨拙地吃——如此真实的饥渴，使她变得如此珍贵美好的饥渴，在乏味的婚床上无法想象……她甚至又闻到了那“不洁”的气味，是腥腥的植物气息，他们那汁液饱满的青春呀……

“关了吧！开一天了，让电视歇会儿！”丈夫端着他泡了枸杞菊花的大玻璃杯又出现了。端木兰此时特别恨他这样——分明生气了，这会儿又摆出一副大人不计小人过的样子，侧面点一下她，让她反省，改正，如同端木兰对待班上那些偶尔犯错误自尊心又特别强的学生。

端木兰还是充耳不闻，低头开始整理握在手里的那些纸：信封；信，放进信封里；“漂流瓶慢递”的宣传材料，一张一张地从上面理到下面……有公司介绍，产品广告，广告竟然像诗，“未来的某个日子，来自遥远的或者并不遥远的过去，一只漂流瓶，提醒你一个约定，一份感情，抑或只是一声问候，一声祝福……我们活在当下的现实里，也活在永恒的浪漫中……”还有价目表，他们按时间收费，十年后投递的信，比一年后投递的信，要贵很多……

电视的声音突然停了，端木兰抬起头，丈夫关了电视，在沙发对面站着，居高临下地把遥控器丢在了沙发上。夫妻四目相对，战争一触即发——门铃响了。

丈夫去开门，是对面邻居小田老师，站在玄关那儿跟丈夫客气了半天，端木兰把手里的信封和宣传材料往那摞《读者》上一丢，田儿田儿地叫着迎了过去，丈夫进了书房，小田不肯进去坐，低声问端木兰，家里有没有红酒开瓶器。

端木兰笑得有些一言难尽，“我们家哪有这种东西？对了，九楼柳素家肯定有，她那么风花雪月的——”

小田老师其实并不小，比端木兰还要大两岁，只是人生得小，小个儿小脸儿小鼻子小眼，小又白，圆鼓鼓的粉白的小脸兴奋、羞涩，或者愤怒，立刻会红，偏又红得不均匀，像被掴了几掌的样子。此时听到端木兰提起柳素，小田老师的脸立刻红起了两片“巴掌印”，“柳老师，平时我们都没说过话……”

端木兰亲热地拍小田了一下，“我去给你借！”

五

不只小田老师，学校跟柳素没说过话的老师不在少数。孤标傲世特立独行的柳素，单单对端木兰略施青眼，在教研室里肯带着笑跟她说一两句闲话。

大家都想不明白，这么不搭界的两个人，怎么会成了朋友？端木兰很清楚，柳素未必当她是朋友，但在单位里，大概只有端木兰投向柳素的目光里，饱含着善意，甚至还有几分羡慕和欣赏。

柳素是学校里的另类，音乐老师，大龄单身女子，略有姿色，生活极其不检点——住学校家属楼，想不知道都难。端木兰却对柳素有着卓然不群的想象，她觉得柳素过着一种凄美忧伤的生活，像恣肆开放的桃花，就要凋落了，却并没遇到那值得托付的眼睛……

敲开柳素的门，里面光线很暗，略带竹帘意味的百叶窗落了一半，黄昏提前到了。柳素穿了件酒红色的和服式样的睡衣，开了门就朝里走，挽在脑后的长发有几缕从发髻中散了出来，飘摇在她裸露出的一弯后背上。端木兰被她身上的哀艳给震撼了。柳素回头，薄而苍白的嘴唇里送出略带沙哑的声音，“不用换鞋。”

端木兰这才进了客厅。一缕淡蓝的烟雾从茶几上的白色瓷碟里升起来，碟子里有个烟头儿，想必是柳素起身开门时摁熄的。端木兰把目光从烟头儿上挪开，带笑说明来意，又补充道：“柳老师那时候你还没调来，小田老师的爱人——这词真可笑，还爱呢，现在是前夫了，当时在外面有了人，那个第三者跑到咱们学校来跟小田老师闹——荒唐吧？小田老师人老实，又内向得很，觉得丢不起人，离了，一个人带着孩子过。五六年了，我老说她太封闭自己了，这好不容易要打开了——我猜的，八九不离十，一般情况用不着红酒开瓶器……”

柳素从厅柜里找出了开瓶器，装在一个丝绒盒子里，精致复杂的一大套，拿出来认真地给端木兰说如何用，端木兰一一记下。柳素说完，把盒子扣上，微微一笑，“希望小田老师这次好运！”

端木兰忽然很感动，柳素笑得很动人，她眼睛里有一种很深很透的悲哀，但那悲哀是她自己的，她都把持住了，一丝一毫不会沾染别人。“好运”两个字说得又极轻，有种深切的禁忌感，仿佛说得重了就把那点儿运气给惊跑了，虔敬的口吻里有真诚，也有温暖的善意……

端木兰抱着那个丝绒盒子，也抱着自己的感动，到了小田的家里，进门就闻到了百合的香气。

小田被端木兰看得脸又红了。端木兰先顾不上说别的，拉着小田，把那丝绒盒子摊在沙发上，现学现卖地讲开瓶器倒酒器等等物件的用法，完了，才意味深长地看着小田笑。

小田红着脸低了头，摩挲着丝绒盒子，“兰儿，说了你可能都不信——”她探手从身后拿出一个海蓝色的信封。

端木兰不用细看，就知道那是“漂流瓶慢递”的信封。小田今天也收到了一封从过去寄往未来的信，信里也是一句话没有署名只有日期，也让她想起了一个人，一个好久没有联系的故人，因为这封信，让她有勇气给那人打电话。电话里说了很久，无比艰难地挂断了，那人很快又打了过来。艰难地挂断，然后再打，最后小田说："晚上你来吃饭吧！"

"我这会儿还觉得不像是真的，他现在也是一个人……像小说，是吧？"小田的手抓住了端木兰的手，她在发抖，震源在她身体的深处，虽然被她极力控制，但是颤抖的手还是泄露了内心隐秘的狂喜与热烈的期盼……

"是啊，像小说……"端木兰的感觉非常复杂，此时她可以给这个"小说"两个结尾：一个是反高潮的欧·亨利式的结尾，兜出让人惊讶而失落的真相：他们收到的并不是穿越时空的牵念，而是兜售浪漫的商家营销宣传时送出的试用装；一个是《读者》杂志选定的、她也喜欢的那些温馨小故事的结尾，错有错着浪漫温暖到底——端木兰瞬间就做出了选择，她鼓励地回应了小田的手，"不管像什么，都是好事！"

小田笑了，笑得忧心忡忡的，希望太大，难免会有些恐惧——似乎还有别的为难事，不大好开口。端木兰很仗义地追着问，一副两肋插刀的架势。小田颇为碍口地说："珊珊在二号楼李老师家学画画，一会儿回来——其实孩子在没什么，反正就是说话，我就是不知道孩子会是什么反应，我们家从来没来过——人……"

端木兰打断了她，"你给李老师打个电话，就说你有事要出去，让珊珊来我们家吃晚饭，完了你来我们家接她，不就行了?！"

小田喜出望外地抓紧了端木兰的手，"谢谢你，兰儿！"

六

端木兰在厨房准备晚饭时，竟然哼起了歌，她也不大清楚自己的情绪到底是什么。她一直哼着那首老歌，“不知道你现在好不好，像个孩子似的没烦恼，像个大人，有时心情糟……”

忍不住想笑，或者是想哭，反正有股热辣辣的随时要失控的情绪在那薄薄的曲调后面膨胀着，要爆出来——端木兰觉得脸烫得要命，丢了切菜刀，进了洗手间，哗啦啦放了一池子凉水，把脸浸了进去。

抬起湿淋淋的脸看镜子，镜子里的自己无端年轻了许多，眼睛是亮的，腮颊也是亮的，多年不见的艳光从皮肤底里被什么逼了出来，借了水色，潋滟出罕见的风情来。端木兰摇了摇头发，抓起梳子把粘在脸上的湿发梳开，擦了脸，喷上柔肤水，拍了点儿乳液。拉开卫生间的门，发现丈夫就立在门外，堵着她。

他像放学路上截女生的半大孩子似的拿身体把她一挡，端木兰依旧扭着身子要蹭过去，他垫了半步又堵过来，两个人的身体撞在了一起，端木兰低头，丈夫的胳膊环上来，把她挤到了墙上，端木兰别过脸，想笑，忍住了。

他半天没有动静，端木兰撩起眼皮，他正在看她，表情恨恨的，那恨半真半假，拿戏谑盖着的无奈愤懑，不过他眼里纠缠着一丝让他烦恼和惊奇的困惑——端木兰被这丝“困惑”恭维得飘飘欲仙。她轻啐了一声，“起开，小流氓！”

骂完丈夫，端木兰笑了，丈夫威胁地哼了一声，朝她压了下去——夫妻俩的游戏被门铃声打断了，端木兰推开丈夫，理着头发笑着去开门，回头说："小田家的珊珊！"

珊珊在端木兰家呆到将近十一点，才被一脸不好意思的小田来接走。小田脸上的红一半是酒，一半是羞，被端木兰心照不宣的笑一撞，耳朵脖子跟着也被掴上了一痕一痕的"掌印"。

珊珊和小田一迭声的"麻烦谢谢"，都走了，房间只剩了电视的声音，动画片里被小羊整治的狼在惨叫——丈夫笑着换了频道，幸好总有频道在放"狼抓羊"，不然珊珊也等不了这小半夜。

夫妻俩自然说起了小田的"这小半夜"。端木兰心里替小田高兴，也替小田感慨，知道这对小田是件大事，好事。可从心到嘴这么一过，不知道为何就变成了讲笑话——一个愚蠢的急吼吼的老妇女兀自做着浪漫少女的白日梦！

端木兰激灵灵打了个寒战——她第一次清晰地看到了自己的口在背离心，没有谁逼她，也不是为了什么目的着意撒谎——为什么自己的口会背离自己的心？端木兰想不明白。

洗漱收拾，一切弄好上床。端木兰情绪底层始终浮着一片暗沉沉的阴霾——低头猛然看见自我人格上的巨大裂缝，难免有些恐惧困惑。丈夫扳过她的脸，她的脸搁在散开的头发上，丈夫说："怎么突然长齐整了？"

端木兰扑哧笑了。夫妻间的常例，端木兰反常地有了点儿心不在焉的恍惚，不是真的不在，是"在"与"不在"之间，一会儿她在投入的感受，一会儿又抽离开审视，她的身子跟着心思滚动，结结实实地被抓到了，越抓得紧就越溜得快……丈夫几乎被她弄出了怒气，用力地夯砸着她的身体……

丈夫汗淋淋地拥抱着她，在她耳边感慨了一句，"过年了！"

端木兰低低一笑，挣了一下，"去洗吧——"丈夫不想动，端木兰也不想动，客厅里的钟打过十二点半了，蒙眬睡着了的端木兰激灵醒了。她从丈夫汗津津的怀里挣出来，还是得去洗，不然睡不好——她的脚刚往地板上一放，地板突然抖了起来，楼房轰地跟着震了起来，闷而远的声响在头顶和周匝爆成一片，端木兰摔到了地上，床头两个人的婚纱照也震掉了——地震吗？是地震吗?

丈夫把她揽到大衣柜的角落里，窗帘的缝隙里能看到高层有火光烧向夜空，震得没有刚才厉害了——丈夫掰开端木兰的手，站起来拉开窗帘看了看周围的建筑物，他说肯定不是地震，说不定是谁家的煤气出事儿了，丈夫抓起电话报火警，“煤气”是个危险的词，端木兰紧张地拉起衣服往身上套——她半天才听见焦灼的拍门声和小田的哭叫，开门得知珊珊被砸伤了。端木兰喊丈夫快来抱孩子下楼，丈夫冲出来立刻又冲了回去——他还没穿衣服。

七

幸好送来的及时——大夫这话无异是在表扬端木兰夫妇，小田衣衫凌乱、鼻齉眼肿地把尚未清醒的女儿从手术室送到病房，又掉了两滴泪，转身向端木兰夫妻道谢，催他们走。端木兰让丈夫先回去照顾家里，她留下来陪小田。

小田握着端木兰的手，又落下泪来。端木兰劝小田不要只顾难受，她一个人撑不下来的，得给珊珊爸爸说一声，小田只是流泪，不说话。

遇上事，单身女人的艰难就显露出来了。端木兰从医院回去的路上唏嘘不已。不过从话音里能听出来，这夜半从天而降的灾祸，似乎更加坚定了小田的决心：结束单身生活，找个相扶相帮的伴儿。两个人自然议论了这意外灾祸的根源，只是她们谁也没猜到，那根源竟会是柳素。

果然如丈夫推断的那样，是煤气出了事。出事的是柳素家，她家已经烧得不成样子了，幸好她人被爆炸的气浪推出了门外——门也被炸开了，虽然严重烧伤，命却保住了。房子不是柳素的。租给她房子的教导主任气急败坏地在办公室说着事情的前后经过，楼上楼下被殃及的邻居都在警察那儿登记受损情况，警察这会儿还在现场调查取证。

端木兰中午回家时，警察已经不在了。她沿着楼梯向上走，九楼的楼道墙上除了烧过的痕迹，还有一道纵向的裂痕，让人看了心惊。火灾现场自然一片狼藉，她站在洞开的门口，屋里墙上那些竹帘意味的百叶窗早就消失了，沙发也烧得只剩骨骼，楼道里落了厚厚一层被气浪冲出来的各种碎片，对面邻居的门也被砸得凹进去一大块。

凹陷的门开了，物理组韩老师拎着簸箕扫帚和垃圾桶出来了，看见端木兰就问他们家情况如何，端木兰说毕竟隔了几层，还好。自然又说起了受伤的珊珊，韩老师咬牙恨着骂柳素——真是祸害人的妖精！不知道成天搞什么，跟她做邻居倒八辈子霉！端木兰也不好说什么，从她手里拿过扫帚扫起来，韩老师客气了一下，转身又从屋里拿了把扫帚。

端木兰将一簸箕垃圾倒进垃圾桶的时候，瞥见里面露出一角海蓝色，虽然有烟灰和被人踩过的黑泥，可那海蓝色还能认得出，端木兰忍不住伸手抽了出来，果真是那慢递公司的信封，残存的这只角上，留有那只漂流瓶的图案。

端木兰头顶一麻，一种无法言喻的恐惧沿着脊椎射向脚跟，她被钉在了布满裂纹的地面上。

八

这场意外留下的痕迹，一天一天在消失。物业重新修整、粉刷了楼道，教导主任也在整修房子。端木兰出去买菜回来，在楼下遇上了他，正抽着烟看着工人朝楼道里搬材料。端木兰笑着跟他打招呼，问询工程进度以示关心。

教导主任摆摆手，“早着呢，往外清东西就清了两天——”他用力嘬了口烟头，郑重地用三根手指捏着那个烟头，给端木兰看，“就这么个烟头——惹这么大事！柳素抽烟，你知道吧？”

端木兰不置可否地笑笑，教导主任把烟头丢在地上，认真地用脚踩灭，叹气说：“怪可怜的——毁容了！人是好人，就是——我出面给大家说的，只让柳老师赔直接损失，其余的什么误工、精神赔偿咱都不说了，好歹是同事。楼上楼下这些老师也真好，没人说二话，就这也不是小数——你说这是何苦呢？”

端木兰更关心的是柳素，“前几天我去看她，她还发着烧，也不说话——”

教导主任点头，“现在说话了！昨儿我去，她把卡给我了，卡上的钱也不多，先赔一家是一家吧。对了，小田你们住对门儿，她孩子伤着了，她又是一个人，柳素特意说先把她的钱赔了——我不在这儿住，你见着小田说一声，让她去我办公室拿钱——带着医院的单子啊。”

端木兰好好好地应着，躲闪着出来的工人进了楼门。上到自家门口，她先去敲了小田的门，小田不在家，这段时间她经常出去，看来跟那位故人进行得很顺利。端木兰替小田微笑了，忽然又想起了柳素，笑容便干在了脸上。

下午丈夫还是送儿子去上奥数班，端木兰送他们父子出门，听见了珊珊尖利的哭叫声，她犹豫了一下，关上家门去敲小田的门。

小田开门，脸上还有怒气，珊珊坐在地上哭，一些零食和还没拆封的玩具散在地上。“你们娘俩这是怎么了？”端木兰进门先去拉珊珊。

小田脸红涨起来，眼睛里噙了泪，厉声对珊珊说：“进屋去，想想自己错了没有？！”

“我没错！”珊珊那么小的人，声音高得让端木兰一惊，她用力甩开了端木兰的手，跑到自己的房间门口，恶狠狠地补了一句，“他就是臭！臭拾破烂的！”

门砰地关上了，小田被女儿气得浑身发抖，脸上的红“掌印”竟似要肿起来一般。端木兰不好深问，不问也约略能猜到是怎么回事，她只能隔靴搔痒地拿些淡话劝小田。小田毕竟不是孩子，很快也就收拾住了自己的情绪，端木兰接着把教导主任的话说了，小田听了，倒也满心难过，跟端木兰一起替柳素叹息。

小田和端木兰约好一起去看柳素，她还要把那套装在丝绒盒子里的红酒开瓶器，还给柳素。

九

端木兰没有再见到柳素，听说她从医院出院，直接进了看守所。那晚的煤气爆炸，根本原因是酒醉的柳素切开了连接煤气灶的软管，却忘记了房间里还有一根尚未熄灭的烟头。她因为爆炸罪被判了三年徒刑，去外地女子监狱服刑了。

小田把那个丝绒盒子送到了端木兰家，她说：“放你这儿吧，我那儿太乱。”说话时她神情黯然，看来她与那位故人的故事，并没有温馨浪漫到底，估计看见这个红酒开瓶器都不好受吧？小田含糊其辞地说他们俩处得倒是很好，只是结婚，现实情况不允许。端木兰恍惚地想，现实到底允许什么呢？

小田摩挲着丝绒盒子，又提起了柳素，她说在法制频道看到了柳素案子的报道，柳素背对着镜头，没有说话。电视里的画外音说她表示不会再想到自杀，而且为给别人造成的伤害，感到非常内疚。

学校不少老师都看到了这个报道，端木兰没有看到。她能想象背对着镜头的柳素，还穿着那件酒红色和服式样的睡衣，几缕从发髻中散出的发丝，飘摇在裸露的一弯后背上，哀艳依旧。

哀艳依旧的只是端木兰的想象，柳素在大家的议论中慢慢成了笑话，那些原谅了她的荒唐任性的老师们，说起她时难免又气又笑。想想真是又可怜又可气又可笑，空虚无聊地抽烟喝酒，喝醉了要自杀——安安静静地死也就罢了，闹得惊天动地把自己炸得面目全非，结果还没有死成——让人说她什么好呢？

时政课老师说：“由此看来，正确的人生观教育很重要啊！“

大家都笑了，端木兰也笑了，虽然她一点儿都不觉得可笑。

小田倒没有笑话柳素，她拿手捋着茶几搭布边上的流苏，说：“柳老师就是太浪漫了——搞艺术的人嘛……”

其实跟艺术没关系，小田倒是教几何的——小田捋着流苏的手突然停下来，她的目光落在什么上面，不动了。端木兰顺着她的目光看过去，茶几下，那摞《读者》上面，丢着那个海蓝色的“漂流瓶慢递”的信封。

鸽子

天儿真暖和了，听这鸟叫的。是什么？你拾了片什么夹进书里了？姑娘都这样，手里拿本书，不是为了看，就是拿着，就是为了往里面夹东西，一片银杏叶子呀，一片玫瑰花瓣呀，或者一片鸟的羽毛，什么时候的姑娘都这样。我姑姑做姑娘的时候也这样，她还往书里夹过一只蝴蝶……

你笑什么？老头儿就不能有一个做姑娘的姑姑吗？……是啊，姑姑要是活着明年就一百岁了。姑姑就死在这院子里，做了一辈子姑娘……因为没遇上值得嫁的好男人……也不知道女人心里觉得什么样的男人算是好男人。你说呢？

抿着嘴儿笑不说话，我知道你是不愿意说，怕我这个老头子笑话你，心里肯定想过，有自己的谱儿，有谱儿就好。我姑姑心里也有谱儿。墙头上落了只鸽子，在那儿。看见了吧。老人的眼睛就这样，近处看不清远处倒看得清，脑子也一样，记不起眼前的事，过去的事，越老越记得清楚。

这鸽子，让我想起个人，一个送水的年轻人，叫小林，三年前就在这附近送水。说起小林，我又想起我小时候的一个故事，想到这儿了，先给你讲讲我的故事吧。我的故事没小林和鸽子的故事曲折动人，但也有点儿意思。

我那时候只有几岁，几岁？反正很小。家里新买了一台无线电，你没见过，你恐怕连收音机什么样都不记得了吧？那种老式的无线电……不是，那种带大喇叭的是留声机……我最近好像在哪个电视剧里还看见过，很大个儿的，像个小柜子。当时我也就比那无线电高一点儿。想想我们家还算摩登，坐汽车看电影跳舞什么的。无线电里有个女人经常在唱“蔷薇蔷薇处处开，青春青春不长在……”

呵呵，难听吧？哦？好听，好听就行。是很好听，曲是曲调是调，不像现在，我都不知道那些唱歌的哼唧的是啥，我不是保守。时代会变，衣服会变，曲调也会变，可里面总有些东西是从来都没有变的……世世代代让人喜欢的东西其实就是那些不变的……哦，扯远了，接着说无线电。我当时小，觉得很奇怪，就问我姑姑唱歌的女人在哪儿藏呢？姑姑说，唱歌的女人被我爹妈拿铁链子拴在小柜子里了，逼着她一天到晚地唱，还不给她饭吃，可怜死人了！哈，我当时虽然小，却也有些除强扶弱的侠义心肠，我拿了一碟子绿豆酥，还让姑姑给我把风，就用我的木头刀砸那倒霉的无线电。嘿嘿，我的英雄救美行动刚开始就被制止了，我妈不能说姑姑什么，只能拿木头刀狠打我的屁股。晚上我趴在楼梯上玩汽车，那女人又在柜子里面唱歌，姑姑从楼上下来，月白色的软缎旗袍拖到脚面，意大利的漆皮鞋洁净光亮……我一直喜欢女人穿漆皮鞋，那光亮，格外的干净讲究……我忍不住伸手摸姑姑的脚，姑姑说你听那女人又在唱了，你不去救她了？我当时屁股还疼着呢，当然摇头，继续隔着丝袜摸姑姑的脚。姑姑把我的手踢开说，你呀，也长不成好男人。

怎么？觉得没意思？不是……你的眼神有点儿难过。是啊，我现在还记得自己心里那难受劲儿。姑姑没说错，想想我虽然算不上坏，可也真不是个好男人。幸好现在我老了，老得都快没性别了，不用再想这个问题了。

我给你讲小林的故事吧。小林要是没走，我一定介绍你们俩认识，你们俩要是站在一起，看着都让人舒服。笑了，笑得还满得意嘛！姑娘都喜欢听人家夸自己好看。小林不是那种英俊潇洒类型的，难得的是干净。干干净净的一个小伙子，白T恤，肩上扛着蓝色的矿泉水桶，一笑唇红齿白的。我喜欢他，要是他不忙，我就留他喝口水，说两句话。他话不多，算是腼腆的，都是我问他，家是哪儿的，弟兄几个什么学校毕业呀……老了，寂寞，见个人就啰唆，也是常情。我问他，他也是一两句就答完了，可见他不是爱搭讪说话的人。所以小林和那女孩子的事才让我觉得奇怪。

三年前，也是这个时候，桐树花正扑扑地往地上落。古人说落花听无声。桐树落花可是有声音的，听见了那声音却又觉得周遭格外安静。我想泡茶，发现水没了，就给小林的水站打电话。小林来了，我觉得他不大对劲，胡子拉碴的。换好水，抓着个空桶站在院子里，好像有话要说。我招呼他坐下，等着水烧开，然后我问他，失恋了？

你别笑，你要是恋爱了我也一眼都能看出来。上次小林来换水的时候，吹着口哨走的，那步子轻得好像背上生了翅膀。小林真的恋爱了，不过情形有些古怪。事情发生在半个月前，那天小林去一家送水，他到那家门口，发现门虚掩着，但他还是敲了敲，说送水。里面有人抽泣着说，进来。小林进去了，看见一个女孩跪在地上擦地板，一边擦一边哭。

小林扛着水桶站在门外，女孩抬起头，抹了把泪说没事，进来吧，我待会儿再擦。说着话，泪成串地往下掉，她赶快低下头，接着擦地。小林把水换好，他也不知道自己是怎么想的，脱了鞋，把鞋子和桶都放在门边，伸手过去从女孩子手里拿过布替她擦起了地。小林没说话，只是擦着地。女孩子也没说话，坐在地板上哭。小林把所有房间的地都擦了一遍，中间去卫生间洗了三次抹布，他没说一句话。那家是木地板，原木色的，颜色很浅，好像有段日子没擦了。小林出了一身汗，把地板擦得一尘不染。他把抹布洗干净，拿过来放在女孩子的手边，女孩子还在落泪，低声说谢谢。小林走到了门口，穿鞋子的时候，小林说出来干活不容易，得学会自己给自己宽心。

那女孩子扎了两条辫子，现在扎辫子的女孩子不多了，像过去那种规规矩矩扎辫子的不多了，穿了件半旧的黑红格子衬衣，小小的一个人，也不知道犯了什么错，哭成那样。女孩子哽咽着点头，说谢谢你，我知道。

小林就走了。走了是走了，可心却放不下了。过了两天，他又往那家打了电话，那电话他一直小心保留着，犹豫了两天才打，专门捡上班的时间打，他害怕再让那个女孩子挨骂。果然是那女孩子接的电话，小林很高兴，说明白了自己是谁，就问她现在怎么样了。女孩子说她好了，又说谢谢小林。小林也是好不容易才说出来，说他现在就在楼下，问那女孩子能下来吗？女孩子犹豫了一下，说现在不行，一会儿家里就有人回来了，上午她不能出去，下午倒是可以出去一会儿。小林说那好，下午他在小区花坛那儿等她。

下午两个人在花坛那儿见面了，也是一个这样的下午，暖和，也许有一点儿风，阳光很好，那女孩子来了，看见小林她笑了，小林说她不是很漂亮，但是很可爱，有点儿慌张但很开心，像个逃学的学生。他们也就是出来在附近街上走了走，女孩子晕头转向的，过马路的时候也不看灯也不看车，蒙着头就走，要不是小林手快，她就和辆摩托车撞上了。后来再过马路的时候，小林就把她的手攥在自己手里，女孩子也没反对，有些惭愧地朝小林笑。小林当时想，要是没人帮她在这个城市里怎么过呢?

小林给她买了块焦酥糖。那东西有点儿像麻糖但没芝麻，一大坨子堆在白铁皮上，有人买就拿锤子敲下一块儿称了卖。女孩子说她从来没吃过，小林就买了给她吃。她很高兴，自己吃了又掰一块送到小林嘴边让小林吃。小林说不知道为什么，当时他很想掉眼泪。那时候他还不知道女孩子的名字，但他就下决心一辈子都不能让她再那么委屈地哭了。

后来他们俩坐电梯上了一家商场的顶楼，小林想让她看看这个城市。女孩子开始有点儿犹豫，最后还是听了小林的。小林是这个城市老街里长大的孩子，可一点儿也不油滑，家里有个爷爷，他从小就跟着爷爷过。也上了学，大专，其实就是以前的农技校，现在改成农业技术专科，毕业了也没找着什么好工作，这孩子就出来送水，养活爷爷和自己。了不起的好孩子，我觉得这比那些硕士博士都了不起，能踏踏实实干活快快活活过日子就了不起。

在顶楼露台上，两个人朝下看，小林看得出女孩子的眼神变得有些忧伤。小林也有这种感觉，那么多人，那么多车，看得自己心里发慌，这么大的城市，这么小的自己，会畏缩会难过……小林不想让她难过，就不让她再向下看，这时有一群鸽子从他们头顶飞过去，近得能看见鸽子雪白的肚皮和灰色泛银光的羽翼，小林忙说鸽子鸽子。女孩子仰头看了半天。小林这时并没看鸽子，他看着这个女孩子，小林终于问你叫什么?

女孩子看着小林，笑着说我叫鸽子。吴鸽儿，家里人都叫我鸽子。

她这么一说，小林真觉得她像一只鸽子，那天她穿了件没有任何装饰和花边的极朴素的白色衬衣，有些学生气的灰色薄呢子的裙子，小小的裙摆蓬蓬着，白色的袜子，黑色的小靴子。真像，小林说，她的眼睛都像鸽子的眼睛，圆圆的，明亮，说不出是褐色的眸子，还是密密的黑睫毛上闪动着丝绿色的荧光。

女孩子看小林一直在看她，突然不好意思了，她低声说衣服不是我的，我穿那家女儿的。小林当时没忍心说她，可是两个人从楼上下来的时候，小林说他觉得她穿黑红格子的衣服更好看，显得白。

女孩子脸红了，她说你真好。

两个人在女孩的楼下分手，女孩答应方便的时候给小林打电话，可是三天过去了，没有电话。小林想她可能不方便，一星期过去了，依然没有电话，小林开始瞎想了，他决定打过去，只要确定鸽子安然无恙，就是她从此不愿意再理他也无所谓。可是电话没有人接。接下来的日子里，只要有时间，小林就拨打那个电话，一直没有人接，鸽子消失了。后来小林实在受不了煎熬，冲到那儿去敲门，敲了半天也没人。保安在监控里看到他，认为他举止可疑，他一出电梯就被两个保安带走了，解释了半天才放小林走。

小林就这样失恋了。

这事小林也不知道能找谁商量，他爷爷老糊涂了，熟悉的朋友听了会笑话他的。爷爷，小林说，几天前我就想来找你，可是不好意思……我真的快疯了，我怕她出事，她那么小那么糊里糊涂的一个人……

我听了这事，半天没有言语。你知道吧，人老了老了就活成人精了，我当时就觉得这事儿有什么地方不对。然后我对小林说，这事交给我，就算不能把那飞了的鸽子给你抓回来，至少我也得给你个说法。

小林遇上那姑娘的小区叫什么“茵梦湖”，里面住的应该是些经济条件很不错的人家。你让小林怎么去打听？可我不一样……不要小瞧我这个走路都得你搀着的老头子，我是有些办法的。小林一走，我戴上老花镜，搬出通讯录，打到第三个电话就找到了一个合适的人，我一个堂侄子的女婿，那个“茵梦湖”就是他们公司开发的，我让他给我查查那户人家的户主是谁。侄女婿想了一想，笑了，说真是太巧了，不用查，那套房是我一个朋友的，当时买房子找的我，给了优惠折扣，顶楼，送楼顶花园的。然后我就托他去问他那朋友家叫鸽子的小保姆的去向。

电话回过了，那家根本就没雇过一个叫鸽子的小保姆，一定是弄错了。我当时也没转过来弯儿，挂了电话想了想，又打过去，说不管她叫不叫鸽子，就问他们家前一段雇的那个保姆去哪儿了。

我猜对了，那户人家雇的小保姆叫狄秋燕，是通过家和家政服务公司雇的，后来发现她偷东西，就把她解雇了。不是鸽子是燕子，不对，应该是偷东西的喜鹊。我立刻给在劳动就业局上班的孙女打电话，我知道，那个家和公司就在他们一楼大厅，我让她跑一趟，查一下这个狄秋燕登记的资料。我的孙女真乖，一边抱怨一边飞快地给我查了个一清二楚。

我也就得意了一两分钟，看着自己写在纸上的那些东西，心里咯噔一沉，我可怎么给小林那孩子说呢？算了，长痛不如短痛，只当给小林提个醒，这孩子太单纯了。我把小林叫来了，当面告诉他鸽子变“喜鹊”的前后，虽然现在我弄到了这只“喜鹊”身份证上的住址，不过用不着了。

给我吧。小林这么一说吓了我一跳。他真的拿起那张纸站了起来，就那样看着我。爷爷，你没见过她你不知道，她一定有不得已的原因，她和一般的女孩子不一样，你要是见了你就信我的话了……她是一群小鸟中受伤的有病的或者特别笨的那种，她是穿了主人家的衣服，那是因为……

我知道小林想说那是因为要见他女孩子才特意想打扮得漂亮些，但小林没有说出来，他的脸涨红了，他说也不远，我去找她，你没见过她，她真的很糊涂，一些事得有人给她说明白，不然她肯定会出事的。

我当时倒是担心小林这孩子会出事。好在那个地方离城市不远，还通班车，小林当天去当天就能回来。我一直操着这傻孩子的心。过了两天，小林来了，给我带了些刚下来的樱桃，我知道这是谢我呢。他倒也不算白跑，在村子里打听出来，他那成了燕子的“鸽子”去东莞做工去了。南方挺乱的，她弄不好会出事的。小林一脸的担忧。我也很担忧，我知道，这事儿还没完。

你像墙头那只鸽子一样听得呆住了。奇怪，那鸽子一直待在那儿，怎么不飞呢？说得对，可能是累了。我也累了，给我把茶杯端过来吧，早上闷的那缸子沱茶，兑上些滚水，我想热热的喝一口，也不知道是你做饭水平越来越高，还是我越来越贪嘴，每顿我都吃得太多，这不好。

别催我别催我，马上给你讲完……看，晃得茶都洒了。好了，我接着给你说。小林还是送水，照顾他爷爷。可是小林的快活不见了，跟着那“鸽子”一起飞了，他一直替她担心。我想时间长了可能就好了。半年过去了，送水的换人了，原来小林的爷爷病了，他在医院照顾爷爷。过年的时候，该回来的都回来了，哪儿哪儿都是人，我这儿一年也就热闹三回，“五一”、“十一”、春节。是大年初五，还下着雪，谁打的电话我也不知道，小林送了水怎么走的我也没看见，那孩子给我留的贺年卡第二天才有人想起来给我。小林走了，去找他的鸽子了。他不说，我也知道，那张卡片上画着两只雪白的鸽子。我想，小林的爷爷多半也不在了，他丢不下他爷爷。要是他来那天见着我了，我一定不让这孩子干后来的傻事。

小林跟在那个叫狄秋燕的女孩子后面跑了大半个中国，她在一个地方总是待不长。她是只小喜鹊，看见闪闪发光的东西忍不住就叼走，所以她总要不停地挪窝。小林也是走一个地方，干一段活儿，我想多半是送水这样的活，也许是更苦的活，攒一些钱再打听再走。有时候线索断了，小林会回来，再去狄秋燕那个村子，她偶尔会给家里打个电话。可是问了两次之后她家里人不肯再告诉小林狄秋燕的新地址了，好像对他产生了怀疑，其实是狄秋燕自己不让说的，但小林那时候不知道。小林几乎绝望的时候，一个跟狄秋燕一起打工的女孩子告诉了小林狄秋燕打工的地方。她倒不是同情小林，而是认定小林是个追债的，狄秋燕坑过她，她想报复狄秋燕。

三年过去了，我没见过小林，也没他的消息，我以为那件事过去了，小林早开始新的生活了，可上个月，我收到了封信，是小林寄来的，他在信里给我说了这三年的经历，最后，他说他终于见到了那个狄秋燕，她在北京一家饭店里当服务员。

狄秋燕不是小林的鸽子。

狄秋燕是另外一个陌生的女孩子，虽然三年前她的确在那家当过保姆。你能想象小林当时的感觉吧？怎么？哭了。别哭别哭，故事还没完呢。姑娘都是心软的，狄秋燕也哭了，她也是个姑娘啊，哭得可痛了。她对小林说她真希望自己是那个鸽子。

两个人就在深夜的大街边上说着话，三月北京的夜里还挺冷的，小林说不管怎么样，谢谢你。小林想走，可是狄秋燕叫住了小林，她说给我讲讲你的鸽子吧，她是什么样的女孩子？

小林不想讲，可还是讲了。狄秋燕听得很专心……别瞎猜，当然不是小林和狄秋燕好了，而是狄秋燕从小林的话里发现了一条可能和那个鸽子有关的线索，她告诉了小林。这也就是小林写信给我的原因，他让我帮着查查那条线索。那天狄秋燕把小林送到地铁站，她跑过了马路又跑回来，她过马路机灵得像在枝头跳跃的猴子，三下两下你没看清楚她就过来了，小林想着鸽子过马路笨拙的样子，鼻子发酸，揉了揉才知道鼻头冻得冰凉。狄秋燕过来冲他嚷，你傻拉吧唧站着干啥？这么晚了……记住是坐环线，招呼好你的包，小心……走吧！看什么看！小林在信里说他相信狄秋燕偷东西也一定有不得已的原因，虽然她不是鸽子……

鸽子，咱们回过头来说鸽子。哟，鸽子飞走了，敲门声吓着它了。这个时候会是谁呀？信！看你眼睛都放光了，北京来的信，北京来的信就是小林的信……眼睛瞪得那么大，想从纸背透视吗？先别管信，我们讲到故事的结局了。我一直希望有个好一点儿的结局，老家伙对人生的看法难免悲观，被失望教训了一辈子——可有时候心里还会冒出那么一丁点儿幻想……

想看鸽子的照片吗？看你点头的样子，只差没有咕咕叫了……好了，别抢，照片不在信封里，在你手里。瞪着眼睛干吗？翻开你手里的书，看扉页，她就是鸽子。

灰翼天使，干吗给自己起这么个名儿？还不如鸽子呢。都是画，一页上只有几行字，没戴眼镜，也看不清她说了些什么。这画像小孩子的蜡笔画，你喜欢？很多人喜欢啊，还拍成电影了？怪不得她有钱买那么好的房子，然后一个人关在房子里哭。为什么？不为什么，她病了，心病了，老想杀死自己，她家里人不敢再让她一个人住在那房子里了，他们把她送到北京一家医院去治病。那天狄秋燕告诉小林，那个鸽子的样子很像她的雇主。小林让我帮忙打听，我打听得很清楚。

小林现在？我也不知道，应该在北京，肯定早收到我的信了……这不是小林的回信……我想小林肯定找到我信里说的那家医院了，也肯定见到鸽子了。也许等他安顿下来，在北京也需要人送水吧，他会给我写信的。我想这样的天，暖和，没有风，阳光很好。小林要是不忙，一定会去医院看鸽子，他们也许还会在附近走走。要是过马路，小林也许还得攥住鸽子的手……

灵歌

姥姥过一段时间，就会到乡下去参加一次葬礼。

姥姥总是葬礼上哭得最引人注目的人。她一边哭一边唱，这样哭上半个小时，起身坐到一边喝碗水，然后再到灵前哭唱。有时候死的是姥姥熟悉的人，有时候死的是不怎么熟悉的人，不管熟悉不熟悉，姥姥都哭得很伤心，大白手帕子擦得湿答答的，唱的词也不大一样。

姥姥最拿手的段子是起灵前的《鸦反哺》。将要起灵时，孝子们哭倒成一片，可不管有多少人，总盖不住姥姥的嗓音。

“望儿亲，上山崖。手提棒，身穿麻。山又高，路又窄，哭哭啼啼往前跨。抬头望，见乌鸦，呱呱叫，叫呱呱，叫着儿的妈。前日里妈为儿，今日里儿为妈，好似反哺乌鸦。奏乐师，你辛苦，请你吹个《鸦反哺》。”

这时响器班子开始吹奏，孝子们的哭声低下去，哽咽成一片。姥姥的歌声也跟着低柔起来，“朝前走，过山垭，一派青松乱交加。山坡赶羊羊乱跑，好似猛雨打梨花。奏乐师，不要慌，不要忙，请再奏一曲《山坡羊》。”

趁着锣鼓唢呐热闹的遮蔽，姥姥拿大白手帕子重重地擤一下鼻涕，然后在胡琴的伴奏下，唱最后一段，“双手扳住桐树桠，思念儿亲热泪洒。何时儿亲再归家，奉上一餐饭和茶。曲曲弯弯路，重重叠叠垭，不觉红日渐西斜。望穿俺双眼，不见儿亲面！奏乐师，听得端，请吹一调《行乡子》，壮一壮孝子行颜！”

调子渐渐从哀伤婉转变得激烈高亢起来，最后还有一个长长的拖腔，完成后，总会有短暂的寂静，然后才是一片喝彩般的哭声。

姥姥这时就从灵前悄悄退开了，把大白手帕子稍干的一面叠过来，擦擦额头涔出的汗和积在嘴角的白唾沫。丧主家管事的女人会给姥姥端过来杯糖茶，茶盘里放着一个白纸包，里面通常是十块钱。当时，十块钱叫“大团结”，是最大面值的人民币。

这都是龙龙出生以前的事。

龙龙出生在一九八一年，我已经开始写日记了。当时日记是老师布置的作业，龙龙出生那天的日记我是这样写的。

十二月二十八日 星期三 晴

今天早上，有一只黑鸟落在姥姥家院子里的桐树上，我问是什么，姥姥说是乌鸦，这是我第一次见到真的乌鸦。

中午放学回家，家里没有做饭。姥姥和舅舅用架子车拉着妗子去医院了，我也去了医院。舅舅给我了一毛五分钱，我在医院门口喝了一碗胡辣汤，吃了一个烧饼。回去的时候，看见姥姥坐在水泥台阶上哭。姥姥她是高兴，我也很高兴，因为妗子给我生了一个小表弟。

日记写成这样，对那时候的我来说算是篇幅较长结构复杂，我写了两件事，分成了两段。老师给了一个“乙上”，并且用红笔把“乌鸦”两个字画掉，改成了“喜鹊”。老师说，喜鹊是报喜讯的，乌鸦是报凶信的。如果我写对了鸟，再把那只鸟跟后面的小表弟的出生联系起来，我想我应该能得到“甲”。这多少让我有些遗憾，也有些疑惑，落在院子桐树上的那只黑色的鸟，真的是乌鸦？那只黑鸟，真的跟后面小表弟的出生有关系？

老师的话总不会错。放学回家，我就乌鸦的问题再次向姥姥求证，我还追问，是不是因为树上落了那只黑鸟，小表弟才出生的。姥姥正端了一大碗荷包蛋，溜边漫沿，用脚钩妗子屋的门，一咂吧嘴，骂我：“人不大孬话怪多，爬恁丈母娘那脚！”

我罕见的学习热情遭受了打击，我不高兴了。

这还只是开始。后来我越来越不高兴。我生活里一些快乐的事，随着那个叫龙龙的小表弟的出生，莫名其妙地就消失了。以前姥姥总在封火之后，在炉洞里给我塞一个馍或是一块红薯，烤得焦黄喷香。等我写完作业上了床，就拿来让我在被窝里吃。我吃的时候，姥姥还给我讲“老猴舂米”的故事。老猴背了人家的闺女当媳妇，后来媳妇偷跑回娘家，不再回山洞了，老猴就去村头的石臼上舂米，彻夜地唱：“日黄黄，月光光，难舍猴娃他亲娘！”村里人就烧红了石臼，老猴被烫跑了。从那以后，猴屁股才是红的。我听了很多遍，可再听的时候还会笑，即使已经迷迷糊糊快睡着了，可还要忍着困噙着笑等着听“猴屁股”三个字。姥姥粗糙温暖的手指抹去我嘴角的馍渣，然后我就睡着了。

这样的好日子再也没有了。现在我写作业的时候，姥姥就在煤火上架了竹篾编的烘笼子，一片一片地烘龙龙的屎布，整个屋子都弥漫着腥腥的骚味。然后我一个人上床，躺在那里，等得睡着了，姥姥的屎布还没有烘完。早上在火上烤得热乎乎的棉袄棉裤也没有了，我一个人起来，到厨房吃饭，姥姥伺候妗子吃完了饭，端了一大盆屎布出来，在院子里认真检查那些布片子上屎的颜色。也真奇怪，那个小婴儿会拉很多种颜色的屎，深黄浅黄发白发黑，有一次，甚至是很绿的颜色。姥姥到窗户下对屋里的妗子说："琴哪！孩子受凉了！琴哪，孩子有火了！"

有个小孩儿真是烦人！

我和姥姥在冬天早晨的街道上走着。我踩着路边水洼里结的冰，对姥姥抱怨那个小表弟。我是去上学，姥姥端着大盆，拎着棒槌去河边洗屎布。院子里水龙头那儿，大家还要淘米洗菜刷牙洗脸，姥姥只能到河边去洗屎布。

有个小孩儿真是烦人！

听到我抱怨，姥姥笑着骂："咋着你了，你嫌烦？龙龙比你好得多，吃饱了就睡！你闹夜整整闹了一百天！"

我不说话了。反正我也不知道，随便他们怎么说，我不相信我会那么烦人，至少我不会拉这么多屎！我真的很奇怪，那个龙龙比姥姥手里的棒槌长不了多少，可一夜拉的屎比他的人都要沉！姥姥都快端不动了，把盆放在河堤上，喘着气冲我后背喊："别拐弯，上学去，啊？"

我闷声应着沿着河堤跑，再回头，姥姥已经下到河边去了。我捡了路边半块砖头，朝结冰的河面丢去。砖头只在冰面上砸了个白印，我有些沮丧，想再试一次，可是学校的预备铃响了，我撒腿跑下了河堤。

不高兴只是我一个人的，全家人都很高兴，包括从青海回来的爸爸和妈妈。爸爸妈妈进门就去看那个红赤赤的小表弟，眉开眼笑地夸了又夸。

爸妈停不上几天，就得回去。走的时候，妈坐在姥姥床边，含着眼泪扯了我的手，唠叨了几遍听姥姥和舅舅的话，好好学习什么的，我被她弄得也想哭，心里难受得要死，又烦得要死。忍着一股无名的怒气和烦躁。我站在床边耷拉着头任妈拉着手，她说一句我哼一声算是应了，姥姥这时候进来，竟然把我朝妈怀里推，说："好乖，跟恁妈好好亲亲。"这一推把我推爆了，我猛地甩开妈的手，跑到门边，靠着门站着，盯着自己脚下的地，半天才偷眼看妈跟姥姥。妈靠在姥姥的肩头，姥姥摩挲着妈的手，朝我骂了句："犟筋！"

爸妈走了，我继续我愉快的寒假。几个一般大的男孩子在前后街蹿来蹿去，敲人家屋檐下的冰凌柱含在嘴里，直到把嘴冻得麻木。头朝下脚朝上地"贴墙拍"，一直贴得鼻血流出来。把鞭炮里的药末倒出来，塞进我们的自制手枪当火药。寒假结束前，一个伙伴被这样的火器轰了个满脸开花，幸好眼睛没事。出事后的几天，姥姥有把我拴在裤腰带上的打算，我溜不了多大一会儿，前后街就能听见姥姥高昂激越的嗓音，把我的名字加上一串孬孙鳖子儿之类的装饰，叫起来抑扬有致，简直可以跟她在乡下葬礼上唱的《鸦反哺》媲美。

开学之后，一切又正常了，我也习惯了有龙龙的生活。龙龙会笑了，龙龙会叫奶奶了，龙龙会走路了……龙龙成了姥姥生活的主要内容。天好的时候，姥姥喜欢抱着龙龙站在街边晒太阳，街坊夸龙龙生得好，真是个龙羔子！姥姥就乐，她百听不厌，每次听到都像头一次听到似的喜出望外。后来龙龙上幼儿园了，姥姥继续到下乡去唱她拿手的《鸦反哺》。

这时候我弄清楚了，姥姥唱的叫灵歌。接下去几年姥姥很忙，她唱灵歌唱得有了些名气，隔不了多久就会有人来家里请她。不只是乡下的，城里的也有。要是不用上学的日子，我就着一起去。城里没什么意思，我喜欢乡下，好玩，还能混上不少城里没有的好吃的。

龙龙可能真的是很了不起的人物，自从他出生，翻天覆地的变化就来了。龙龙会走路的时候，我们住的地方从镇变成了市，一条条的马路修起来，街上人穿的衣服也花里胡哨起来。街边租小人书的摊子上开始出现《碧血剑》《残肢令》这样的书，软黄的封皮上有黑色毛笔字写的名字，我立刻着了迷，开始不停地缠着姥姥要钱。舅舅和妗子都训我，说那书不好。我犟嘴，结果姥姥打了我，晚上又偷着塞给我了五毛钱。

妗子不再去街那头的厂子里踩缝纫机了，厂子关门了。把朝着街的厨房墙上掏了个门，开始卖糖烟酒瓜子汽水，她从没让我喝过汽水，还不让我租书，但却给龙龙整套整套地买《小龙人》和《葫芦兄弟》。

龙龙开始换牙了，就有人在姥姥家院墙上画了个大圆圈，里面用白粉写了个“拆“字。舅舅把窗户外头的曾落过那只黑鸟的桐树砍了。潮湿的泥土里有很多雪白的嫩根，我就刨着玩。龙龙举着颗牙齿来了。他下面的门牙掉了，央求我给他扔到房顶上，这样牙齿才能向上长。龙龙长得很漂亮，人也绵，拖着奶腔喊我哥……大眼睛吧嗒吧嗒地看着我，我就不忍心了，乖乖地帮他扔牙齿。

我踩到砖垛上给龙龙扔牙齿，从又小又高的后窗户里看见姥姥在把一卷子一卷子的钱拆开散在床上，舅舅忽然给姥姥跪下了，姥姥抹了把脸上的泪，去拉舅舅。我感觉一定发生了什么大事，跳下来低声对龙龙说：“咱家出事了……”

龙龙愣了一下，可能被我的表情吓住了，瘪着嘴拖着腔喊了声“妈——”妗子立刻出现了，也许以为我又欺负了龙龙，瞪了我一眼，招手把龙龙叫走了。我踢了踢刨出来的树根，心里有些惶恐，耷拉着脑袋，看着守在小卖部里的妗子。她倒不着急，一直把龙龙搂在怀里，定定地看着外面的大街。龙龙开始挣扎了一下，后来就老实了，任由他妈抱着了。

什么大事情也没有发生，一年后，姥姥一家搬进了拆迁后的新楼。

我初中毕业后，考上了师范学校，开始住校。虽然学的是政教，可我却开始写诗写小说。星期天回姥姥家，妗子就让我辅导龙龙功课。龙龙当时对漫画书很着迷，作业本下面埋着漫画书，看两页，做一题，于是他好像整天都在桌子边用功。我说你做完再看。他笑笑收起了漫画书，埋头做题。他倒是很乖，不过我还是不喜欢他。

姥姥家是两室一厅，我要是回去，就跟姥姥睡在一张床上。我已经是个大人了，感觉不方便，一般就是星期天吃顿饭就回学校了。毕业的时候，我的文学梦基本支离破碎了，不过我的头发还是很长，人也很神经质。

我被分配到郊区的一所小学当老师，在校长的提醒下剪短了头发，开始教一门叫“社会”的课程。我上小学的时候，这门课叫“思想品德”。单身宿舍的冬天格外寒冷，早上起来，脸盆里的水会结成冰坨。我手指僵硬地拨弄着吉他，我失恋了。龙龙初中毕业，也考进了我上过的那所学校，但是那所学校已不再是师范，改成了职业高中，分配工作这样的好事也早成了历史。

三年后，龙龙毕业了，一直没找到合适的工作，暂时在家里待着了。这期间我又经历了几次失败的恋爱，找一个愿意嫁给我我也愿意让她嫁的姑娘，似乎跟龙龙找到一个他愿意干别人也愿意让他干的工作一样难。大概从这个时候起，姥姥真的老了，不再有气力去别人葬礼上唱灵歌。其实在我的记忆中，姥姥一直是老的，可她以前的老，像烘得热乎乎的棉袄棉裤一样厚实温暖，可亲可依赖。而现在，一种孱弱的无奈的悲凉从她的笑纹和沉默里透出来，从她粗糙而温暖的手心里透出来。被她的手拉着，沉重和忧郁就从我心里往上冒。姥姥不说，甚至也不问让我不愉快的事，她只是疼爱地看着我，她的眼睛里偶尔会闪过一丝欲言又止的期待的光，可那光很快就会涣散开，落到别的地方去了。

衰老的衰字，到底意味着什么，我似乎有了一些真切的体会，真切得让自己不大敢面对。

也是从这个时候起，不是逢年过节，我很少回去。放寒假了，我终于回去看姥姥了。姥姥那几天病了，手麻，胳膊抬不起来，她说不要紧，是累的了，贴了膏药。姥姥要我骑车带她去娘娘庙。我说天儿不好，可姥姥坚持得近乎成了央求，我不得不答应了。娘娘庙离城区有七八公里，去的时候顶风，几乎骑不动了，我就下车推着姥姥走。姥姥用一块褐色的棉线头巾包着头，头巾角塞在腮边，圆胖的脸被风刮得通红。我回头看的时候，发现姥姥脸上有泪，她说："乖乖儿，难为你了。"

娘娘庙是俗名，殿上的匾额写的是"三圣母殿"。里面供奉的是孔子的母亲、老子的母亲和释迦牟尼的母亲。为什么如此实在是不得而知，想来民间相信儒释道三教合一，于是把三教的妈妈们也放在一起开家长会了。这些不敬的心思我闷在肚子里，扶着姥姥去"请"香。卖香烛的女人从棉袖笼里抽出手，给姥姥拿香，压着呼呼的风声扯着嗓子喊："大娘你可真诚心！我跟这儿得有二十年了，你是刮风下雨都不落，月月初一来烧香。可积德的好儿孙！"

姥姥的耳朵不大好了，啊了声，女人就又说了一遍，还指了指我，姥姥明白了，嘴角歪歪地无声地笑了笑，用能抬得起的左手摸索着从偏襟布衫里往外掏钱。我忙掏了钱，那束香两块钱。

一个月后，姥姥中风倒下了。

妈妈从青海回来了。舅舅和妈妈趴在姥姥床边哭。龙龙还是被妗子揽在怀里，龙龙不能真的坐在她妈怀里，半靠在椅子背上。他长得人高马大的，神情倒还跟小时候很像，见人憨厚地一笑，是个又漂亮又老实的好孩子。

姥姥出院了，当然不是痊愈，她不能走路了。很快，我们也都习惯了，一个偏瘫老人对大家的生活似乎没什么太大影响。

三年之后，姥姥去世。

这三年里，我两三个月回去看一次姥姥。姥姥后来失语了，彻底不说话了。这三年里，白天只有龙龙和姥姥在家。姥姥无声无息地待在客厅的角落里，龙龙大了之后跟她住，更大了之后，她就在客厅里铺床了，房间让给了龙龙，龙龙则钻在房间里没日没夜地打着网络游戏。

龙龙的日子在网络游戏中继续，姥姥的生命却走到了尽头。

后来听龙龙说，那天他是被姥姥唱戏的声音弄醒的。失语的姥姥忽然扯着嗓子含混不清地大声唱了起来，龙龙吓坏了，他开始打电话，给爸爸打给妈妈打，给我这个表哥打，他希望立刻有人回来。等我赶到的时候，姥姥已经走了。

在姥姥的葬礼上，舅舅和妈妈哭得瘫软，我和龙龙却显得有些木然，至少表面看是这样。跟着姥姥参加过很多葬礼，在那些总是闹哄哄乱糟糟的葬礼上，除了哀痛和哭泣，有时还会有谩骂和打斗。可当唢呐、喇叭托着姥姥的灵歌出现，所有的一切声响都将得到整饬。姥姥的灵歌，是葬礼的魂。我想姥姥临终前唱的，不是戏，一定是灵歌，只是她的葬礼上，无人唱灵歌。她的儿孙已经找不到还有谁会唱灵歌，于是，姥姥的葬礼显得失魂落魄。

芳邻

安老师也变成慈祥的奶奶了。

丈夫调侃地这么一说，安老师也笑着承认了。不过，她纠正了丈夫措词上的一点纰漏，是慈祥的姥姥，不是奶奶。这一重大转变，发生在安老师得知女儿给她生了外孙女之后。接下来的三天，安老师在亲戚朋友间穿梭，催收她几个月前就拜托人家准备的小棉衣小棉裤小褥子小毛衣。她一把这些东西征集齐备，就打点行装出发到女儿家去了。

安老师坐在女儿家装饰着巨大植物和古怪雕塑的客厅里戴着老花镜缝棉衣上的扣子。这是做棉衣的那位老姐妹交代的，给新出生孩子的衣服必须见了小孩面之后才能缝上扣子，不能事先做完。这里面有某种神秘的忌讳，老姐妹嫌不吉利不说，安老师虽然不知所以然，但依然奉行不悖。她被女婿的司机从火车站接到女儿家，看了看熟睡中的小外孙女，然后坐下来笨手笨脚地缝纽扣。

女儿从卧室出来，看见母亲扎着架子在做针线，扑哧一声笑了。

安老师白了女儿一眼，“笑啥？你小时候穿的都是你姥儿做的……”

女儿从桌上的果盒里拣了枚杏仁放在嘴里嚼着，说："你能跟我姥儿比……妈，"女儿从沙发上那堆小衣服里拿起件粉蓝色的小毛衣，笑着说，"这些要有一件是你的手艺，我把左手砍下来给你。"

安老师抬头，"左手？"

女儿笑着说："右手还要留着拿画笔、抱孩子呢。"

"那你把左手也留着吧。"安老师嘟哝着又埋下头去缝扣子。

"伤自尊了？"女儿过来趴在她背上呵着气冲她耳语，杏仁苦苦的香味裹在奶味里扑进安老师的鼻子。

小保姆忍着笑把一杯茶放在安老师手边的茶几上，好心地低声说："阿姨，要不我来吧。你坐了一天的火车，肯定累了。"

安老师说："我不累。"争强好胜一辈子，老了老了倒让这些毛丫头笑话。安老师决心一定要把纽扣缝好，钉纽扣不过是第一步，做了三十多年优秀教师的安老师还要与时俱进地继续做优秀姥姥。终于完工了一件，六颗纽扣基本还在一条线上，而且很结实，安老师很有成就感。做针线打毛衣算什么？安老师是新中国的半边天，因为有更重要的社会工作要做，才没学这些小事。难道这比化学方程式还难吗？安老师的母亲，也就是若男的姥姥，在这一点上也是很支持女儿的，她曾骄傲地对安老师的丈夫说："我闺女是识文断字的国家干部，从学校门儿到工作门儿，不会做家务也不丑，如今男女平等，你们俩成家后一块儿学，俩识文断字的人能笨得饿着冻着？"

安老师和丈夫倒也真没饿着冻着，他们吃学校的食堂，穿便宜的成衣，一心扑在工作上，孩子生下来有老人带，长大了有幼儿园学校，就这样一辈子也过来了。安老师的女儿若男是中国较早的那批独生子女中的一个，虽然是个女孩子，但是安老师夫妻并没因此就降低培养孩子的标准。自己的母亲只是个识字不多的大队妇女主任，她是怎么教育女儿的？难道自己还不如母亲吗？书都白读了？其实安老师自己知道，内心里她还是有一点儿赌气的。婆婆伺候她月子时唉声叹气的，安老师气得偷偷哭。丈夫努力化解，婆婆到底没敢当她面说什么，安老师也只得忍耐了。但那口气一直堵在心底。她做了结扎手术，领了独生子女证，搬进了单位为此奖励给她的那套新房子，若男就在那套房子里一直生活到高中毕业。

若男很争气，比很多男孩子还争气。她从小喜欢画画，很用功也很有天分，考上了中央美院，毕业后留在北京，当了两年美术老师后辞职，自己开始经营一家画廊。安老师新家的客厅里挂的就是女儿早些年的画，听客人对画的赞叹是安老师退休生活中的一大乐趣。女儿是安老师夫妻的骄傲。

女儿上大学后，安老师能和她待在一起的时候就少了。女儿不大像她，她是结实的矮个儿，女儿纤弱苗条，四肢修长，刚生完孩子也没见她胖到哪儿去。形体倒是次要的，安老师遗憾地发现女儿气质也不像她，太淑女了，安老师喜欢那种巾帼英雄式的女子，女儿显然不是。风气不一样了，安老师也是知道的，比如“假小子”在安老师年轻的时候是夸奖女孩子的话，现在“假小子”式的女孩子会被同伴恶毒地称为“变态”。

好在女儿只是温婉，并不是依赖和软弱，安老师甚至觉得女儿对生活的掌控能力很强，这是读书的结果，是幸福的前提。安老师对这点儿很满意，她顽固地认为女人不幸的根源就是不能自立。所以当安老师在报纸社会新闻中读到那些不幸女人一把鼻涕一把泪的辛酸哭诉时，她从来不会慷慨地施以同情，她的评价总是两个字，愚昧。

丈夫说安老师是个温和的女权主义者，或者是修正的女性主义者。安老师还是第一次听到这两个名词，丈夫给她略作解释，安老师没听完脑袋就摇成了拨浪鼓。不对！根本不对。安老师说她最讨厌崇洋媚外，而且她也不喜欢“温和的”这个词，更不喜欢“修正的”这个词，让她想到修正主义。安老师说她啥主义者也不是，她只是个新中国的劳动妇女，而且她有知识、有觉悟。

安老师总是出人意料地使用一些很时兴或者很过时的政治词汇，这让她的话语获得了一种奇特的幽默效果。比如她评价女儿弄的一些东西时会说“小资产阶级情调”严重，女儿就笑得前仰后合扑在她怀里。谁也不会因此认为安老师是个僵化落伍的老妇女，恰恰相反，当她使用这些词的时候，正是她藏在灰白头发下面的智慧噼啪作响的时候。她的强硬、顽固也就显得可爱了。

可爱的安老师结实——退休后“结实”已经膨胀成“滚圆”了——身体里从来不缺乏柔情，丈夫和女儿、甚至她的学生都是知道的。因为她一辈子都会在恰当的时候做这样的事，类似亲手缝好小外孙女棉衣上纽扣这样的事情。

外孙女醒了，吃了奶之后，安老师和女儿一起给她换上了带来的棉衣，小家伙儿很舒服地伸展手脚，安老师得意地说：“还是自家做的衣裳孩子穿着舒服。别看她小，啥都知道！”

女儿突然很深情地搂着安老师的脖子亲了一下，安老师很高兴，母女俩低头看那个小婴儿。女儿说：“妈，她的脸形像你。”

安老师说：“是像，大脸盘子，好看。”

女儿笑起来，“好看什么呀？她长大了一定会埋怨我，还得去买瘦脸洗面奶。”

安老师不满地“哦”了声，蜂鸣似的门铃声打断了她要发表的意见。安老师出来，小保姆已经开了门，一个十一二岁的男孩子端着只奶白色的不锈钢锅站在门外，“我妈炖的补汤。”

安老师问抱着孩子跟出来的女儿，“这谁家的孩子？”

女儿看着自己的女儿低声说："对门邻居家的。"然后她抬头笑着对男孩说，"谢谢你妈妈啊！"

男孩已经把锅交给了小保姆，转身要走，安老师有点儿感动，连声叫着孩子孩子，把男孩拉进屋来，把自己带来的大枣拿了一袋让他带回去才罢。男孩似乎被安老师的热情弄得有些窘，不安地看着门，随时都想脱身逃走。

男孩走了，安老师有些感慨地说："真想不到，你们这儿邻居处得还挺好的，这才是和谐社会嘛。你不知道，几年了，咱家对门儿住的是谁我都不知道……"

女儿笑了，哼着歌拍着孩子踱进卧室，安老师转向小保姆，开始回忆童年在农村感受到的人情温暖。

女儿家在十八楼，房子很大，从安老师住的房间窗户望出去，能看见长长的停满各色车辆的车位，一直绵延到小区门口。从客厅的落地窗望出去能看见小区院子里的假山和鱼池，还有绕着鱼池的一大片丝绒般的绿草坪，草坪的边缘是鹅卵石铺的小道，夹道种着银杏树，满树金灿灿的叶子在风里抖动，偶尔一片落下去，灰白色的小道上又多了一把漂亮的小扇子。窗户里的安老师被午后的阳光和安乐椅的轻微晃动弄得昏昏欲睡，但她很快清醒了，推了推眼镜，继续研究手里的一本食谱。

这是她在完成了钉扣子工程之后的又一项举措。不就做个汤烧个菜嘛，有什么呀？安老师很快发现了烹饪和化学反应之间的相似之处，她以进行化学试验的态度认真研究小心试验，几次尝试都颇为成功。可是这会儿安老师的心思不大能集中到她正在钻研的排骨荸荠汤上了，她忍不住又开始琢磨昨天晚上女儿和女婿之间的一段对话。

"想去去吧。"女儿对着镜子朝脸上抹着什么。

“算了，不就这两天嘛。”女婿刷着牙说。

“我妈想多陪我些日子。”女儿说。

“我是担心你……”女婿哗哗啦啦地漱口。

“我妈是个粗枝大叶的人，不会知道的，你只管……”女儿从主卧室附带的卫生间出来，伸手关严了主卧室开向客厅的门，并没留心站在客厅暗影里的安老师。安老师是出来接水吃药的，无意间听见这段话，心里有些闷气。

安老师想不出来女婿究竟有什么事碍着自己不能做。如果因为工作要出差，他就是去登月安老师也不会阻止的，安老师不是家庭妇女。也许女婿太小心了，害怕岳母不满意他抛下刚生完孩子的妻子去忙自己的事。他也太小瞧安老师了……不对，就是女婿这样想，女儿也不会让他这样误会的。女儿的解释很古怪，粗枝大叶？哼，傻丫头，你以为你妈大大咧咧就粗枝大叶？告诉你，你妈可是个心细如发严谨认真的人……安老师不允许别人低估她，在任何方面。

安老师没有问女儿原委，女儿瞒她一定有什么苦衷，这件事成了她心里的一个疙瘩。也许根本没什么大不了的事儿，可安老师的好心情还是因此打了不少折扣。她要客观地冷眼看一看这个女婿了……说实话，即使用冷静挑剔的眼光来看，女婿和女儿之间也是甜蜜幸福的。比如女婿回来，看见妻子两个人会拥抱一下，女婿甚至还会亲昵地吻一下妻子的额头、脸颊或者头发，并不十分回避安老师和保姆，但那动作轻巧自然，并不触目，丝毫不让旁人尴尬。他们彼此很在意，谁短暂的沉默或者出神，另一方一定会投来询问的目光。女婿甚至会在上班的时候突然让花店送一大篮子香水百合回家，然后打电话给妻子，说只是因为他上班的时候从车窗里看到那店里的百合想起了她。

这没什么不好，虽然安老师不习惯这种电影画面一般的幸福生活场景。但她丝毫也不反感，因为女儿喜欢，女儿的感觉才是重要的，毫无疑问，女儿是幸福的……可安老师还是觉得有点儿不对，他们不大像夫妻，夫妻的感觉是安稳的，放心的，平日里彼此难免有些麻木、淡漠和疏忽，他们像……情人？安老师在心里惭愧地笑了笑，情人这个词在安老师的概念中很色情，她并不真的知道情人之间的情形到底是怎样的，但她的想象被一张床满满地占着。女儿和女婿当然不是这样的，他们更像……结婚三年后依然还在恋爱。

也许因为女婿曾经有过一次失败的婚姻，所以格外珍惜和女儿的婚姻吧。安老师这样安慰自己。女婿比女儿大八岁，不算大，安老师的丈夫也比安老师大六岁，况且女婿看上去很年轻，俨然就是女儿的同龄人。安老师不歧视离婚的男人，虽然多少替女儿觉得遗憾，但女儿喜欢就好。安老师不是封建家长，她尊重女儿的感情。其实女儿的婚姻让很多人艳羡，因为女婿是个有钱人。但对安老师来说，这点却并不重要，安老师倒更看重他的硕士学位，当然还有他的谈吐举止。他说话很有见地，学哲学的嘛，丝毫不见少年得志的轻薄张扬，待人也平实质朴，说起甘肃农村的老家依然充满感情。安老师夫妇都很满意这个女婿。

这次来女儿家之前，安老师也就和女婿见过三次面，一次是婚前，一次是女儿回家补办结婚酒席，一次是婚后头一年的春节。这段日子处下来，原本良好的印象不仅没被破坏，反而打磨得更加闪光了。安老师认真想了想，女婿竟没什么坏毛病。安老师觉得男人在家里多少都有些毛病的，可是女婿不乱扔袜子，进卧室会把孩子凌乱的小东小西顺手归置整齐，抽烟的时候自觉到阳台上去，对保姆说话也温和亲切，故作憨厚的趣话常常把小姑娘逗得咯咯直笑，对安老师很亲热，也很尊重，是那种体贴的不落痕迹的尊重。这段时间安老师很关心台湾的“倒扁行动”，看新闻的时候女婿认真专注地听着安老师并不独特的点评，得到鼓励的安老师大胆地发表了很多见解，结果女儿听了嘲笑说："妈，你不过是把电视上的话又说了一遍。"

安老师很不服气。女婿这时候说："若男，妈和你我不一样，妈说的是自己真实的见解，她的见解后面有很丰厚的关于国家、民族的思考做支撑。你只是后青春期的逆反心理，如果电视上的观点和现在的相反，你同样也会站到它的对立面去的，而妈不会这样，妈是坚定的，妈他们这一代人，是有信仰的一代。"

女儿看着安老师笑笑，安老师当时有种怦然心动的感觉，被理解的兴奋让她的脸颊开始发热，而且这话里隐藏的敬意和赞美更让安老师心悦。这个近乎完美的男人……

这世界上会有这么完美的人吗?

安老师突然杞人忧天起来。一阵蜂鸣声打断了她的忧思，小保姆出去买东西了，安老师起身开门，一个穿着短裙的女孩子跳进屋来。

"阿姨好。"她一点头，扎到头顶的蓬发就跳到了脸上散开了，她扒拉了一下，冲安老师一笑，"若男姐呢? "

女儿不知道什么时候已经出现在了客厅，脸上有点儿惊讶，"阿眉……"

阿眉踢掉自己的高帮旅游鞋，光脚踩着地板进来了，低声问："宝宝睡了? "

女儿说："进来吧。"说话的时候女儿看了眼安老师，阿眉也冲安老师一笑，是那种小孩子无心闯祸以后不好意思的笑。

女儿领着阿眉进了主卧室，竟然掩上了门，安老师突然多心了。她不高兴，很不高兴。粗枝大叶，她又想起女儿用的这个词。安老师径直走到落地窗前的安乐椅前，坐下，安静地看着卧室开向客厅的门。很快，阿眉出来了，手里抓着把红色的百元钞票，碰上安老师的目光又是不好意思地一笑，晃了晃手里的钱说："阿姨再见。"

安老师笑着说："冷不冷啊，丫头？"

阿眉弯腰穿着鞋说："不冷，下雪天我也这样，我觉得把腿盖住太可惜了。"

那女孩子的两条腿真是漂亮，修长笔挺，安老师摇头，"老了就知道了。"

阿眉没听见安老师这话，她已经出去关上了门。女儿说："你管她呢。"

安老师看着女儿，"她来借钱？"

女儿说："是啊，交形体课的学费。还上着学呢……学舞蹈挺不容易的。"

安老师说："什么人你借给她那么多钱？有两三千吧？"

女儿笑了，"没多少，瞎操心……楼上的邻居，肯定会还的。"

安老师觉得自己真该改变一下关于都市邻里关系的认识了。带着感慨，安老师开始做晚饭了。今天的烹饪实验出了一点小小的意外，安老师显然对油温缺乏感性的经验，结果弄得自己整个前襟上都是迸溅的油点。小保姆及时地接替了安老师，安老师回到卧室去换衣服。安老师拉卧室窗帘的时候，无意间低头，路灯照着的车位上，一辆刚停稳的柠檬色轿车门开了，一个男人下车。安老师心里一动，那个男人看身形很像女婿。随后一个背书包的男孩子从后面车门里下来，男人的手搭在孩子的肩上，一起朝着这栋楼走过来。

因为那孩子，安老师觉得可能是自己看错了。安老师拉上了窗帘。她回到客厅，小保姆正在餐桌上安放碗筷。安老师没有去帮忙，她有些心烦地踱到门厅，把一双男式拖鞋放进鞋柜。女儿说女婿出差了。安老师隔着门听见电梯运行的声音，当的一声提示音，电梯在这层停下了，安老师突然站到门后从猫眼里朝外看，过道的声控灯亮起来，安老师看清楚了，那个男人就是女婿，他把手里的蛋糕盒子交给身边的男孩捧着，自己拿出钥匙打开对面的门进去了。

安老师的后背硬了，眼前突然一片黑暗，声控灯灭了。

“妈。”听见女儿的声音，安老师艰难地转身，女儿站在餐桌前看着她。屋里的灯光这么刺眼，安老师的眼皮哆嗦着，慢慢走到餐桌前坐下。

安老师躲闪着不看女儿的脸，“头晕……血压估计又上来了……吃片药就好……男男，对面住的女人是单身吧？”

女儿愣了一下，接过保姆盛的汤说：“是啊……”她说着端详着母亲的表情，突然笑了，“妈，你刚才看见什么了？”

安老师心被狠拧了一下，含混地说：“没有啊……我在收拾鞋。我听说，月子里就是不出屋也得穿带后跟的棉拖鞋，不然老了脚后跟疼，年轻不觉得……”

女儿略带责备地叫了声：“妈……”

可怜的傻丫头呀……安老师心疼地看着女儿，那个可恶的可恨的伪君子……道貌岸然……披着羊皮的狼……安老师咬牙切齿地在心里骂，怒气一起，她准备拿起猎枪打豺狼了。

安老师是个女战士，她希望女儿和她一样有勇气，“我看见宝宝的爸爸，到……到对面去了……他说出差……出差……不是……真的……”安老师一开口气就泄了，她担心女儿受不了。犹豫挣扎着结结巴巴好不容易说完，安老师嘘了口气，不敢看女儿的脸，只盯着她纤弱的脖子。

女儿笑了，安老师吃了一惊，抬头，女儿的神情好像大人在看着一个孩子淘气。女儿叹了口气，说：“妈，你真可以去当侦探了，本来不想让你知道的……其实也没什么，对面住的是他前妻，那男孩，是他儿子。今天孩子过生日，他带孩子去游乐场了。这些他都给我说了，他出差也是真的，晚上十点四十的火车，整个公司的高层领导都去，公司财务上出了些问题，他让人在他们离开的时候突击查账……”

安老师目瞪口呆了，她想起了那个蛋糕盒子，是啊是啊，自己真是的！安老师心里很羞愧，可是她什么也没说，半天才嘟哝着说：“怎么这样啊……门对门住着，多别扭。”

女儿隔着桌子伸过手拍了拍安老师的手，“妈，心胸开阔点儿，这才是和谐社会嘛。这话谁说的？”女儿调侃地冲她扬了扬眉毛。

安老师脸红了，“我是说……”她突然摆脱了羞愧，很认真地看着女儿，“可是，不是所有的矛盾都是人民内部矛盾呀？”

女儿哗地把一口汤喷出来，哈哈大笑着说：“妈，你真可爱。”

对面住的是女婿的前妻，这似乎也能解释那天女儿和女婿的对话了。但是安老师并没因为女儿的谈笑风生就放松警惕，她要保卫女儿的幸福，女儿究竟还有天真，还会轻信……安老师决心把侦探工作继续下去。

九点四十，借口看电视滞留在客厅的安老师，听到电梯当的一声提示到达楼层，迅速赶到门边，她从猫眼中看到了电梯的门关上了。显然是对面那家有人离开。然后她走到自己的房间，车位上那辆柠檬色的轿车边并没人。等了一会儿，安老师冒着冷风把脑袋伸出窗外，她焦灼地希望看到确定的女婿离开的迹象……小区门口的伸缩门隆隆地开了，一辆黑色奔驰缓缓驶出去，安老师想起女婿派去车站接她的就是这辆车。安老师应该放心了，她怎么还是不放心呢？

安老师艰难睡去的时候，一个念头划过她的脑海，钥匙，他有对面那家的钥匙……他自己掏出钥匙开了对面的门……

辗转了一夜，一大早起来，安老师神情严肃地走进女儿的卧室，努力不让自己的声音颤抖，“男男，让妈看看你的结婚证。”

女儿在枕上痛苦地皱着眉头，“妈，你饶了我吧……宝宝夜里一小时一醒，我几乎没睡……”

安老师丝毫不为所动，“在哪儿？我自己找。”

女儿嘟哝着：“书房，柜子，不知道……”她闭上眼立刻又睡着了。

安老师来到书房，开始翻箱倒柜地找，最后在写字台下面小柜子的抽屉里找到了一个大档案袋，里面有女儿的毕业证、女婿的保险单，房产证，家电维修卡、家具发票……还有两本结婚证。安老师翻开看了看结婚证上的照片，女儿笑得单纯快乐，真像朵百合花……女婿的脸上有道阴影……是自己疑心生暗鬼吧？安老师的手指一抹，是灰尘。

安老师的幸福保卫战毫无战果宣告结束。半个月过后，女婿出差回来，安老师看女婿的目光从欣赏变成了审视。不知道怎么回事，安老师现在能闻到弥散在周围的某种难以名状的味道……就像空气清新剂的味道，再芬芳也不是花香。

安老师一边腹诽女婿，一边为自己的小人之心感到羞愧，只是感觉，也许是错觉，安老师戴了有色眼镜……安老师真是受煎熬啊。女婿对安老师做的茄子包馅赞不绝口，女儿也对母亲表达了由衷的叹服，安老师并没有飘飘然，她淡淡地笑着，让他们慢慢吃，自己先去打开了电视，收看新闻。安老师专注地盯着屏幕，却故意把音量放得很小，她忍不住竖起耳朵，不想放过女儿女婿的一句话。

女儿说：“画册的事，你再催一下，一定要在画展前出来。”

女婿：“好，好，你放心，绝对没问题。对了，电话里我说的事，怎么样了？”

女儿好像冷笑了一下，“能怎么样？OK啦！”

安老师扭头看了一下女儿，女儿好像在沉吟，女婿笑着说："吃饭啊。"

女儿突然又笑了，低声问："什么样的？"

女婿轻敲了她手背一下，好像警告她不要调皮。女儿也就不问了，她突然有些烦躁地放下筷子，说："下星期我一定要出去，关了一个月的监禁……对了，我给你说中央台的事，怎么样？联系了吗？"

女婿笑了："那个栏目叫什么——人物，对吧？，你可真是个'人物'！"女婿注意到安老师在看他们，就笑着说，"妈，若男应该能算在'数风流人物还看今朝'里吧？"

安老师并没听懂女儿和女婿在说什么，但她笑笑，忧伤地看着女儿，"若男，你自己觉得呢？"

女儿突然怔了一下，躲闪了母亲的目光，淡然一笑说："我不知道。"

安老师的头木木地钝钝地疼起来，她觉得自己撞上了女儿关闭的门，若男的世界不需要她探头探脑。安老师慢慢走到落地窗前，看着下面的院子，风挺大的，卷着落叶纷飞。一个女孩子在鹅卵石路上鹿一样敏捷地跳着跑过，那是阿眉去上课，安老师从她那宽大的夹克衫下翻飞的小短裙子和光着的两条长腿上认出来的。安老师想，阿眉怎么一直没来还钱呢？

第二天小保姆去买菜，安老师满屋子找不到事情做，终于她看到垃圾筒快满了，就收拾了拎下楼去。安老师忧心忡忡的，但她又抓不到确实的让她心忧的事情，这情形是安老师一生从来没有遇到过的。突然安老师找到了一个她一直很憎恶的词来形容自己现在的状态，忧郁。安老师很忧郁。哈！安老师想丈夫要是知道的话一定会大笑的。女战士很忧郁。安老师叹了口气，那从自己喉咙里发出的忧郁的叹息声，听起来像是在嘲笑自己。安老师神思恍惚中摁错了楼层。

电梯在十七层停下，她也就下来了，结果发现还得上一层楼梯。

安老师拖着腿慢慢上楼，伸手推第十八层楼梯间的弹簧门，她忽然听到有人提到女儿的名字。

“若男妈妈在，要不也不会……”安老师从门缝里看到了阿眉从对面屋里出来，手里又是抓着一把红色的百元钞票。

一个穿碎花家居服的女人站在门口，“够吗？你再拿点儿……下课晚了就打车回来，出了地铁还得一个人走，不安全……”

阿眉推了那女人的手，“若男方便的时候就给我了……楼上对门什么时候过来？我看家政公司的人在打扫。”

女人一笑，“你急什么？”

阿眉朝楼梯间过来了，安老师推开弹簧门，阿眉吃了一惊，“阿姨……好。”

安老师朝她笑笑，原本站在门口的女人迅速地进了屋，关上了门。阿眉鹿一样从安老师身边钻过，跑上楼去了。

这楼上楼下邻里之间，可真是亲如一家啊……安老师开门的手突然僵硬了。她被一个怪异的念头击中了大脑，头嗡嗡直响。不可能……不会的……脑子里那个模糊的印象却阴森森地反驳说怎么不可能……怎么不会……安老师机械地扭开门，女儿正抱着孩子在屋里踱步，轻声哼唱着一首很老的摇篮曲。

安老师径直走向书房，从抽屉里抽出那个档案袋，她打开曾经扫过一眼的房产证，房产证上标明的房产有四套，楼上楼下，这四套房子属于同一个主人……一切都可以解释了。

安老师从书房出来，女儿还在哄孩子睡觉。她怔怔地站着，女儿就在几步之外，可她觉得女儿离自己很遥远，遥远得像一个飘忽的影子一样看不清，抓不住。安老师脚步发虚地走到安乐椅前坐下，她看着女儿，女儿知道吗？她不知道吗？安老师多想女儿是不知道的，是被蒙骗的，是无辜的……可安老师不是掩耳盗铃的懦夫……女儿当然知道，不仅知道，她还是参与者，最重要的参与者，甚至她还掌控着什么……

安老师痛苦得嘴唇哆嗦，侧脸看着落地窗，竭力让自己的口吻显得轻描淡写，“楼上那个阿眉，又跟人借钱呢。”

女儿哼唱的歌谣停顿了，让人窒息的短暂的寂静，女儿开口说话了，“这丫头一定又报什么班了……妈，你不是挺喜欢这种有追求肯上进的女孩子吗？”

安老师没接女儿的话，继续说：“楼上阿眉的对门儿，有人要搬进来，又多了一个邻居……说不定又是个单身的女邻居。”

女儿没有接腔。安老师从女儿的沉默里捕捉到了一丝震动和警惕，安老师眼角的余光能看到女儿愣了一下，然后低头拿嘴唇吻孩子的额头，好像突然有些疑惑孩子的体温。然后女儿又开始哼摇篮曲。

女儿把哄睡的孩子放进卧室的小床，她嘴里依然哼着摇篮曲，坐在梳妆台前拿一把发刷刷着浓密的栗色鬈发，明亮柔和的光在她背后，能看见一簇毛乎乎的碎发打着旋在额角上翘着，像个天真的小姑娘。安老师想两步奔进开着门的卧室，把自己的女儿抱进怀里，狠捶她的后背……安老师的身子却动不得，卧室门里的并不是个天真的小姑娘，她聪颖的额头里装满了安老师不能理解的高深玄妙的思想，她隐藏在暗影里的眼睛也有安老师难以置信的冷静沉着。回旋在房间里的摇篮曲，淡淡地轻盈地带着似有似无的忧伤，安老师却从那曲子里听出来了坚定和勇敢，女儿原来和她一样，从不缺乏勇气。安老师终于闭上了眼睛，无声地叹息着向后仰倒在安乐椅上，两只胳膊奇怪的投降似的跟着身子伸过头顶。

安老师病了，又好了，她坐在安乐椅上晒太阳。外孙女满月这天，楼上那位新邻居下来给孩子照相。是一个穿白色牛仔裤褐色短夹克的长发女子，那头发直直地垂到腰后。她的相机看上去很专业。若男也换了衣服化了淡妆，抱着孩子很闲散地在屋里走走停停，长发女子的镜头追着她们，连续按下快门。阿眉躺在沙发上很着迷地看。对门的女人和她儿子也在，长发女子也冲着他们母子拍了几张。阿眉跳起来，从后面抱着男孩也照了张，男孩很开心的样子。他母亲有些不好意思地笑着，心虚的目光朝安老师扫过来，安老师耷拉着眼皮，好像睡着了。

安老师觉得老了，身体衰弱的感觉让她沮丧而忧伤。她就要回自己家去了，等她的气力再恢复一些。女儿嘘了声，示意大家悄悄离开。安老师从眼皮缝里看见那长发女子冲着自己按下了快门。安老师想，自己看上去会是什么样子呢？安详地打着盹的姥姥吗？

都离开了，安老师睁开眼，抹掉了眼皮噙着的一颗泪。过了一会儿，刚才在屋里的那些人出现在院子里，她们还在拍照，安老师从落地窗里看下去，草坪依旧碧绿如丝，金黄的银杏叶子纷纷落着，很美的画面，很漂亮的人……

安老师对着这画面闭了眼。她的头昏沉起来，也许真的要睡着了，半梦半醒之间，她感觉自己拉着母亲的手在田埂上走着，母亲是个跛子，走路一踮一踮的。母亲给年幼的安老师讲她跛脚的故事，新中国成立前，村里有个地主，娶了三房老婆，还想娶第四房，母亲的娘家兄嫂收了他的聘礼，把她关在楼上等着地主家来娶。母亲跳楼想逃跑，当然她没跑成，但也不用嫁过去了，因为她成了一个跛子。后来嫁给了安木匠，安木匠虽然只有一只眼，可手艺在十里八乡是出了名的好。安老师记忆里刻着母亲仰头走路的样子，一脚高一脚低，头也跟着一点一点的，但她的下巴总是高高地仰着，仿佛有着无穷无尽骄傲的理由。年幼的安老师拉着母亲的手，回头看见，松软的田埂上母亲留下的脚印，一行深，一行浅……

嫩南瓜

韭菜老了。

妻子抱怨地说。她不是真的在抱怨，她只是用惯常的抱怨口吻遮蔽她的愉悦，那愉悦像碳酸饮料一样在她的心里咕嘟嘟冒着泡，心满意足，她几乎开口想说一说，不过她忍住了。

她不想自讨没趣。不就去了一趟云南吗？她整天拴在办公室里，的确没见过多少世面。丈夫可是整天在外面跑的，不要说云南，他连越南都去过。妻子没来由觉得委屈，于是，抱怨也就成了真的。

老得塞牙，这韭菜。

妻子加大了对老韭菜的批判力度，并且放下筷子，赌气地扯了张餐纸把那口嚼不烂的老韭菜吐了出来，扔进垃圾篓里。

是啊，是老了。丈夫说的时候带着点歉意，好像韭菜老了是他的责任，其实也就是他的责任，是他把这么老的韭菜买回来的。可是丈夫的歉意并不由衷，和往常一样，他的歉意是迁就的，是大度的，是委曲求全的，是息事宁人的，也是居高临下的。

这样的歉意像那老韭菜一样难以下咽，妻子却没法把它也吐出来，只能忍耐地沉默了。

怎么样，云南好玩吧？

丈夫虽然这样问了，可显然对答案兴趣并不浓厚，眼睛还是盯着电视屏幕，他只是想转移一下话题。

还好……有点儿热，人也多……不过，还算不错。

妻子说完嘘口气，如此淡然的一句话，因为要拿捏分寸，结果说得如此费劲。

是吗……丈夫敷衍地应了声，眼睛继续盯着电视屏幕。新闻结束了，在播天气预报前的广告，他还那么专心地盯着电视屏幕，嚼着馒头，一筷子接一筷子地把尖椒炒蛋塞进嘴里去。他嘴巴蠕动的情形让妻子觉得有些恶心，油亮的红色的厚嘴唇，让人恶心。幸好他们从不接吻……接吻……妻子下意识又抽了张餐巾纸擦了擦自己的嘴唇，她能感觉到纸巾下面自己嘴唇的温软……还和小姑娘的时候一样温软细嫩……她的手指在纸巾下隐秘地摸了摸自己的嘴唇，心怦地跳了一下……百合的花瓣……

因为这句话，她从十九岁开始一直喜欢百合花。沙发罩和窗帘的图案都是百合花，妃色的和白色的百合花……她目光投进卧室，淡绿色的落地窗帘严严实实地拉着，一面墙上都是淡绿底子上的百合花。妻子突然觉得奇怪，卧室的窗帘是什么时候拉上的？她想想了，下午回家的时候窗帘就拉着，大白天拉着窗帘？也许是他早上忘记拉开了，也许……

妻子挥手赶了一下，一只蠓虫懵懂地想降落在她的鼻子上，她把那讨厌的蠓虫和烦心的猜忌一起赶跑了。餐桌上的灯光有些昏暗，是吊灯罩上落满了灰的缘故，不只有灰尘，还有黑色的蠓虫的尸体，一只灯管也不亮了。等到四只灯管都不亮的时候，他会知道的。

呀！丈夫突然发出烦恼的一声叫，筷子也拍在桌子上，妻子一惊。其实只是电视没信号了，电视屏幕上闪着刺眼的雪花，刺啦啦地响着。妻子恼怒地瞪了一眼丈夫，他正撅着屁股在那儿摆弄有线电视的接入插口。

丈夫徒劳地忙活了半天，不是接触不良，真的是信号断了。他悻悻地关了电视，不甘心地拉开窗户朝外探头，哪儿停电了?

妻子没有接话。她觉得这突如其来的安静让人舒心，或许是丈夫的沮丧让她舒心，她甚至幸灾乐祸地笑了一下。

丈夫回到了餐桌前，继续他的晚餐。沉默大概持续了一两分钟，丈夫抬起头，看着妻子说，你出去这两天，前面楼上，有一家出事了。

丈夫放下筷子，短暂的停顿似乎有意在制造悬念。妻子却把目光落到了自己的碗上，那小半碗绿豆稀饭正在她的注视下慢慢凉掉。妻子漫不经心地应了声，一半原因是她笃定丈夫说不出什么让人震惊的事情，剩下的一半，只是她不愿意过分给他捧场，但也不过分拆台，她没把不耐烦表示出来。

前面楼上，正对着我们家的那家，那家的男人把他老婆砍死了，用菜刀。丈夫的口吻几乎带着点儿炫耀，你猜为啥?

妻子不屑地哧了声，婚外恋。

丈夫摇头，不是，是为一个南瓜。

妻子抬起眼睛看着丈夫，她感兴趣了，这多少让丈夫有些得意，但他掩饰地叹了口气，就为一个南瓜……不过也不能说只因为一个南瓜。

那男的好像姓丁，对，是姓丁，也是我们单位的……

妻子笑了一下，住这个小区的当然都是你们单位的。丈夫说起他们单位总是带着无法抑制的自豪感。妻子想起前几天在报纸上看到的“行业豪门”这个词，垄断经营，全员高薪，丈夫身在这样被称为“豪门”的行业里，即使他只是这豪门里最卑微的一个仆役，他依然自豪。

当然都是……那个女的你有印象没有，总是穿得怪模怪样……

哦……好像……妻子的脑子浮出一个穿黄色和服式睡衣的女人……中午的时候还穿着睡衣在小区门口买菜。

就是她。小丁看上去倒是个挺精神的小伙子，我们也不熟，有一次开大会的时候说过话，他也是兰州大学毕业的，比我晚两届，说起来还是校友，人也忠厚老实，怎么会和那样个女人结婚?

那女人……妻子皱着眉头在回忆，那个穿黄色和服式睡衣的女人，睡衣的面料很好，是那种几百块钱一米的重磅真丝，花纹也很独特，很有异国情调，缠绕的枝蔓上缀满成串的奶油色花骨朵，好像有巨大的叶片恰好在肩头，感觉有只暗绿色的手抓住了她的肩，于是那肩显得更加单薄，惹人怜。妻子对那睡衣印象深刻，她一直想要那样的东西，美丽得有些妖气的东西，因为昂贵稀有而神秘，但她从来没有得到过，哪怕类似的东西都没有。妻子的目光扫过客厅墙上蒙尘的扎染布艺挂毯，这种货色，毫无品位的旅游纪念品，丝毫也安慰不了她……那件睡衣特别长，几乎垂到那女人的脚面，走动时她步幅很小，下摆微微掀起，勉强能看到她穿着拖鞋的光脚……睡衣里也许只有她的身体，她也许因为要出来买菜才裹上的睡衣。她身形高挑，腰很细，腰带却扎得很松，丰满的胸部晃得人心动神摇。

妻子很感慨地说，那女人，应该很吸引人。

呵！丈夫夸张地笑了一下，吸引人？邋遢得吸引人？我都不敢想她家会是什么样……一定被她弄成个猪窝。

妻子看着沙发上堆着的脏衣服，冷笑着说把家弄成猪窝就该被砍死?

丈夫说那倒不是……他并没注意到妻子的目光，继续讲小丁的故事。

其实女人好看不好看都无所谓，娶老婆又不是买花瓶，就算是懒一点儿邋遢一点儿也无所谓，家就是家，又不是宾馆，脾气坏一点也无所谓，只要讲道理，对钱和男人管得紧一点也无所谓……

妻子突然笑了，那什么才是有所谓的呢?

丈夫很认真地说，过日子，两个人一心一意过日子才是重要的。你觉得小丁的老婆是过日子的人吗?

妻子皱了一下眉头，倒不是对丈夫关于过日子的理论不满，丈夫叫那个女人作“小丁的老婆”，这让妻子很不舒服，说不出原因的不舒服，那个小丁在她脑子里一点印象都没有，如果是和那女人般配的男人，她不可能没有印象的。

那他俩怎么就结婚了呢? 妻子喝下一口绿豆稀饭。

也是人介绍的……丈夫说着把手里剩的一小块馒头全塞进了嘴里。

也? 妻子敏感地在心里重复了一下这个字。

咯吱……妻子痛苦地停止了咀嚼，她站起来，快速跑进卫生间，把那混杂了嚼碎的沙土颗粒的绿豆汤吐进了马桶，然后漱了半天，眼睛里隐约沁出了泪意。

她沉着脸在餐桌前坐下，用手托着依然有些酸麻的右边牙床，丈夫一脸不解，沙子，牙?

妻子说没事，你接着说吧。

丈夫想了一下，忽然笑出了声，你不知道，工会的肖主任为这事还哭了半天呢。昨天我去工会领洗衣粉，她正在那儿拍着大腿哭呢。说谁想得到呢谁想得到呢? 要是想得到，怎么也不能把他俩给撮合到一块儿啊? 多般配的一对儿啊，年龄相貌学历工作家庭条件，多合适啊! 天生一对儿! 谁想得到啊? 这可让我咋去见红影的爹妈呀? ……肖主任你还有印象吧?

妻子脑子里立刻浮现出两道纹得粗而平的黑眉毛和一张鲜红的被皱纹簇拥着的嘴巴，还有那只干枯而有力的手，那手拉着她，把她拉到了丈夫的面前。肖主任也是他们的介绍人。

妻子答非所问地说那个女人叫红影?

红影还是红英，我也没听太清，肖主任东乡口音那么重。那个女人是杂志社的编辑,《改革民主论坛》……丈夫说了一半停住了，陷入了思索。

妻子此刻完全不知道丈夫在想什么。是疑惑那个红影的编辑身份，还是《改革民主论坛》这个杂志的名字? 或者根本和这两者毫无关系，他在想别的事情? 显然他想到的东西让他有些激动，他的眉毛抖动着，也不再吃东西了，手里的塑料筷子碰到了盘子边，轻微的当的一下。他放下筷子，咽了口吐沫，垂着眼皮很沉重地说，我能理解小丁……

妻子漠然地哦了声，嘲讽的意味并不强烈，但丈夫还是被激怒了，他眼皮翻上来，近视镜快滑到鼻头了，瞪圆的眼睛从眼镜上方近乎挑衅地看着妻子，悲愤地吐出两个字，压力……

妻子厌恶地挥手赶着又一只飞到脸上的蠓虫，都什么时候了，还这么多虫?

丈夫长出了口气，向上推了推眼镜，夹起一筷子韭菜，用力地嚼着。

妻子把面前的碗朝前推了推，勇敢地看着丈夫，你说了半天，南瓜呢?

丈夫被提醒了，伸伸脖子咽下那口韭菜。南瓜，在小区门口老罗菜店里买的南瓜，今儿的韭菜也是在那儿买的，韭菜真是老了，不过南瓜很嫩。嫩南瓜炒辣椒很好吃，老罗见谁给谁说。

那天小丁买完菜都出来了，老罗进的菜正在门外卸车，老罗就抱下来一个绿皮南瓜对小丁说嫩南瓜炒辣椒好吃得很。

老罗是好意，嫩南瓜真的很好吃。小时候在老家我也吃过，很好吃，清炒就很好吃，点上醋放上红辣椒溜一下也好吃，最好是和青椒丝一起炒，拿烙馍卷着吃，上面热乎乎咬一口，软香，下面滴滴答答淌着菜水，弄得顺胳膊流，也就三口两口就吃完了，甩甩胳膊再卷张馍……

丈夫似乎沉浸在童年的回忆里，忘记了小丁的故事。妻子对这种不加节制的插叙显然不耐烦了，她打断了他，老罗说嫩南瓜炒辣椒很好吃，小丁就买了个嫩南瓜，然后回去两口子为这个南瓜吵了一架，吵急了小丁就把那个红影杀了，是吗?

丈夫被妻子粗暴的态度弄得一愣，他呆了一呆，突然冷笑着说，他们不吵架，他们早就不吵架了。

妻子靠在了椅背上，丈夫的眼睛闪着异样的光，很快她就发现是自己多心，那只是镜片的反光，从这个角度她根本就看不清丈夫的眼睛。

丈夫端起碗喝光了自己的绿豆稀饭，看样子准备一口气把小丁和嫩南瓜的故事讲完。小丁那天晚上没能吃成嫩南瓜炒辣椒，他买回去的辣椒被他老婆炒了鸡蛋。第二天他去买菜，老罗又在那儿给人推销嫩南瓜，还让小丁当证人，问他南瓜是不是真好吃，小丁说还没吃。小丁是老实人，他又买了点儿青辣椒，可是那天中午他也没能吃成嫩南瓜炒辣椒，因为他老婆要吃炸酱面。第三天，第四天，反正小丁一直都没吃成嫩南瓜炒辣椒，开始小丁还试着争取一下，但都没成功，他老婆就是不同意炒那个嫩南瓜。后来老罗又问小丁南瓜好不好吃，小丁说还没吃。老罗说赶快吃，再放就烂了。小丁笑着说杀了她今儿我也得吃嫩南瓜炒辣椒。结果那天晚上就出事了。

故事讲完了，丈夫和妻子都没说话。丈夫摘下眼镜，朝镜片上哈了口气，抽了张餐巾纸擦着。妻子用筷子把吃剩的菜扒拉到一个盘子里。她一抬头，发现丈夫正瞪着眼球凸起的眼睛望着她，妻子躲闪了目光，把碗摞进空盘子里。

丈夫戴上了眼镜，连吃盘菜自己都做不了主……他能不恨吗?

妻子不想继续讨论如此不愉快的话题，她把盘子朝前推了推，说，你刷碗，我去阳台上把衣服洗了。

妻子说完站起身，走到沙发上把那堆脏衣服掬起来，走向阳台，塞进洗衣机里，放洗衣粉，开水管，接电源，拧定时器，按下启动开关。哗哗的进水声里，妻子低声嘀咕了句，能不恨吗?

是啊，能不恨吗? 红影一定是恨小丁的，一点一点的怨积攒起来就成了恨……妻子的目光从阳台的窗户望下去，路灯照着楼后的草坪，淡淡的柠檬色的光，一只白色的京巴冲着灯柱翘着后腿撒完尿，尥着蹶子跑向它的主人。妻子看见那遛狗的女人蓦地一惊，那身形，那睡衣，俨然就是被杀死的红影……

妻子被自己的念头吓住了，她摸着自己胳膊上一粒粒的鸡皮疙瘩，慢慢退回到通阳台的房间。房间黑着灯，但门开着，妻子站在黑暗中，目光越过空无一人的餐厅，透过厨房的窗户，看不见丈夫，厨房里灯光雪亮，墙上瓷片洁白，上面的一片污渍格外刺眼，仿佛一只手把个腐烂了的绿色南瓜狠狠地砸在了上面，黑黄的汁液炸开，飞溅……

帛书

一 《东京梦华录》和丁

没什么事会无缘无故地发生。

后来发生的事，只是因为那天电视里播了一条新闻。

“……此次拍卖会上，我国国画大师柴扉法师的一件作品首次在公众面前露面，并以七百五十万欧元的价格拍出。成功拍得此画的是香港柴扉法师绘画艺术研究会。此前有专家提出意见，这件作品极有可能是柴扉法师于上世纪初创作的著名系列画作《东京梦华录》中佚失的一幅。柴扉法师绘画艺术研究会主席、著名国画家吕梦启先生在接受记者采访时对这一意见持保留态度，但他说，这件作品充分展示了柴扉法师炉火纯青的工笔画技艺……”

一直伴随着新闻播报的呼噜呼噜吃面声停止了，电视里新闻播音员的声音显得更加清晰、冷静，甚至有点漠然，特别是他在说柴扉法师颇具传奇色彩的生平时，漠然得不可原谅。丁迅速把埋在巨大烩面碗上的脸抬起来，盯着电视屏幕，希望捕捉到报道中有那件作品出现的画面。这条新闻很快结束了，接下去说的是国际羽毛球公开赛。他失望而不满地垂下眼皮，呆想起来，浮在烩面汤上的红色油花围着他拄在碗里的筷子转，仿佛在催促丁。丁机械地用筷子捞起一根海带塞进嘴里咀嚼着。

他咀嚼的好像是自己的念头，那念头也像嘴里的海带一样柔韧、光滑，坚硬的牙齿也不能很快粉碎它。丁把那根没嚼烂的海带吞了下去，同时也把那个念头扎进了心里。丁端起巨大的白瓷碗咕咚咚连稀带稠灌下去，站起来的同时，从裤兜里摸出支烟来叼在嘴里，抓起面碗走出房门，点烟的同时咣当用脚带上了门。

丁用力嘬了口烟，咕咚一声把那口浓稠的烟咽了下去，在门外停顿的瞬间，其实是他犹豫的时间。但很短，短得他自己都没意识到自己在犹豫。他以为自己是毫不犹豫地开始了行动。

楼下羊肉馆招牌上的灯刚亮起来，丁在门口招呼了声，把碗丢在空桌子上，老板应声的时候丁已经走出十几步去。再走十几步，就是一家叫“地球村”的网吧。丁进去，找了把橘红的软垫椅子坐下来，右手边一个穿灰白运动衣的男孩趴在机器前睡觉，后脑勺上头发很短，电脑屏幕的光让丁能看见那黑黑的发茬下的头皮。在机器启动时，丁忍不住又去看那孩子的后脑勺，温和的弧度，向下就是纤瘦的脖颈，这是个稚嫩的、善良的孩子，能用手掌托起来的小孩子……丁没来由就这样觉得……不能说是没来由的，其实是有来由的，丁收回了自己的目光，他认识一个男孩子，一个稚嫩、善良的男孩子有着相似的后脑勺。这是记忆给丁造成的错觉，他认识的那个男孩子比这个在网吧里睡觉的男孩子大得多，丁认识他的时候他已经二十岁了。丁自己也意识到了这点，但他还是顽固地觉得很像，简直是一模一样，一只手就能托起来的小孩子，稚嫩善良的小兔子一样的孩子……

丁在搜索框里敲下了“东京梦华录”几个字。正是那个男孩子，让他和《东京梦华录》产生了联系。可是在今天晚上之前，在丁听到那则新闻之前，他还不知道这联系对自己的意义。现在丁知道了。七百五十万欧元，将近八千万人民币！丁很清楚地知道，自己的生命里要有大事情发生了。

搜索的结果出来了。东方书库，《东京梦华录》，宋，孟元老著……原来还有本书的名字也叫《东京梦华录》……当当网上书店，《东京梦华录》，宋……丁找的不是书，是画……丁停了一下，又返回到百度的搜索网页，在“东京梦华录”后面加上了“柴扉法师”四个字。

柴扉法师，一九二五年在杭州灵隐寺圆寂的国画大师，柴扉法师和他的《东京梦华录》……丁点上烟，耐心而细致地开始了在成千上万条相关信息间的寻找。

三个小时之后，丁抽完了带来的烟，他觉得自己已经成了柴扉法师和《东京梦华录》的专家。丁起身，活动了一下僵硬的腿脚，无意间一扭头，他发现身边的机器那儿空了，趴着睡觉的男孩子不知道什么时候离开了。丁心里突然觉得有些怅然。他走到网吧门口，从老板那儿买了一盒烟和一瓶矿泉水，又回到了座位上。他敲开一张网页，把图片放大，电脑屏幕上出现的是《东京梦华录》系列画作的第一幅“朱雀门外”。

那画面密密麻麻花团锦簇，画面的上方是中间开着花的街道，把那一块拉大，可以看见花的细部，上面横斜的开在树枝上白色的花正在飘落，街道的中心有水沟，沟里是荷叶，荷花只是花苞，碧绿的叶子和茎上是粉白的花苞，粉白的花苞顶上是一点鲜红……这条开花的街上并没有人，一座标了“看街亭”字样的带顶的过街天桥般的建筑下面就是普通的街巷，人群如织，楼馆林立，门外有幡幌、有招牌，招牌上的字放大都可以看到，“熟药惠民南局”、“清风楼酒店”、“南熏馆”……有寺庙的一角红墙和飞檐入画，庙前有高举香烛弓腰行礼的人，其中一个人的衣襟被个小孩扯着，孩子扭着头，一脸儿童的狡黠的笑，他是画面中间唯一被仔细正面描画神情的人物。画面的右下角出现了柳树，遮蔽了街道的衔接处。最有意思的地方也在画的下部，那里出现了猪群，让人感觉是从画的外面被赶进画里来的，挤挤扛扛的猪群里有一个抱着鞭子戴着草帽的赶猪人。

丁的手指轻点鼠标，画面向后翻页，那被总称为《东京梦华录》的一幅幅画在屏幕上逐个闪过。其实这些画或者画的局部，丁在汴绣、团扇、笔筒甚至白酒包装上早就见过，就是现在，走进开封任何一家卖旅游纪念品的店，多少都能找到与《东京梦华录》相关的东西。只是丁一直以为这些极富装饰感的画和《清明上河图》一样，是遥远的古代的遗迹。丁原本对古旧的东西没什么感觉，现在因为有了解，想想也觉得有些意思。柴扉法师是在出家后，用十五年的时间完成了十二幅……这是一种说法，另一种说法是十三幅……这样的画，一个老和尚……和尚的生活应该很寂寞……寂寞的柴扉法师给自己建了一座充满鲜花、美人、美食和欢乐的繁华城市……那座城市现在在丁的脚底下。

这个想法让丁觉得有趣，从自己的脚下向下挖，就能挖到被黄河泥沙掩埋的明清时的开封，再向下是元，继续向下也许就是柴扉法师画里的那座繁华如梦的东京汴梁城了。繁华如梦的东京在沉沉的地下，地上是破落的开封，丁租住在破落的开封城的边上，一座郊区农民自己搭建的摇摇欲坠的违章建筑里。他的邻居都是些让人不放心的人，当然，丁也不认为自己就是一个让人放心的人。他睡在一张床垫上，还是前任房客留下来的。他有一床薄被子，夏天盖起来太热，而如今这样的天气后半夜竟又觉得冷了，一年中他的被子让他觉得舒适的时间很短。丁这段时间没有工作。丁愿意俯就的工作好像都需要提供档案和证件。丁的档案中有一张大学毕业证，当然，他还有一张刑满释放证，丁不愿意去看别人把这两个证件放在一起看的表情。丁有一半的时间，到市中心去推销治疗阳痿和风湿痛的药，也会穿起白大褂在某些机关的小区里冒充大夫给老头儿老太太们量血压测心脏卖给他们能治疗一切心脑血管病的治疗仪；另外一半的时间他就待在出租屋里开着电视想事情，或者应该说，思考。

那台二十一寸旧电视是丁搬到这儿来之后买的。丁并不喜欢看电视，尤其不看电视剧。可他要是在屋里待着就整天开着电视，他想让房子里有点人声，电视里的人声要起来方便而且安全。有时候丁也看两眼电视。丁看电视是反过来看的，如果电视上说哪里好，一定是得了哪里的钱，而哪里肯定就不怎么样；电视上说做什么样的人光荣，其实做那种人一定会被人耻笑；电视说少吃肉能预防高血压，丁的奶奶一辈子不沾荤腥，凉拌菜连香油都不能放，以前是因为没得吃，后来有的吃了她的味觉却不能接受这种强刺激了，可她死于高血压引起的脑出血……总之，把电视上的判断加以否定和批判，丁觉得才能获得世界的真相。

对电视的这种批判能力，让丁觉得自己独特、深刻而高明。可更多的时候，丁却让电视在背后白白地响着，自己躺在床垫上，床垫就在地上，丁几乎就算是躺在地上，所以他视野中的两面墙壁和天花板显得格外高远，高远的墙壁和天花板上有大大小小的圈圈点点，那是污渍潮斑和剥落的灰皮留下的痕迹，他神色凝重地用目光追逐着那些斑点和线条。他很喜欢对面墙角，一道粗大虬曲的污痕，有阳光的时候能看到斑驳的苍绿和姜黄，灯光下却是黑色的，在墙缝里蜿蜒了一半斜伸出去，连着对面墙上方和天花板上深黑的潮斑和浅一色的灰皮剥落的痕迹，丁觉得那是棵早春二月结满榆钱的老榆树。丁看这棵榆树的时候，通常带点儿惆怅，老榆树关乎童年、故乡和母亲，因为都逝去了，所以完整地保存在丁的记忆里，并且经过记忆的过滤成为纯净温和的诗意印象。丁带着他关于老榆树的记忆，像旅行者带着质量很好的旅游水壶，累且渴的时候，能从里面倒出热腾腾香喷喷在家就沏好的茶，啜一口，茶味依旧。

在屋顶的正中，可能以前装过吊灯，现在剥落了一大块接近圆形的灰皮，不是圆，如果仔细看，那是两个交叠衔接的大半圆，中间微微凹进去一点儿，有点儿像没有心尖的心，或者是没有把的苹果，终于有一天，丁看清楚了，那是个女人的屁股，丰腴的健康的结实有力的屁股，女人一生中最好时候的屁股……丁看自己头顶的女人屁股，看得久了他就会出去，走到后面一条街，挑一间洗脚或洗头的店进去，半个小时或者四十分钟后从里面出来，那感觉很像饿坏了吃一大碗烩面或者憋急时上趟厕所，有时候，也像舒舒服服泡回澡堂子。当然，丁出去的次数并不多，不是必需且钱包略微宽裕的时候他还是愿意躺在床垫上思考，丁不放纵自己，像所有志向远大的人物一样。

出狱后，丁这样过了两年的光景。丁并不打算这样过一辈子，有时候焦急一阵袭来，像被电到了，丁会一下子从床垫跃起，起得太猛会头晕，丁在晕眩中感到恐慌。他哆嗦着连着抽几支烟，告诉自己沉住气，沉住气，一定会有机会的。丁觉得自己缺少的只是机会，他拥有成功所必需的智慧、勇气和想象力，他只缺机会。

机会就在这个晚上从天而降，关于遥远欧洲一场拍卖会的新闻，带来了丁苦苦等待的机会。想到这儿，丁的手又开始哆嗦了，不过不是因为恐慌，恰恰相反，是因为跃跃欲试的渴望。三四个小时的搜索和寻找，那是丁在大胆假设之后开始的小心求证。他在众多的、关于柴扉法师和《东京梦华录》的资料记载、趣闻逸事中推敲着一个故事的全部细节。

二　第十三幅画的故事

丁仔细推敲的是这样一个故事。

桂花落的时候，树下的石桌上满是粟米样的黄色花粒，空气里的香让人不安。太美好的东西总是让人不安，就像柴扉法师刚刚完成的画。浙江省立师范的女学生们小心地展开画，轻微地发出些声息，像是赞叹，又像是惊慌，她们看到了画里的自己，在柴扉法师说的名为《金明池开》和《上元节夜》的画里。《金明池开》画的是皇家园林琼林苑向官宦和百姓开放的情形，她们在里面是游春的雍容贵妇和俏朗小家女，而在《上元节夜》里，她们是装饰了鹅儿雪柳黄金缕、半醉归家的佳人。但她们没有说话，而是看着老师，她们的老师是柴扉法师的好友，是老师荐她们来给柴扉法师做模特的。

老师并没有说话，反而看着她们，老师让她们说说看画的感觉。四五个女生互相看了看，终于有一个怯生生地说，很奇怪，觉得画里的自己是真的，而真的自己倒像个影子似的，看一眼画，人都觉得轻了。

老师笑着说，画到勾魂摄魄的境地，怕人呀！

柴扉法师疲倦的脸上浮出层笑，那笑浅而薄，像池水上的微波，但并不是出于礼貌的敷衍，软心肠的女生看到法师眼睛里的眷恋和哀愁都不觉心酸起来。法师起身给她们行了个礼，说一年来，频繁往返，多谢了。

老师让女生们收起了画，那些女孩子也像被解了咒语一般活泼起来，嬉笑对答也不拘谨了。老师和柴扉法师说着话漫步穿过庭院。老师说从第一幅《朱雀门外》动笔到第十二幅《上元节夜》完工，十二年过去了，《东京梦华录》总算是画完了。

柴扉法师说还没有，还有一幅，这幅画要是不画，前面那十二幅就没意思了。

老师看着柴扉法师，法师却没再说下去，老师也就不问了。一年过后，老师又问起第十三幅画，柴扉法师摇摇头，说还没动笔。到了夏天，老师每年暑假照例在寺里待上十天半月，他还没看到柴扉法师画那最后一幅画。柴扉法师的身体更加消瘦了，他还持着律宗的戒，过午不食，老师想，柴扉恐怕没有气力再画那第十三幅画了。当他离开寺院回学校去时，柴扉法师送他到山门，在山门那儿，他们遇到一个女子，穿着素净的竹布旗袍，手里握着香烛，低着头一步一阶地走过来。走到他们近前的时候，她抬眼看了看柴扉法师他们俩。虽然她穿着素净的竹布旗袍，饱经世事的老师还是看得出，这是个一身红尘的女子。一身红尘的女子并不罕见，老师并没在女子脸上看到什么异样的东西。柴扉法师和老师道了别，返回了寺中。

后来，那女子就在寺里住了下来，柴扉法师也开始画《东京梦华录》的第十三幅画。一年半过去了，一天黄昏，寺里的一个小沙弥跑到学校来找老师，说柴扉法师请他即刻去。老师冒着冬日的寒雨赶到寺里，寺里正在做道场，小沙弥说是超度一个女子，她前天在寺里死去了。老师还得知就是去年夏天在山门碰到的那个穿竹布旗袍的女子。老师在柴扉法师的画上又见到了她，老师觉得，她不是死了，而是活进了画里。老师看了画才知道柴扉法师那个夏天在山门遇上这女子的时候看到了什么。老师那天没有看到，他透过这幅画才看到，她有一双罕见的在红尘里仰望的眼睛……前面那十二幅锦绣一样洋溢着喜乐和美的画都是红尘，而第十三幅画，画的就是这样一双在红尘里仰望的眼睛。对画良久，老师有了迎风而立襟发飘扬摇摇晃晃几乎站立不稳的恍惚，他折起了画，耳边呼呼的风声也停止了，他一言不发看着柴扉法师，法师的脸庞在灯下泛着奇异的光，他把那幅画赠给了老师。以前的十二幅，也被他这样送掉，花落云散地不知道流到哪里去了。老师走下山门前的台阶，入夜那雨凝成雪珠，飒飒瑟瑟地落在树上，寺里的云板突然敲响了，四下，老师知道，柴扉法师圆寂了。

丁并没在搜索中找到类似的以神秘女子为模特创作第十三幅画的故事，这正是丁希望的。有些记载说其实柴扉法师并没创作传说中的第十三幅画。但南社诗人柳十湘为首部柴扉法师画册所写的著名跋记《情僧录》中记载，他最后一次拜谒柴扉法师，法师正呕心作第十三幅画，画未完而心血尽。可惜他并不曾亲眼看到法师说要用来“破梦”的第十三幅画，至于画流落谁手也竟无从查考。至于第十三幅画的内容，柳十湘也是一无所知。

只有一篇文章提到了可能是第十三幅画的画作内容，那是开封文艺网上“文博勾沉”里的一篇文章，写的是建国后一些馆藏文物失落的事情，其中提到了柴扉法师的《东京梦华录》中的一幅画。那个故事是这样的，柴扉法师把《东京梦华录》中的一幅赠给了一位同乡挚友，那位老先生后来辗转回到故乡在河南大学教书，一九四九年在开封去世。他的后人建国后把画捐给了博物馆，据捐赠者说，曾听先辈说此画就是“梦华录”里的第十三幅画，可这幅无名的画因为从内容到形式都和前面广为人知的十二幅有着很大的差异，故在认定时存在争议，甚至在是真迹还是摹本上都有人提出异议。但博物馆最终还是以市级文物的标准收藏了此画，文章的作者为这幅旷世之作被委屈深为不平。写到后来，作者的语调痛心疾首起来，“文革”后虽然由国内数位专家鉴定，确为柴扉法师真迹，定为国家一级文物，但因保存不当，稍有霉损。一九九三年十二月十五日，在请专家修补将近完工的时候，被犯罪分子盗窃毁损。

文章并未附有那幅画的照片，文章作者的描述却印证了丁的想象。丁的想象来源于文章里说的那个盗窃毁损此画的“犯罪分子”。

那个“犯罪分子”就是小梵，一个小兔子一样稚嫩善良的孩子……丁叹息似的吁了口气，裹挟出些许烟雾，那声息就被这烟雾赋予了形体和颜色，幽蓝幽蓝的在丁的头顶缭绕。丁存着一丝烟雾样的惆怅和幻想又朝身边的机器上看了看，还是空的，那像小梵的孩子真的走了……

关于那个夏天山门上女子活进了第十三幅画的故事，是小梵告诉丁的。而小梵是从他舅姥爷那里听来的。他的舅姥爷，就是那个修补此画的专家，他有一家书画店叫苦斋，小梵说他总是称自己是苦斋主人。他是在画修到一半的时候告诉小梵这个故事的，博物馆给他们专门腾出了一间屋子来修画，小梵从八岁就跟着舅姥爷，他是舅姥爷的助手。那间屋子里只有一张巨大的案子，很冷，一个煤炉子远远地放在墙角，也暖和不到哪儿去。每天他们来，然后由博物馆的工作人员把画交给他们，到吃饭的时候，会有工作人员来收画。舅姥爷是修补工笔画的高手，还有人从北京、上海、香港跑来找他修补残损的画，舅姥爷自己的字和画也都很好，但舅姥爷是个随和谦虚爱说笑的人。小梵的工作只是跑腿递东西或研磨少许的颜料，舅姥爷进度很慢，他长久地对着画揣摩，以前他修补画的时候也是这样，只是这次更加慎重。舅姥爷沉思的时候，小梵会踱到廊下去，那时候，博物馆的院墙下有三五株腊梅刚开花，暗红色的墙皮衬着褐色泛青白的疏枝繁桠和一点一点金黄的花，很像画。小梵想着那画中的女子，哀愁得食不下咽魂梦颠倒。他几次听见那画里的女子在叫救我救我。他在屋子里看着画的时候听见过，在廊下看腊梅花的时候还能听见，那声音和腊梅清冽浓郁的香气一样真实，和照着他的冬天的阳光一样真实。他问舅姥爷听见没有，舅姥爷笑着说是他听故事着了魔。小梵决定救那个女子，他们再干一天就要完工了，舅姥爷那天开工前这样说。小梵知道他以后可能再也没机会摸到这画了，所以，舅姥爷出去到廊下抽烟的时候，小梵抓起案子上的画，投进了炉火里。他释放了那个被画囚禁的女子的魂魄，她自由了，不用永生永世那么哀伤地站在那儿了。

小梵告诉丁，女子站的地方，是很荒凉很悲惨的河岸。小梵说，她可以到对岸去了，对岸很好。

丁现在还能记得小梵的语气，平静得让人颤抖。

对岸很好，小梵说。

三　小梵

也不知道哪儿来的光，也许是眼睛在黑暗里久了，也能看见东西。人的眼睛真奇怪，丁大哥，我妈就能看见别人看不见的东西……

小梵讲完自己烧画的故事，又接着说，丁一直没有应声。

丁大哥，你瞌睡了?

丁不瞌睡，他倒愿意听小梵说这些离奇古怪的话，至少可以不让他再瞎想明天开庭的事。但他不想说话。丁伸手摸了摸小梵的后脑勺，算是回答。看守所牢房里很冷，小梵的后脑勺在他的手掌里毛茸茸暖呼呼的，像他小时候养的兔子。

小梵得到了鼓励，吸了一下鼻子，接着说下去。

我也不知道从什么时候起，我妈能看见别人看不见的东西了。人的眼睛是不一样的。那时候我们还在洛阳，妈的厂子是生产拖拉机的，巨大的鲜红的拖拉机，妈带我到厂子里去的时候我觉得很害怕，随便一个拖拉机都能把我碾成碎片。妈带我去厂子里洗澡，很多次都没事，后来有一次，看澡堂的不让我进，说我太大了，不能进女澡堂。我妈不听她的，她就成了肉做的拖拉机朝妈碾过来，妈倒在地上，我哭了，妈站起来，很奇怪地笑了笑，拉着我走了很远，才低低地告诉我说，别哭。妈摔倒的时候看见那胖女人脖颈上有条红虫子在吸她的血，吸得饱饱的，肚皮胀得都透明了，她疼急了才对妈不好，她是可怜人。我并没有看见那红虫子，但我心里不难受了，那胖女人是可怜人。后来妈也不去厂子里了，我和妈也搬到了姥家，是在郊区。姥家人很多，大舅妗子小姨、表哥表姐表弟一大堆，姥要给所有人做饭，姥的个儿很矮很矮，还有一双很小很小的脚，却能跑得飞快举着大马勺追着敲我的脑袋。

说到这儿，小梵抬起头，发出很轻的一声笑，想必回想起那情形很有趣。

姥也是可怜人。因为不能去洗澡了，妈和我变得越来越脏，村里的小孩子还朝妈和我的身上扔脏东西。妈和我白天就不待在村子里。妈领我走一段路，然后爬上一座小山，山下面有一条很清的河，河水的颜色总是不大一样，有时候蓝一点儿，还有白色的云彩在里面漂，有时候绿得很，有时候还会变成红红黄黄的颜色，像胭脂调着藤黄倒进了河里。河的对面也是山，山上都是洞，洞里有佛像，大的小的很多。妈说你看那些佛的表情多难过，因为世上都是可怜人。我看不大清楚小佛像的脸，可我觉得那个大佛的眼梢嘴角都翘翘的，好像是在笑。妈说佛难过的时候会笑，人难过的时候才哭。我问妈我是不是可怜人，妈说我不是。有一次，妈说村口石碾上有神仙结婚，我跟妈去看，我什么也看不见，妈说神仙结婚是在晚上，现在是他们的丫鬟仆人在准备新房。我看到有很多蚂蚁在石碾上来来回回地跑，我想这些蚂蚁就是丫鬟和仆人了。没到晚上就下起了雨，姥把我和妈都骂回了家。第二天，家里来了个拿黑皮包穿灰色双排扣翻领褂子的女人，姥和大舅对她都很害怕的样子，她拉着妈的手，冲着姥和大舅大声说话。我还惦记着村头的石碾，悄悄问妈什么时候去看神仙结婚。妈朝我笑笑，低声说神仙结过婚就走了，不过也许会留点什么东西，让我自己去看。这次，我看见了神仙留下的东西……很漂亮的黄黄绿绿的东西，薄薄的一层，毛茸茸的，我抠下来一块儿小心地捧回去给妈看，妈说那是神仙新房里用的地毯，他们走得太匆忙，忘记收起来了。

那个拿黑皮包的女人走后有好几天，姥总是看我，眼神很奇怪。有一天，舅姥爷来了，姥显得很欢喜，给他打了一大碗鸡蛋茶，舅姥爷那时候比我大舅还年轻，穿得干净漂亮，笑眯眯的，可是大舅和姥也有些怕他，像怕那个拿黑皮包的女人一样。舅姥爷把我领到了开封，姥说舅姥爷领我去上学，姥骗人，舅姥爷不是领我上学的。

小梵脸偏向一边，慢慢地低了下去，几乎要把脸放在肩膀上了，丁看不到他的表情，只能看到他的头、脖子和肩膀的轮廓。丁的心被那伶仃的线条弄得有些酸，可他没有说话，也没有动，不知道为什么，丁很怕自己流露出这点儿让他羞耻的心酸。

十岁那年，大舅跑到开封对我说，我妈丢了，找不着了。小梵的头昂起来一点，喉头在黑暗中的剪影一上一下地滚动。我想妈可能到她喜欢的地方去了……妈也不是可怜人……她要能带我一起去多好……不过，要是我跟妈一起走了，我就遇不到那画，也救不了她……没什么事是无缘无故发生的，我留下可能就是为了救她……

丁裹着被子，但后背一直靠在墙上，丁觉得自己的背多半和墙冻在了一起。丁艰难地动了一下，拉了拉被子，把自己那凉冰冰的膝盖抱在了怀里。

小梵说，丁大哥，舅姥爷给我找了律师，律师说要证明我有病……我是有病，可是我的病和这件事没关系，而且我长大后，好多年也没犯过病……我不想跟他们一起骗人……

人都骗人，丁很珍惜自己嘴巴里的热气似的，从牙缝里挤出了句话，你没骗过人？

小梵噎了一下，半天才说丁大哥，有一件事，就是……那个画里的女子给我写了一封信，是封帛书，写在一块赭石色的绢上。舅姥爷问我那封信在哪儿？我说烧了，因为那女子在信里嘱托我烧掉。其实我没烧，我想留着。

丁心里一动，虽然他不习惯在和自己无关的事情上浪费精力，可看在小梵帮自己消磨了这个冰冷焦虑的审判前夜的份儿上，丁决定还是说一句。他说你想过没有，那封信是证据，有了证据人们就相信你的话了。

小梵说舅姥爷也是这么说的。可是，相信就是相信，没有证据也能相信，为什么一定要有了证据才能相信呢？……那封帛书，是她给我的，只给我，只有我能听到她的声音，不能给别人看……

丁觉得证明这孩子有病比寻找似是而非的证据更容易，丁又沉默了。小梵说，要是瞌睡就睡吧。丁和小梵都躺下了，小梵的声音又从黑暗中传过来。

丁大哥，除了我妈，从来没有人，听我说这么多话……丁听着小梵的声音竟迷糊起来，后来小梵睡着了，丁却一下子清醒了，但他一直没有动，直到天光大亮。丁感觉小梵起来了，他还没动，决定命运的日子，他不着急起来，开庭的结果，他心里大概是有数的。又躺了一会儿，小梵过来推了推丁，丁坐了起来，看见小梵在水泥地上用一块白灰皮画了些字。丁说你没上过学还会写字?

小梵很开心地笑着说舅姥爷说我上辈子肯定是个读书人，过奈何桥的时候迷魂汤喝得比别人少，所以还记得一些。昨天说了那么多话，早上起来就作成了这首诗，不写下来觉得好可惜。丁大哥，你看这些字排在一起多好看!

丁震惊地看着地上俊逸飘洒的字，“人间韶华太匆匆，月未残时镜已空。自是神仙沦小谪，何须惆怅忆旧容。”

丁的信念那一刻动摇了一下，他几乎要相信这世界上真有解释不了的东西。丁和小梵头抵着头看地上的字。小梵说丁大哥，我也许永远也出不去了，也许会死，他们说的……丁大哥，要是我死了，你能帮忙把那封帛书烧给我吗?

丁说你把它放哪儿了?

小梵说在苦斋后院的墙洞里，放在一个铁皮铅笔盒里。

小梵顺手在地上给丁画了他的藏宝图。这时牢门响了，丁伸手拍了拍小梵的后脑勺，站起来，走了。

丁因诈骗罪被判了十年，他从法庭直接被押送到服刑的监狱，他再也没有见过小梵。两年以后，丁在监狱里听报告，从报告里使用的案例他才知道，小梵在前一年的春天，被执行了枪决。

四　到苦斋后院去

丁午夜时分离开了网吧，慢慢走回自己的住处。

他打开门的时候，电视还在屋里响着，丁没有开灯，借着电视的光，很快脱了衣服钻进了被窝。躺了一会儿，伸手关了电视，他要好好地整理一下自己的思路。

第一次听小梵讲他烧画的故事，丁就闻到了一股他熟悉的味道，那就是骗局。骗子对骗局总是敏感的。骗子这个词从来没让丁感到过羞耻，他认为欺骗是门高深的学问，也是一门艺术。大学教育让丁有了从具体到抽象的思维能力。在丁犀利而独到的眼光里，这个世界就是由大大小小或高明或拙劣或平庸或勇敢或怯懦或幸运或倒霉的骗子组成的，是人都骗人。再大一点说，历史书就是骗局的百科全书，成功的骗局会成为丰功伟绩，不成功的骗局才会成为犯罪记录。耻辱来自骗局的失败，而不来自骗局本身。丁一直在努力修炼设置完美骗局的艺术。

丁感慨地想，小梵遭遇的就是一个近乎完美的骗局，可怜的孩子！

丁在牢里的时候，因为无聊，曾把小梵讲的一些细节在脑子里反复琢磨过，大致有了这个骗局的轮廓。但一切都是他的想象而已，他甚至觉得可能是自己想象力过于发达的缘故，也许真实的情形很简单，就是一个思维异常的孩子在幻觉的指示下犯的错误。小梵犯了错，小梵死了。

丁心里涌出了一点儿难过，这点蔓延开来的难过冲毁了他对骗局设计者的钦佩。不知道怎么回事，小梵这孩子总能让丁傻乎乎地多愁善感起来。丁出狱后最初的那段日子里，他还真的去找过苦斋。如今苦斋在开封城里有四家店了，最大的门面在御街上，而最早的老铺在河大南门对面。丁只是在店门外看了看，他当时并没真打算想办法到后院去寻找那封帛书。

那个可怜的疯孩子的傻愿望，这点儿动力发动不了丁这台机器。但是现在不一样了。晚饭时的那条新闻一下把丁的想象钉进了现实世界，现在，已经掌握了事情真相的丁很清楚，那封帛书意味着成千上万的钱。丁的胸腔内马达轰鸣，刚涌出来的那点儿难过也被蒸腾挥发掉了。

所有的骗局设计都有针对性，高明的骗局设计者一定要对被骗者的心理有着深刻的了解。针对小梵的骗局自然是这样。撇开那些迷雾一样关于勾魂摄魄的叙述，剩下的就是冰冷丑陋的真实。小梵听到有女子呼救，小梵收到女子求救的帛书，小梵烧毁了一幅很值钱的画，小梵为此被判处死刑。呼救声、帛书和画，这些都是真实的，都是可以设计安排的，目的是给那幅画的消失一个障人耳目的理由。当然，小梵烧毁的绝不是柴扉法师的真迹，不然它就不会在十二年后又出现在欧洲的拍卖会上，小梵烧掉的是幅假画，有人让他做了火中取栗的替罪羊，而那幅真迹，落在了骗局设计者的手里。

这个骗局的设计者，不会是别人，只能是小梵的那位舅姥爷，苦斋的主人。

苦斋的主人，他是个有钱人……这寒冷的秋夜竟像暮春似的燥热起来，丁踢开了被角，把微微出汗的脚伸出去，然后慢慢睡着了。

第二天是漫长的一天。

最初的时光丁是在苦斋后面那条街上度过的。开封城里不知道有多少这样的老街巷，里面密密麻麻住着虫蚁一样的百姓。这些虫蚁一样的百姓，个个可是了不起的人物，他们的窝除了决堤的黄河水，其余的谁想动动，你试试？所以，开封城就这样傲慢地破落下去了。这样的街道空气沉滞庸怠，沿街摆的各种摊位占了大半的道面，摊主都是能说会道的，一个卖处理不锈钢制品的男人，讲着原本出售这些高档货色的商场倒闭的故事，进而发表对就业形势和治安状况的高超见解。一个佝偻腰的老人从不锈钢锅的标签上辨认出厂址，他压着摊主的声音大声说年轻的时候他到过那个地方，广东顺德，穷得很……丁也凑过去，一把锅铲伸到他的面前，摊主说这东西能用一代人，一代人也用不坏……只要五块钱……

这里不是丁最终实现理想的地方，丁的世界应该是魔方一样变幻不定暴雨一样挥洒金钱的大都市。他可以在那里大显身手，丁也觉得他在这里迟滞了脚步是件奇怪的事……也许冥冥中有什么让他等在这里吧，也或许是十年的囚禁多少消耗了他的胆气，他是在这里蛰伏。蛰伏，多好的词！像虫子一样等着让自己僵硬的冬天过去，春天就要来了！

丁警惕地收敛了激荡的心性，他必须冷静，冲动会坏事的。丁踱到了苦斋后院的墙下，那墙不高，探手就能够着墙头，墙头的砖缝里长着瓦松和枯萎的细草。能看到这段墙的有三家不大的店铺，丁必须等他们关门后才能行动。苦斋的前面还在营业，后院估计也会住人，丁要耐心、耐心地等下去。

丁在充分而隐秘地观察了苦斋后院的院墙和周围的情形之后，走到墙边，漫不经心地朝墙里丢了块路边捡来的石子，等了一下，没有丝毫的动静，他满意地离开了。丁要确认的是院子里有没有养狗。

丁来到了苦斋前面，一个女人低着头盯着镜子在恶狠狠地拔自己的眉毛，丁进去的时候她眼皮也没抬，本来进书画店就是看的多买的少，丁倒借机打量了她一眼，低领羊毛衫里露出雪白的胸口，那上面的一颗黑痣跟着她拔眉毛的频率一跳一跳的。

丁返回住处，把晚上的装备准备好，睡了一个长长的午觉，然后不慌不忙地到了距离苦斋不远处的一个街口，夜市卖小吃的车密匝匝摆了一排，丁随便找了一家坐下，点了涮肚和啤酒，慢慢地等时间过去。

一切比预想的还要顺利。苦斋后院有两间后厢房，小梵以前就住在东边的厢房。后院的墙下有些破箱子，丁的手电在上面扫了一下，还好，不用挪动太多，只需把东墙角的一个破坛子拎开就行了。丁挨个儿晃动着砖头，找到了，伸手进去，摸到了冰凉的金属盒子，丁迅速抽出来。这时候，东厢房里传来一阵手机的乐铃声，寂静的深夜听来格外惊心。丁把盒子塞进怀里，屏息不动。很快，东厢房的灯亮了，门开了，一个女人的身影出现了，她伸手开了院子里的灯，丁在灯光亮起的时候藏到了刚才放坛子的角落，还好，厢房投下的阴影遮蔽了他。

女人趿拉着鞋去开院门，丁犹豫了一下，他也许该从藏身的地方出来，翻墙逃走，可他又怕女人突然回来被抓个正着，丁的身手离敏捷还有一段距离。果然，丁的谨慎又一次正确了，女人的声音响起来，呀……别……

还有男人的声音，丁从他们俩发出的声息判断，他们应该很快进屋到床上去。丁不可能永远正确，他们没有进去，男人的身材很魁梧，头发略长能盖住耳朵，还微微打着卷，他背对着丁，女人在他怀里挣扎着向后弯下腰去，她的腰真软，头发都拖到了地上。男人呵呵低笑着把她揽起来。

冷！女人低声抗议着，但那男人还是把她身上的睡衣给剥掉了，掐着她的腰把她放在院子中间的石头桌子上。雪亮的灯光照在她身上，丁认出了她胸口上的那颗黑痣。

抬起头，像女皇一样骄傲的……男人发出命令的声音低沉带着沙沙的毛刺，女人像被催眠了似的一点也不觉得寒冷，晃动着头发仰起头，手臂驯服地垂到身后。男人大声笑起来，伸手关掉了院子里的灯，瞬间的黑暗。然后，那个女人的身体像月亮一样发出了洁白而柔和的光。男人的手成了黑色的影子，那影子轻盈地自豪地在那女人的身体轻轻抚过，我把你变成了……仙女……那男人慢慢拨动女人的身体，女人在石桌上像八音盒里的小人一样轻轻转动，她很熟练，跟男人的手配合得很默契……

丰腴的健康的结实有力的屁股……丁闭上了眼睛，他的眼皮竟然噙到了颗冰凉的泪。丁在黑暗中用力握住怀里的铁皮盒子，盒子上附着的细小而坚硬的砖屑或是沙砾嵌进了他的皮肤。他不会永远是待在黑暗角落的一只卑微的老鼠！他要像那个灯光下飞扬跋扈的男人一样拥有自己的女皇和仙女！

女人发出一声压抑的疼痛的叫声，丁睁开眼睛看到那个男人动作从抚摸变成了揉搓，女人的身体扭动着弯下来，近乎哀求地抱住了男人的肩……终于她挣了出来，拉起自己的睡衣逃进屋子，男人也跟了进去，门关上了。丁又等了一会儿，男人和女人在说话，男人竟然跟女人突然说起了账目的事情，好像很不满，女人解释得有些心虚。丁从对话中知道了那男人的身份。不愉快的对话停顿了一会儿，然后他听到了女人有节奏的叫声。丁不能再等下去了，他决定合理地冒一次险，他站了起来，活动一下腿脚，把那只坛子拉过来，放在墙边踏上去试了试，然后他踩着坛子几乎没弄出多大声响就跳到了墙外。

五　苦斋主人

丁又一次来到了河大对面的苦斋老店，他特意洗了澡理过发，穿了身青灰色的西装，精神抖擞地走进了苦斋的店门。那个胸口有痣的女人正冲着大门呆着脸，突然大大地打了个喷嚏。丁忍不住笑了，女人响亮地擤了下鼻涕，恼怒地翻了丁一眼。这女子的脸其实很普通，连好看都说不上，腮上鼓鼓的两疙瘩肉，隐隐带着股恶俗的狰狞。丁不禁摇起头来，女人终于擤干净了鼻涕，冲丁眉毛一立，你摇头扑闪尾巴干屎哩？

果然，女人一张口就露了本相。丁倒不介意被如此不恭敬地对待，就像他不介意自己这身颇有些潦倒意味的行头一样。丁从墙上的一面镜子里看到了自己，西服上明显的折痕和软嗒嗒的衬衣领子加上小店里新理的头发突兀生硬的形状，本来也让人对他恭敬不起来。骗局的成功一半要取决于行头，可丁今天是反串，他所扮演的角色不是设计骗局的人，而是揭穿骗局的人，行头就无所谓了。

丁满不在乎地笑了一下，他趴在柜台上，女人厌恶地向后躲了一下。丁说，告诉你们老板，就是那个苦斋主人，我是小梵的朋友，小梵留给我了件东西，我想给他看看。让他打这个电话给我。丁说着丢下一张写着自己姓氏和电话号码的纸条。

你谁……女人刚吼了一半，就被丁低声说出的话给噎住了。

虽然你长了一脸横肉，可你的身子真的很美，像仙女一样……丁说的时候故意模仿了夜里那男人沉醉的语气，然后很快又加了句，记住，告诉他是小梵的朋友。

丁走出店门的时候，女人才开始惊恐地尖声叫骂，丁大笑起来，他觉得很痛快，就到附近找了家小店，进去喝两杯。不知道怎的，喝了几杯白酒后，丁的心绪竟然开始向下沉，丁不知道为什么有点后悔刚才那样对那个女人……一个女人，丁有点儿欺负人……虽然那女人可恶，可是……也不知道怎么回事，她站在石桌上的样子开始在丁的眼前晃……她的身体在抖……垂在身子后面的胳膊抖得更厉害……她在哆嗦……夜里多冷啊……她怎么会愿意半夜一两点钟让人从热被窝里拉出来扒光了变仙女……

也是可怜人！丁的脑子里突然出现了小梵的声音，丁拿酒杯的手一哆嗦，猛地把酒灌了下去。

丁喝多了，他是一个理智的人，这个时候他不该喝多，但是他喝多了。那个苦斋主人并没有打电话过来，丁回到住处，愤怒地把电话扔在床垫上，朝着电话吼叫着骂了一阵，然后一头栽倒在床垫上睡着了。

丁在半夜渴醒了，他起身开了灯，从水瓶里倒出带水垢的半碗微温的开水，小心地用嘴唇篦着水垢喝下去。丁很懊悔喝这么多酒，他抓起手机看了看，没有未接来电。丁又躺下了，再没有一点儿睡意。

丁的心里涌起阵凄凉，那凉在他的肺腑间蔓延，肚皮也冰凉冰凉的。丁的手摩挲着自己的肚皮，手指也是凉而硬的，只有手心里一点热，可捂到肚子上，又能感到冷腻腻的手汗。丁突然觉得累，孤单，委屈……都是那点儿凄凉闹的……丁的目光投向对面墙缝里的“榆树”，也许记忆能氤氲出春天的暖和芬芳……

早春二月结满榆钱的老榆树，他爬在上面捋榆钱，妈和大娘就在树底下吵架。妈和大娘的声音都亢奋而有活力，丁的大娘拿了丁家垛在墙头的一把麦秸引火，妈不愿意了，说越是有钱越爱占便宜，越占便宜越有钱。丁的大娘说拿你的麦秸是看得起你，看不起你给我我也不拿。吵架的声音丝毫没带给丁不安，他习惯了这声息，这声息让他觉得日子过得热闹有趣，他甚至还吹起了口哨。爸下地回来了，一脚把妈踹倒了，因为她还没烧好早饭，大娘也赶快进自己家烧早饭去了。丁兜着榆钱溜下树，进灶火屋把榆钱倒在筐箩里。妈一边烧着火一边抹眼泪，对丁说你把你大娘家秫秫秆抱一捆回来。丁说我不去。妈起身就进堂屋去了。丁闻见稀饭煳锅的味道，丁扯着嗓子叫妈，妈……没人应声。爸喂完牲口进来，闻见煳味拿草料袋子抽得丁青蛙似的跳，妈还是没出来。那锅煳稀饭最后也没人喝，丁跟着爸送喝了农药的妈去卫生院，妈死在了卫生院里。

丁打了个寒战，怎么突然想起妈的死来了？不只这一点儿，被丁过滤掉的记忆渣滓都浮了上来。妈死了，后来爸又结婚了，丁也就没了家。丁如今想想，他人生设计的第一个骗局应该是针对后妈的，他厚颜无耻地跟后妈亲热，遭到冷遇后依然百折不挠，后妈并没完全上当，可有时候也会被一个孩子的讨好和亲热弄得有几分高兴，更何况丁还卖力地自觉充当了她镇压其他前房子女的爪牙。丁奴颜婢膝地度过了少年时代，为自己赢得了读书的机会。如果不是这样，丁的人生会怎么样呢？丁想他可能很小就会辍学，然后出去打工，在城市里漂着……他现在不也这样吗？转了一大圈，忍受了那么多，结果却一样，殊途同归……

也许，他曾经有过别的机会，比如在大学里，比如刚到单位的时候，再比如……丁问自己，是不是对自己的信念动摇了？后悔了？丁摇摇头，没有机会，他根本没有别的机会，如果他不用智慧来冒险设计高明的骗局成为高高在上的成功者的话，那么他痛苦的少年时代将再延长十年二十年甚至一生，用卑微的拙劣的骗术谄媚一个又一个的“后妈”！丁宁愿在冒险中死，也不愿意苟且地活！不愿意！他在枕头上坚定地摇着头，碰到被自己的涎水浸湿的一块，也是冰凉的，丁真想要一点温暖的东西，可这四壁徒立的房间里除了他身上有口热气，其余的都是冷冰冰的。这让丁想起小梵帮他消磨掉的那个冰冷焦虑的审判前夜，想起抚摸小梵后脑勺时手掌心里的暖……

丁猛地坐了起来，几乎是慌乱地打开了电视，电视就在床垫后面，放在一只木凳子上。丁的手半天都没离开电视机，慢慢的，他感到了股温热的气体，虽然微弱，可那是实实在在的一点温热。他痉挛的手放松了，轻轻地舒展地放在电视机壳上。丁感到自己的意志又坚强了起来。

天亮以后，丁又睡着了，他是被电话铃声弄醒的。丁愣了一下，关掉电视，看着手机，是个本市的固定电话，丁沉着地接起了电话。果然，是那个苦斋主人，他的声音很平静，没有寒暄，简单明了地问丁是什么人，什么事。丁想了一下，说他手里有一封小梵交给他的帛书，想出售给苦斋。电话那端好像顿了一下，然后问你知道那帛书的价值吗？丁说估计至少应该值十万元。对方很快回答说你把东西带来看一下吧。丁说他必须见到钱才能拿出真迹。对方笑了一下，说放心，然后告诉了他下午两点到一家茶楼去。

丁被他的镇定激怒了，他甚至还笑！丁想了一下，按刚才那个号码打回去，半天没有人接，丁坚持打，有人接了，一个苍老的女人声音大声嚷嚷，公用电话，打电话的人走了……丁挂了电话，在心里冷笑了一声，老狐狸，还是心虚！丁起身，脱下身上的西服用力抖了抖，然后穿上，用手朝怀里的口袋摸了摸，小梵的帛书装在洁净塑料袋里，现在依然妥帖地待在那儿。这是他的武器，他要用这个把那个故作镇定的苦斋主人炸得惊慌失措。丁整了整衬衣领子，感觉自己是一个整装待发的战士，然后，丁出发了。

丁到了那家茶楼，茶楼就在龙亭公园毗邻，是个闹中取静的所在。茶楼的招牌临街就能看见，可是茶楼却隐在一片园林花木的深处。丁看着一辆又一辆小车沿着蜿蜒的小路开了进去，他踱到入口的时候，一个穿红白制服的男孩子怀疑地看了丁一眼，丁很傲慢地昂起头，走了进去。小路边全是素心黄瓣的菊花，夹径的树正飘着眼睛形状的黑红色叶子，一辆小车在丁身后催促地按着喇叭，丁闪到路边，车贴着他过去了，落下的车窗里一个穿火红袈裟的和尚朝他点头微笑了一下。丁吓愣了，他想自己太紧张了，以致出现了幻觉。

丁稳了稳心神，在小路的拐弯处有一块牌子，上面标着各个茶室的名字和位置，丁大致在里面走了一圈，看来茶楼的生意不错，安静却不偏僻，正是丁需要的地方。然后丁就被自己咕咕叫的肚子催促着去吃饭了。一点三刻，苦斋主人打来电话，又换了个陌生的固定电话，他说让丁到“镜花水月”来找他，他已经到了。丁在心里冷笑了一声，老家伙已经沉不住气了。

丁很快回到了那家茶楼，这次他看了小路上的指示牌径直朝目的地走去。穿过长长的甬道，绕过一架用瀑布般的小朵黄花搭建的菊花屏风，又过了养了各色锦鲤的池塘，最后进了栽着些细小竹子的不成什么气候的竹林。丁看到一座圆形的四面垂着帘子的亭子，前面栽着个木牌，上面写着“镜花水月”。

一路过来，花树后或者池塘边都有这样垂着帘子的亭子，这就是茶室，倒挺别致的。丁也是见过世面的，只不过和这种地方久违了，不免有些感慨。感慨的同时丁还是打量了一下四周，那些小竹子在风里的声音倒森森细细的蛮像回事。丁敲门的时候听到铮铮的风铃声，抬头，茶室的四角挂着些沉重的铁铃铛，上面有做旧的斑驳锈迹，这就是文化，这就是品位？丁嘲讽地摇头，他喜欢簇新的洁净的闪着光的东西，他为什么不可以喜欢呢？！

丁先生……是吧？苦斋主人开门把丁引进去后，笑容可掬地说，这里有点儿乱，我和朋友们小聚了一下，三点钟我还有个活动要参加，我们就开门见山吧。

丁被他温和有礼的仪态背后的傲慢激怒了，真正的鄙视都是彬彬有礼的。丁在一张巨大而舒适的藤椅上硬着后背坐下，看着茶室一边的案子上，那上面有铺开的宣纸、搁在砚台上的毛笔，旁边的红木餐桌上杯盘狼藉。丁努力用威慑的目光盯着面前的男人，他蜷曲的头发两鬓略显霜色，后面的也多半都灰了，可是他并不因此而显得衰老，甚至连他的皱纹都显得生机勃勃的，丁没想到魁梧的苦斋主人竟生着如此清秀的五官，狭长的眼睛眯着，眼角扬起的鱼尾纹带着笑，薄薄的嘴唇也含着得体的笑，他真的这么镇定？

苦斋主人坐在同样巨大的藤椅里显得很妥帖，丁硬挺着还是觉得自己几乎消失在那椅子里了。苦斋主人烧热了电磁炉上的水，给丁沏茶。丁告诉自己不要生气，一气就先输一局了。丁故作悠闲地啜了口茶，丝毫没响应苦斋主人开门见山的号召，丁说茶不错。

苦斋主人毫不掩饰嘲讽意图地笑开去，好像看着小孩装大人。丁的怒火起来，立刻又被自己摁住了。苦斋主人看着丁，帛书你带来了吗?

丁嘲讽地一笑，说你急什么?钱你带来了吗?

苦斋主人呵呵地笑出了声，总要先看看东西?谁的字?哪代的?

丁阴沉着脸说现代的。

苦斋主人说现代的……是名家吗?小梵背着我还藏东西……说着起身去案子上拿眼镜，带掉了一本册子，他捡起来，顺手扔在了丁和他之间的茶几上。

丁扫了一眼那册子上的字迹，突然觉得很眼熟。丁这两天一直在看那封帛书，那些字闭上眼睛就在他眼前晃。这些字和帛书上的字一样，那样的勾折，柳叶一样飘出去的撇和捺……

苦斋主人的声音响起来，怎么，喜欢这字?俊逸诡谲，很有灵气啊！若再假以时日，说不定能成点气候，可惜……

丁愣了一下，问这谁的字?

苦斋主人说这是小梵的字，你不认识?你们不是好朋友吗?

丁一瞬间糊涂了，小梵的字，帛书上是小梵的字!

苦斋主人的眼睛盯着他，丁觉得自己煞费苦心构建的大厦瞬间土崩瓦解，小梵，小梵在幻觉的驱使下自己写了帛书，然后又……丁想自己一定显出了沮丧的神色，苦斋主人暗地好像舒了口气……突然丁冷静了下来，他的脑子像淋了雪水一样清醒，丁看着苦斋主人，对方神色泰然，有些不解地看着丁，怎么了?小梵给你什么价值连城的宝贝连看都不能看……

丁在心里冷笑了一下，他在给我设局……看似无意带掉又顺手一扔……他分明故意要让我看这册子……小梵的字？哼，他说是就是？……丁决定发起进攻，他指着那册子说不用看了，帛书上的字和这册子上的字一模一样……

苦斋主人镇定地微笑着说哦，小梵的字可值不了那么多钱……我说他有灵气，喜欢他的字，那都是鼓励孩子的话……

丁站起来说，你不准备要这封帛书……

苦斋主人笑着说，当然，你要是想出售，我可以当成亲人的遗物适当的给你钱，一千两千无所谓，但要说……

丁也笑了，这次他笑得很舒心，你可真大方……丁笑着坐下，拿起那册子，念了句“春眠不觉晓……”然后笑着看苦斋主人，你猜小梵那封帛书上写了些什么？

苦斋主人叹了口气，说来话就长了，想必你也知道小梵的事。我猜这封帛书多半就是造成他不幸的东西，平常这孩子就有些魔怔，没想到一个故事竟让他产生了幻觉……你知道，小梵从小就患有癫痫，就是俗话说的羊角风，这让他……

丁很耐心地听完苦斋主人的自圆其说，然后丁说，也让我来猜猜看……我猜那故事是你编的，我猜这些字是你写的，我猜那女人的呼救声是你用录音机放出来的，我猜小梵烧掉的那幅画是你画的……

丁发现苦斋主人的笑有点僵硬了，眼睛也睁大了，丁很兴奋地又向前逼了一步，我猜你把那幅画卖了，不过我猜不出你卖了多少钱，那幅画现在值七八百万，我希望你没卖亏了……我猜也不会，因为你是行家。

苦斋主人的眼睛里有了一丝疑惑的光，他没有说话，丁也不再说话。真安静啊，刚才在外面还一直听见风吹竹子和啁啾的鸟叫，怎么进了茶室什么声音都听不见了。丁这才注意到帘子里面全是密封的玻璃，怪不得这么安静，这么暖和，还有这让人昏沉的香气……不知道为什么，丁突然觉得很不安，咳了一下，努力让自己镇定下来。

沉默了半天的苦斋主人重重地叹了口气，说你们这些孩子呀……你比小梵也大不了两岁，在我眼里也就是个孩子。年轻人，心浮气躁，这……他拿修长白皙的手指顶着自己的太阳穴，胡思乱想，没好处……想得太多会把脑子想坏的！

丁嘿嘿笑了起来，他满不在乎地拿起苦斋主人放在茶几上的烟抽了起来，丁喷出口烟说，你给我十万块钱，我就什么也不想了，我的脑子就不会坏了……

苦斋主人的眼睛又眯了起来，薄薄的嘴唇抿出道冰冷阴沉的线条。丁知道他在权衡，丁不再说话，这是关键时刻，心里的不安摁也摁不住。丁想把烟灰磕到烟灰缸里，可烟灰落在了裤子上，他才发觉自己的手在哆嗦……丁不知道为什么有突然起身逃走的想法，已经占了上风，自己怕什么呢？

苦斋主人突然站了起来，从放在案子后面的皮包里抽出一捆钱，扔给丁，那上面有银行的封签，沉甸甸结结实实的一捆，可一只手很轻松就能抓得牢牢的。丁抓着那捆钱，浑身都微微战栗起来，但这是轻松喜悦的战栗……丁咧嘴笑了，立刻摁灭了烟，低头拉起茶几下的一张报纸，把钱裹巴裹巴夹在腋下，然后伸手掏出装帛书的塑料袋。丁抬头递出帛书的时候，奇怪地发现苦斋主人并不在他的视野里了。

丁的脑袋上挨了沉重的一击，倒在巨大的藤椅里。

六　在河上

丁死了。

丁的意识砰地一下被击出了丁的身体，像被大力抽打出去的乒乓球，急速旋转着落在了一片蓝灰色的羊绒织物上。他看见自己的身体歪在那巨大的藤椅里，脑袋上有一个很小的凹进去的伤口，微微地渗出少量的血。

丁确定自己已经离开身体，但思维依然存在，这种怪异的情形让他完全接受还需要时间。他听见苦斋主人在对着丁的身体……或者应该叫尸体……低声说话，你都猜对了，除了最后一点，那幅画我根本没有卖！俗物，就知道钱！

苦斋主人说完这话，从案子下面的包里抽出薄薄的一片塑料薄膜，抻开，用力一抖，成了一个黑色的大袋子。他把丁的尸体严严实实地给裹了起来，然后掀起帘子的一角看了看，打开了一扇落地的玻璃窗，窗外的道边停着辆白色的轿车，苦斋主人把丁的尸体塞进了后备箱，然后又回到了茶室内。

丁的意识……或许就是传说中的魂魄，在那片羊绒织物上哆嗦起来，他早就准备好杀掉他了……他根本就是要杀掉丁的！他杀掉了丁还鄙夷地骂丁是俗物！

丁想向苦斋主人扑过去，可是他根本动不了，他感觉自己的形体大概是个小小的透明的球体，一只肉眼看不见的软乎乎不能滚动的乒乓球。而丁栖身的地方，是苦斋主人的羊绒外套。

苦斋主人很快收拾好了东西。要了丁的命的，是一个狭长的铁狮镇纸，苦斋主人小心地擦洗了打了丁脑袋的那端，然后很爱惜的把它和那捆钱一起塞进了皮包。最后，他抽出丁带来的帛书，点上支烟，颇为欣赏地端详着，用打火机点着了，丁的魂魄和苦斋主人一起看着那封帛书灰飞烟灭了。

丁的魂魄看着帛书的灰烬飞散的时候，突然想到，那封帛书终于烧给了小梵。

苦斋主人准备走了，他穿起了外套，带着丁的魂魄一起离开了那间茶室。成了魂魄的丁不知道自己是不是永远要和这个杀了自己的人在一起，丁对于魂魄的存在法则还一无所知。

丁只好听天由命地跟着苦斋主人走了。

苦斋主人并没有立刻开车离开，他穿过竹林，走到茶楼前面去，在那架菊花屏风前面，苦斋主人碰上四五个衣冠楚楚的人，就说起话来，他们在安排什么事情。这时丁突然看见了那个穿火红袈裟的和尚，身后还跟着一个穿黄色僧袍的年轻和尚。年轻和尚的头并不光亮，而是有一层很短的黑发。丁想自己来的时候，是真的看到了和尚，并不是他的幻觉。作为魂魄的丁感到巨大的混乱，他几乎弄不清什么是真实什么是幻觉了。

老和尚和苦斋主人说着话，是告辞的话，苦斋主人还双手合十跟老和尚行礼。然后有人送老和尚出去。年轻和尚留了下来，好像有些腼腆。一个拿闪光漆皮包的女人走过来，杀伐决断地分派谁跟谁一辆车，苦斋主人打断她的话说先去接某个人，顺手在一朵纤弱的菊花上熄灭了烟蒂，转身返回自己车那里，上车，从茶楼的后面小路直接开到了街上。

秋日午后阳光明媚，街上人也很多，店铺门前摆着成排的各色菊花，丁却成了魂魄，坐在杀了自己的人的左前胸上，拉着自己的尸体，不知道去哪里。

车出了城，速度越来越快，丁隐约能感到他们去的地方了，他又猜对了，他们到了黄河浮桥上。浮桥下面是些铁船，上面铺着铁板，车轮碾过那些铁板衔接处的时候，那声音像闷闷的鼓声，响在天之下、黄河之上的巨大的铁皮鼓。

汽车在浮桥中间停了下来。苦斋主人下了车，四顾看了看，远远的对岸好像有人声被风刮过来，是些出来的郊游的年轻学生在遥遥呼唤，可是离得很远，也看不见他们的影子。苦斋主人打开后备箱的时候，又四顾看了看，然后伸手进去，两只胳膊叫力，拖出丁的尸体，顺着铁船的间隙丢了下去。

丁看见自己的尸体落到黄河里去的时候连个浪花都没有溅出来，那凝重的黄色河水打着漩儿无声无息毫无间断地流淌着。丁尖声叫起来，当然，他再用力也发不出声音。苦斋主人用力关上了后备箱，他站着抽了支烟，浮桥上风很大，烟灰扑了他一身，可是他没有在意。

天空几乎没有颜色，白白的全是光，河滩上有些芦苇，迎着光的雪白，逆光的是肮脏的灰……苦斋主人并不急着离开，他在等什么?

丁的魂魄悲伤又迷惑，加上仇恨和愤怒，他几乎要爆开了。可他还是不能移动，这比死本身让他更痛苦。

终于，黄河上的铁皮鼓接连不断地响了起来，来了车队，小车远远就陆续停下了，三辆大车一直开到桥中间。从小车里下来的人，除了茶室里的人又多了一些女人和老人。三辆大车停下来，有穿胶鞋皮裤的工人跳到车上，车厢里全是水，丁看到车身上挂的横幅，天佑佛学会信众放生车。

丁怒极竟大笑起来，如果能打滚他一定打着滚地笑。苦斋主人等在这里是要做善事，他来黄河边是放生的。那个年轻的和尚脖子里围了条明黄的围巾一样的东西，开始领着众人念经，念经的声音倒有些音乐的味道。

工人在车上哗啦啦拿着水管在浇水，能听见鱼跃起的噼啪声。

那经文如此冗长，一遍一遍。天空里渐渐积了云层，那云层也像芦苇一样，有的雪白有的灰暗。风更大了，刮得和尚脖子的绸带兜在了脸上。他一只手拿着经书，一只手拿着只铙钹一样的东西，隔几句还要敲一下。和尚有些狼狈地把那绸带夹在腋下，继续敲着念下去。

丁的魂魄盼着风再大些再大些，那风竟像听了他的话似地越刮越大，念经的老太太一只手要抓住浮桥的栏杆才能摇晃着站稳。苦斋主人被灰眯了眼，他低头看着自己的胸前，用力拍打下去，把附着在上面的烟灰拍干净。也许那烟灰还让他联想到了别的什么，在抑扬的诵经声里，他的眉头皱起来，嫌恶地用力拍着，把自己的胸膛擂得咚咚响。

丁的魂魄跟着那些烟灰一起离开了苦斋主人的前胸，他被风托着向前，碰到浮桥的栏杆，他落了下去，在铁板上弹了一下，落到铁船的船头，又不能动了。魂魄原来是这样一种奇怪的东西，它丝毫也不自由，除了看和想它什么能力也没有，它比人的肉体更软弱，更需要帮助。

丁终于明白了自己的境况，可这极度弱小的境遇反而让他有种索性放弃的解脱感。丁在铁船的船头看着浮桥栏杆内在风里努力念着经的人……不知道是风大得让他们不能呼吸了，还是所有必需的经文终于都诵完了，人都开始向后撤。三辆大车早有粗大的水管垂到了河面，汩汩的水流出来，无数被释放的灰黑色的鲤鱼脊背在白水里一闪就落进了黄河里。三大车鱼也着实得放些时候，一些人没等到鱼放完就回到了小车上，苦斋主人却一直在栏杆那里站着，看着河面。

终于结束了，和尚过来跟苦斋主人说话，两个人互相合十行礼，和尚上了苦斋主人的车，然后车队依次离开了。

车队看不见了，丁低头看了看混沌的河面，他的尸体在水下面，那些鲤鱼游得深了也许会碰到他，虽然那个死人已经不是丁了，可丁依然为他感到悲伤而迷惑……他怎么就死了呢？没什么事是无缘无故发生的，欧洲拍卖会的新闻，小梵的帛书，苦斋主人盗骗藏匿的画，他怎么就为这些不相干的东西死了呢？

丁的魂魄在铁船的船头思索前因后果的时候，看到一轮正圆的红日坠在河的上游方向，这情形像小孩子的画，那日头的红也涂得不够深，是彩色铅笔的效果，不是水粉，更不是油彩，淡淡的没有润色没有光泽，但很仔细地均匀地涂满了那个圆。河的线条画得也太直太粗糙了，稚气得很，还是小孩子的手笔。

小孩子……为什么总是小孩子呢？丁的魂魄觉得遇到了最值得思索的事情，他也是个小孩子吗？可惜他好像不大能确定。不过没关系，有的是时间。死之前，时间是有限的，因为死亡在后面追着，那么多事情要做完，那么多东西要得到，怎么会有空去想是不是小孩子这样的问题呢？而死之后，时间无边无垠地涌过来，慢慢地想，不着急。如果想清楚了，还可以想想对岸的情形，夕阳落下去了，对岸看不清楚了，小梵说对岸很好，也许真的和想的一样好，或许，更好……

后记

梦·镜子·中国故事

计文君

今年北京的冬天不大冷，看看到了年底，车窗外还能看到老绿杂着赭石的深秋色彩，偶尔飞过两点金黄，那是尚未凋尽北风的银杏叶。

我和这个巨大的城市，在这个冬天和解了。

那个曾经在林语堂和老舍小说里清艳风雅的北平，款款而来，从林立的高楼的缝隙里，梦影一样，慢慢渗透进我所有的感官——颜色，味道，气息，温度，声响……我触摸着这个城市的质地，在真实和虚构之间。

我遇上了一个关于北京的梦。

这是小说最大的魅力，当时间从我们生活的世界里无情地劫掠着一切的时候，小说以柔弱的姿态，表达着最为顽强的抵抗。如果没有小说，我们会沦陷在遗忘之中，那些宝贵的生命经验，无处交托，无法分享，那该是怎样可怕的一种孤绝之地？！

我不大愿意接受这种耸人听闻的说法——小说的历史将会被彻底改变，它如同面临进化关口的古老物种，如果不产生基因突变，完成进化的飞跃，就会被无情改变的环境，抛入灭绝的深渊。小说的历史告诉我们，这种以虚构捕捉真实的叙事形式，不只一次面临过类似的困境。不断需要自我更新，从而使得虚构能够有效地抵达真实，也许这就是小说的特殊命运。

虚构，是小说作者用来捕捉真实的工具。司汤达在《红与黑》中将小说家比喻为行囊中带着镜子的旅人——小说是现实的镜子。在秉持现实主义小说观念的作家手里，虚构如同一张结实完整的渔网，撒进生活的大海，打捞，收网，现实就在小说里活蹦乱跳了。现实发生变化，人类开启现代进程，那面装饰着月桂枝图案的老镜子模糊不清了，那张曾经结实的渔网开始破损，小说家必须改变他们的工具。我们于是在小说里看到了各种扭曲变形的镜像，现代主义小说家的渔网虽然不再完整，但是却带着电，被击中的现实以另类的方式呈现在读者面前。生活继续，小说也在继续。现实的变化越来越频繁，一夜之间，窗外的世界就会变得陌生，随时随地改变着的生活，使得小说家们遭遇到前所未有的挑战，他们不断修改着虚构的方式，努力消除自己笔下的世界与读者身处的世界之间的隔阂……我觉得有必要说明一下，我这里使用的“改变”一词，丝毫不带进化论的色彩。我无意说后一种虚构方式对于前一种的改变，是一种进步。在因美称义的艺术领域，进步和落后是一种粗暴而无知的价值判断。

小说家只是在竭力寻找着最有效的捕捉现实的虚构方式。

小说之于我，最大的魅力就在于此。小说是虚构的，所以才更真实——镜花水月，真空妙有。

这种虚实相生的魅惑力，充溢在《红楼梦》之中。曹雪芹虚构的手艺，脂砚斋们充满崇拜地对其进行了精细的描绘——那些点评将文法说成了武功，什么“千门万户”“背面傅粉”“一击两响”“烘云托月”，什么“间色法”“皴染法”，什么“袭为钗副，晴为黛影”……忍不住想起“降龙十八掌”“乾坤大挪移”之类绝世武功的秘籍，让人眼花缭乱，心向往之。

脂批将曹雪芹的叙事比作庄子的文法和王羲之的书法，优美自由。做过这样一场大梦之后，再看《盗梦空间》，自然如简笔画一样的清晰明了。《红楼梦》里重重叠叠的梦，虚虚实实的镜子，映照着无边无际的现实，深不可测的人心……负载着最为真实的中国经验。《红楼梦》里的“梦”和“镜子”的背后，遥遥能看到一个又一个的梦，一面又一面的镜子……鲁迅先生评价《南柯太守传》的结尾说：“假实证幻，余韵悠然。”梦与现实打通的那一刻，是小说最为奇妙的瞬间。我们无论如何不该忘记，这样优美自由的中国故事，本是我们小说的来处。

回望我们的来处，丝毫也不妨碍我们看窗外，博尔赫斯津津乐道地拈着“柯勒律治的玫瑰”，我们依然可以会心微笑，但人家院子里番石榴飘香，未必能解决我们自家庭院的绿化问题。我们必须寻找到有效地负载我们这个时代真实生命经验的虚构方式，变化的生活驱使着作家不停地寻找下去。如若不然，对于作家个体来说，无效的写作不仅徒劳而无味，同时也会构成对小说本身的伤害——我想，保有一点这样的紧张感，对于我这样小说手艺的学徒来说，是必要的。

这种紧张感，影响着收入这个集子的大部分作品中。之于《窑变》这个中篇的影响，则更为戏剧性。小说主体的部分，也就是邵自清的“白日梦”，完成的时间很早，但在初稿中，它不是“梦”，而是“现实”。邵自清用启蒙者的目光打量着钧镇，怀抱知识分子的软弱，被现实伤害，被生活压迫，却在小说叙事结构的支持下，占据精神的制高点。这样的小说叙事，在今天的中国，还具备起码的真实性吗？我对这种“安全”却无效的写作警惕起来，我开始质疑，思考，修改。直到“现实”变成了“梦”。

说梦，竟然在今天变得不那么好接受。对于《窑变》，不止一位编辑给出这样的修改意见：去掉最后那个结尾，只保留“白日梦”的部分，否则整个小说会让人无法理解。我自然不肯回头，好在也不只一本文学杂志兼容并包地原谅了我的冥顽不化。《梦·镜子·

中国故事》曾是我为《窑变》写的创作谈的题目，那是一篇五百字的短文，用了这么一个头重脚轻的大题目，只是因为我如此醉心于“梦”和“镜子”的魔力——“现实”成了“白日梦”，“入梦”与“出梦”，不过是一根烟的功夫，那根烟烧疼了邵自清的手指——邵自清的“白日梦”，邵自清的“小说”与钧镇的“现实”……互为镜像，菱花交相看……此后的小说里，我尝试以更为抽象和隐秘的方式使用“镜子”和“梦”：此人是彼人的“镜子”，祖辈是后代的“梦”……

我希望，在真实世界和“太虚幻境”之间，能留存着小说永不消失的疆域。在这个虚构的魔法之域中，永远有我崇拜的小说家，洞明世事，直指人心，法力无边……

图书在版编目（CIP）数据

窑变 / 计文君著.—西安：太白文艺出版社，2014.2

（中国文学新力量）

ISBN 978-7-5513-0672-0

Ⅰ.①窑… Ⅱ.①计… Ⅲ.①中篇小说—小说集—中国—当代②短篇小说—小说集—中国—当代 Ⅳ.①I247.7

中国版本图书馆CIP数据核字（2014）第007756号

窑变

作　　者　计文君
责任编辑　周瑄璞　靳　嫦
封面设计　梵香图文
版式设计　高　薇
出版发行　陕西出版传媒集团
　　　　　太白文艺出版社
　　　　　（西安北大街147号 710003）
经　　销　陕西新华发行集团有限责任公司
印　　刷　西安市建明工贸有限责任公司
开　　本　880毫米×1230毫米 1/32
字　　数　201千字
印　　张　8.625
版　　次　2014年4月第1版 第1次印刷
书　　号　ISBN 978-7-5513-0672-0
定　　价　24.00元